KB271539

솔가람
新무협 판타지 소설

虛虛實實

허허
실실

FANTASTIC ORIENTAL HEROES

허허실실 1

솔가람 新무협 판타지 소설

초판 1쇄 찍은 날 § 2008년 5월 26일
초판 1쇄 펴낸 날 § 2008년 6월 5일

지은이 § 솔가람
펴낸이 § 서경석

편집장 § 문혜영
편집책임 § 문정흠

펴낸곳 § 도서출판 청어람
등록번호 § 제1081-1-89호
등록일자 § 1999. 5. 31
어람번호 § 제2-1495호

주소 § 경기도 부천시 원미구 심곡1동 350-1 남성B/D 3F (우) 420-011
전화 § 032-656-4452 팩스 § 032-656-4453
http://www.chungeoram.com
E-mail § eoram99@chollian.net

ⓒ 솔가람, 2008

ISBN 978-89-251-1330-2 04810
ISBN 978-89-251-1329-6 (세트)

비급무용(秘笈無用)　1

부제 : 졸라(拙懶)
게으르고 나태 하다.

허허
실실

솔가람 新무협 판타지 소설
FANTASTIC ORIENTAL HEROES

도서출판 청어람

目次

하루에 첫 글을 시작할 때 거울 앞에 앉아 있는 자신을 보는 것처럼 어색하면서도 친근한 감정을 동시에 느끼는 순간이 있습니다. 하지만 그런 감정이 오래 지속되면 정작 글을 쓰지 못하게 됩니다. 화려한 책 표지에 정신이 팔려 한동안 다음 페이지로 손이 움직이지 않는 것처럼 말입니다.

그럴 때는 글을 쓰기 위해서 자신이 무엇을 하는 사람인가를 잊기 위해 노력합니다. 오직 작품 속의 등장인물이 되려고 말이죠. 그리고 또 한 가지, 바로 독자가 되어서 생각하려고 합니다.

독자와 공감할 수 없는 이야기는 결국 작가 스스로도 만족할 수 없는 경우가 많거든요. 어찌 됐든 중요한 건 작가가 지향하는 점은 바로 책을 통해 독자 여러분과 공감하고자 한다는 것입니다.

세상 어느 작가도 자신 혼자만 만족하는 글을 쓰기 위해서 상상의 나래를 펴는 사람은 없을 것입니다. 이것을 세상과의 소통이라고 해도 되나요? 뭐가 됐든 중요한 것은 독자와 함께 웃을 수 있고 그 감정을 함께 느끼고 싶은 것입니다.

그것은 저도 마찬가지입니다. 보다 많은 사람들이 이 글을 읽고, 웃고 즐거운 생각을 가졌으면 하는 바람이니까요.

가끔 글을 쓴다는 것이 외롭고 두렵게 느껴지기도 하지만 곧 긍정적인 생각을 갖게 됩니다. 바로 제 글을 읽고 웃어주시는 독자 여러분을 생각할 때면 말이죠.

모쪼록 이 글을 읽는 동안 즐겁고, 유쾌하고, 행복한 시간이 되었으면 합니다.

2008년 초여름 길목에서

솔가람.

序

무림강호, 일검에 수십 그루의 나무를 잘라내는 고수들과 신선 같은 기인들이 넘쳐 나는 곳을 사람들은 무림, 또는 강호라 불렀다. 수대에 걸친 은원과 피 맺힌 복수 또한 강호를 설명하는 하나의 수식어일 뿐이었다.

그런 강호에 목검 하나를 들고 뛰어든 단순한 인간이 있었으니, 그의 이름 삼룡(三龍)이었다.

그가 명문정파나 악명이 자자한 마교 출신이 아니라 개소문(開笑門)이라는 생소한 검문(劍門) 출신이라 했을 때, 무림인들은 그를 한없이 비웃었다.

하지만 그의 목검 아래 놓인 당사자들의 얘기는 조금 달랐다.

서 9

―당신이 그 어떤 절대신공(絶大神功)을 연마했다고 해도 그는 절대로 피해야 합니다. 그렇지 않으면 하루아침에 평생 연공한 신공이 평범한 무공으로 변할 것입니다.

또 어떤 사람은 이렇게 말했다.

―일평생 수련한 절세신공만 믿었다간 큰코다칠 겁니다. 그에겐 어떤 신공도 비급도 소용없습니다.

라는 것이 삼룡이란 놈에게 무릎 꿇은 자들의 일관된 얘기였다.
삼룡. 그의 관한 이런 얘기는 사천의 한 벽지(僻地)에서부터 시작되었다고 한다.

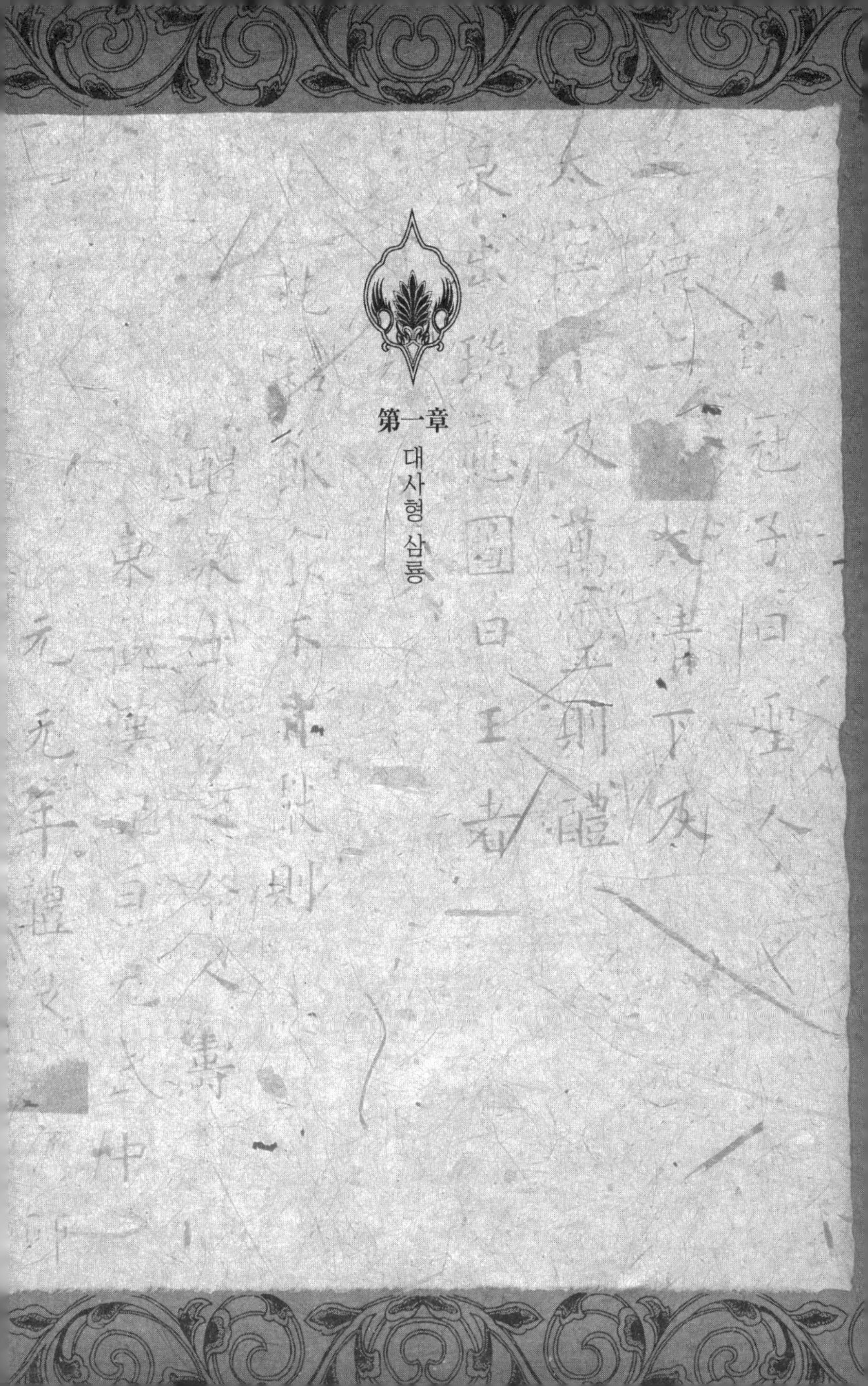

第一章

대사형 삼룡

허허실실

사천에서 졸라 약하기로 소문난 무사 삼룡이란 놈이 있었다. 그런 그에게도 별호가 있으니, 비급무용(秘笈無用)이 그의 유일한 무명(武名)이자 유일한 별호였다.

삼룡의 별호는 세상의 온갖 진귀한 비급을 갖다줘도 이 졸라 약한 삼룡에게는 무용지물, 즉 소용이 없다는 뜻이었다.

삼룡이 속한 문파 역시 졸라졸라 약한 문파로, 개소문이라는 허접한 검문이었다.

이 개소문이란 곳도 말이 검문이지 목검으로 수련하는 정식 문원 두 명과 마실 삼아 들르는 동네 아이 서너 명이 전부인 곳이었다.

"이야~"

힘없는 기합 소리와 함께 두 명 정도가 전부인 놈들이 오늘
도 목검을 휘두르고 있었다.

대사형으로 불리는 삼룡은 제일 선두에 서서 힘없는 눈빛
과 목소리로 유일하게 있는 사제 사룡 앞에서 검을 휘둘러 보
이고 있었다. 하지만 그것도 몇 번으로 끝이었다.

"사룡아, 배고프다. 그만 하자!"

삼룡의 말에 그의 사제 사룡은 대답하기도 귀찮은지 거슴
츠레한 눈빛으로 동조했다. 이들 둘은 모두 배고파서 말하기
도 힘든 표정이었다.

삼룡이 먼저 자리에 주저앉자 사룡도 따라 앉았다. 문뜩 사
룡이 하늘에 떠 있는 흰 구름을 보며 중얼거렸다.

"하아, 저기 구름만큼 쌀밥 좀 실컷 먹어봤으면."

그러자 삼룡이 고개를 우물 쪽을 향하며 대꾸했다.

"인석아, 그렇게 배고프면 물이라도 한 바가지 퍼 먹고
와!"

"아니야, 됐어. 난 그냥 참을 만해."

"배고픈 거 참으면 병 된다. 이게 다 널 생각해서 하는 말
이잖아."

"물 먹으면 그때뿐인걸. 그냥 참을래."

사제가 대사형의 말에 꼬치꼬치 말대꾸하는 건 뼈대있는
문파에서는 절대 있을 수 없는 일이었다. 하지만 이 개소문이
란 문파에서는 친구끼리 대화하듯 퍼질러 앉아서 노닥거리는
게 무척이나 자연스러워 보였다.

둘의 대화는 검을 휘두른 시간보다 더 길게 계속되고 있었다. 대화 내용은 물이라도 먹어라, 아니다, 안 먹겠다가 전부였다.

"사룡아, 말 많이 하니까 배고프지? 물 먹고 와라. 착하지?"

퀭한 눈에 삼룡이 마지막이라는 듯이 권했다. 하지만 그의 사제 사룡도 지지 않겠다는 듯 더욱 힘없이 말했다.

"이제 배 안 고프다니까."

사룡은 모든 것이 귀찮은 듯 아예 배를 드러내며 맨바닥에 드러누웠다. 그동안 심하게 굶지는 않았는지 배가 약간 나와 있었다. 하지만 오랫동안 씻지 않은 것처럼 때가 꼬질꼬질 끼어 있었다.

"어라? 사룡이, 너 혹시 나 몰래 뭐 먹었냐? 배가 좀 나온 것처럼 보인다?"

"대사형, 나 말할 기운 없거든, 내가 혼자 뭘 먹었겠어?"

삼룡은 사제의 맥 빠진 말소리에도 불구하고 눈을 비비며 사제의 배를 더 뚫어지게 살폈다.

"저 배는 분명 어제 밥 먹은 밴데?"

이어 삼룡은 개가 냄새를 맡을 때처럼 코를 땅바닥에 대고 이리저리 흔들며 코를 킁킁거렸다. 순간 사룡의 엉덩이 부근에서 바람 빠지는 소리가 들렸다.

피식.

"어? 이것 봐, 이것 봐! 이 냄새는 분명 어제 밥 먹은 놈이

뀐 방구 냄새 같은데?”

끈질긴 삼룡의 추궁에 사룡은 귀찮은 듯 고개를 흔들더니 몸을 삼룡의 반대쪽으로 살짝 돌렸다. 그리곤 살짝 아랫배에 힘을 주는 것이었다.

뽀옹!

“대사형, 다시 한 번 맡아줘.”

사제의 버릇없는 행동에도 삼룡은 여전히 코를 땅에 박은 채 한참을 킁킁거렸다.

“쩝, 아니네. 물 방구 냄새였어. 아, 밥 먹은 놈 방구 냄새라도 맡고 싶어진다.”

“거봐. 아니라니깐 괜히 밥 먹고 싶게 만들고 있어. 아, 배고파! 없는 방구 뀌려고 배에 힘줬더니 더 배고픈 거 같아.”

“그러니까 내가 물 먹고 오라고 했잖아. 어서 물 한 바가지 떠먹고 내 것도 떠와!”

삼룡의 말에 사룡이 놀란 듯 반응했다.

“아, 아니야. 나는 방구라도 나오니까 아직 참을 만한 거야. 그러니까 대사형이 물 먹고 나도 떠다 줘.”

두 사형제는 서로를 위해서 물을 권한 게 아니라 자신을 위해 물을 떠오게 하려는 잔머리를 굴리고 있었던 것이다. 그들은 필사적으로 상대에게 물을 떠오게 하려는 의지가 있을 뿐, 자신이 나서서 가겠다는 의지는 전혀 없어 보였다.

순간 삼룡은 자신이 혹시라도 물을 떠오게 될까 걱정이 되었는지 갑자기 말을 바꿨다. 오게 하려는 의지를 접는 표정을 지었다.

"아니다. 네가 배 안 고프다는데야, 내 어찌 강요하겠느냐?"

"그럼 대사형, 우리 그냥 배고플 때까지 누워 있을까?"

"그러지, 뭐. 어차피 사부님 오실 때까지 할 것도 없잖아? 이대로 잠이나 자자."

게으른 개소문의 두 사형제는 이렇게 오늘도 뒹굴고 있었다. 삼룡과 그의 사제 사룡은 한 시진을 멍하니 하늘만 바라보고 있었다.

둘 모두 하늘의 구름이 쌀밥이라도 되는지 구름이 자신의 입가를 지나갈 때마다 입을 오물거리고 있었다.

다시 한 시진이 흐른 후 사룡이 드디어 입을 열었다.

"대사형, 설마 사부님이 오늘도 오시지 않는 건 아니겠지?"

"글쎄, 쌀을 구하러 가신다고 나가신 지 사흘 정도 되었으니까 오늘 즈음 오시지 않을까 싶다만."

"이궁, 우리 대사형, 배가 고프긴 한가 보다. 오늘이 사부님 출타하신 지 나흘째거든."

"어쩐지 배고프다 했다."

"설마 사부님이 우릴 이대로 버리고 도망친 건 아니겠지, 대사형?"

"열심히 검술 수련하고 있으면 먹을 것 구해 가지고 온다고 했어. 난 사부님을 믿어."

"그나저나 대사형."

"왜 불러?"

"조금 전에 배고프다고 했지? 가서 물 좀 먹고 와."

삼룡의 사제 사룡은 일부러 간절한 목소리를 내고 있었다. 하지만 눈은 흰 구름에서 떼지 않고 있었다. 물론 삼룡도 마찬가지였다. 마치 이제는 서로를 보며 대화하기도 귀찮은 듯 보였다.

"그렇게 말하는 너야말로 정말 배가 고픈 모양이구나. 내 걱정 말고 물 먹고 와라."

"정말 대사형이 걱정돼서 그런 거야. 난 그냥 참을 만해."

"그럼 우리 구름이나 보자, 사룡아."

"응!"

*　　　*　　　*

이틀 후, 개소문 대사형 삼룡이와 그의 사제 사룡은 여전히 맨바닥에 누워서 하늘만 쳐다보고 있었다. 이틀 동안 잠도 아예 땅바닥에서 잔 듯이 움직인 티가 전혀 나지 않아 보였다.

우르릉!

이틀 전 청명했던 하늘과 달리 오늘은 시꺼먼 먹구름이 몰려오면서 심상치 않은 소리가 들렸다.

"대사형, 자?"

검은 먹구름에 금방이라도 비가 쏟아질 것 같자 사룡이 먼저 입을 열었다.

"아니, 안 자. 왜 불렀어?"

"비가 올 것 같아서."

"글쎄?"

누가 보더라도 금세 비가 올 것 같았지만 삼룡의 대답은 '글쎄'였다. 더 기가 막히는 건 사룡의 다음 말이었다.

"그런가? 그럼 비 오면 깨워줘, 대사형."

"응."

삼룡이 당연하다는 반응에 사룡은 아예 눈을 감고 잠을 청했다. 혼자서 하늘을 쳐다보던 삼룡도 귀찮은지 눈을 감았다. 그 순간 하늘에서 빗방울이 한두 방울씩 떨어지기 시작했다.

톡, 톡.

빗방울이 삼룡과 사룡의 이마에 떨어졌지만, 둘 모두 눈조차 뜨지 않았다. 잠이 든 건지 자는 척하는 건지 모르겠지만 어쨌든 그들은 일어나지 않았다.

후두두둑.

쏴아아!

어수선한 소리와 함께 잔뜩 쌓인 먹구름을 못 이기고 장대 같은 비가 쏟아지기 시작했다.

*　　　*　　　*

삼룡이 속한 개소문이란 문파는 사천성(四川省) 최남단 반

지화현에서 남동쪽으로 이십여 리 떨어져 있는 무명촌이라는
마을에 위치했다.

마을 이름을 왜 무명(無名)이라고 지었냐고 묻는 사람이 간
혹 있는데, 그때마다 무명촌 사람들은 '이유없거든요' 라고
대답하곤 했다.

아무튼 그 무명촌이란 마을 입구에 짚으로 만든 도롱이(우
비)를 입고 삿갓을 눌러쓴 법장(法杖:스님들이 쓰는 지팡이)을
든 사내가 모습을 드러냈다.

그는 삿갓에 조그마한 눈구멍을 만들어 무명촌 여기저기
를 살피고 있었다. 사내는 입구에 있는 마을 사당을 발견하고
는 왼손을 가슴 부위에 세워 고개를 약간 숙이며 외쳤다.

"아미타불!"

말하는 모양새로 보나 손에 든 법장과 옷 입은 차림새로 보
나 그는 어느 절에 속한 승려처럼 보였다.

철벅! 철벅!

때마침 땅에 고인 빗물을 밟으며 지나가는 마을 아이들을
발견한 스님이 서둘러 아이들을 불렀다.

"얘들아, 잠깐마안."

스님의 목소리는 왠지 힘이 없어 보였다. 마치 며칠 동안
먹지 못한 것처럼.

그 힘없는 소리를 들었는지 비를 피해 도망치듯 뛰어가던
아이 하나가 삿갓 쓴 스님을 발견하고는 쫓아왔다.

일고여덟 살 먹은 사내아이였다.

“무슨 일이세요, 스님?”

스님을 대하는 예절을 아는 듯한 사내아이는 두 손을 합장하며 공손하게 말했다.

‘제대로 배운 집 아이로군.’

“음, 이 마을에 혹시… 음, 그러니까… 말하기 조금 민망하다만, 개소문이라는 문파가 있지 않니?”

개소문을 발음하기 난감했던지 스님은 삿갓 안으로 손을 집어넣어 머리를 긁적이고 있었다.

“알죠. 지금 거기 갔다가 오는걸요.”

사내아이가 개소문의 위치를 알자 스님은 기쁜 듯이 되물었다.

“그래, 네가 거길 안단 말이지. 그럼 나를 그곳으로 안내해 주지 않으련?”

스님의 말에 아이는 씨익 웃으며 오른손을 내밀었다. 그렇게 내민 손의 의미를 잘 아는 스님은 헛기침을 하며 말했다.

“으흠, 흠! 아미타불! 빈승은 가진 것이 없는 중이니 너에게 줄 것이 없구나. 대신 네가 병 걸리지 않고 잘 크도록 부처님께 정성 들여 불공을 드리도록 하마.”

“……”

‘왜 대답이 없지?’

아무 반응이 없는 아이를 확인하기 위해 삿갓을 들어보니 사내아이는 여전히 내민 손을 거두지 않고 미소를 짓고 있었다.

'허, 참! 사천은 풍요로운 곳이라더니 인심 한번 고약하군.'

순간,

"저기예요."

스님이 아무것도 줄 것이 없는 걸 알았는지 아이는 손가락으로 한곳을 가리키며 도망치듯 뛰어갔다. 그러자 스님은 아이가 사라지기 전에 급히 물었다.

"저기 말이더냐?"

스님의 외침에 사내아이는 못 들은 척 뛰어갔다.

'음, 그래도 아이인데 엉뚱한 곳을 가르쳐 주기야 했겠어? 일단 가보지, 뭐. 에이, 그놈의 산적들만 안 만났어도……. 소림사 승려가 녹림들한테 돈을 뜯겼다고 얘기하고 다닐 수도 없고. 어쨌든 개소문도 정식 문파이니 도움을 청하면 모른 척하진 않겠지.'

내심 아이의 동심을 믿은 스님은 아이가 가리킨 큰 나무가 있는 곳을 향해 걸음을 옮겼다.

마을 어귀에 있을 때까지만 해도 멀쩡했던 소림사 승려의 모습이 개소문 문청(門廳:대문간)에 다다랐을 때에는 거의 물에 빠진 생쥐 꼴을 하고 있었다.

삿갓이나 도롱이 안으로 물이 뚝뚝 떨어지고 있는 모양새로 보아 물웅덩이에라도 빠진 모양이었다.

소림사 승려는 개소문이라는 현판을 보고는 긴장이 풀렸

는지 한기를 참지 못하고 오들오들 몸을 떨었다.

"계십니까? 여기가 개소문이란 곳이 맞습니까?"

소림사 승려의 목소리는 이전보다 더 힘이 없어 보였다. 그는 간신히 법장에 의지하며 안을 살피고 있었다.

문청 안쪽은 건물 그림자와 합쳐져 몹시 어두웠다.

분명 어느 이름없는 문파를 가도 이 정도 인기척을 냈으면 어떤 반응이 있어야 했다.

왜냐하면 비무를 청하러 온 사람이라거나 문파 간의 상호 교류를 위해서 방문한 사람이 이 자리에서 통보하니 각 문파의 문청에는 항시 살피는 사람이 있어야 했다.

피치 못할 경우 문청을 비워둘 수는 있어도, 누군가 찾아오면 적어도 한두 사람 정도는 나와야 하는 게 정상이었다.

"계십니까? 무림맹 소식을 전하러 온 소림 승려 방팔입니다!"

"……."

"정말 아무도 없는 건가요? 아미(峨嵋)에서 이곳에 가보라고 해서 왔습니다만."

또 아무 소리도 없자 승려는 슬며시 불길한 생각이 들었다.

'설마 그사이에 멸문이라도 당한 것인가? 가만히 서서 기다릴 게 아니라 좀 살펴볼까?'

방팔이란 소림 승려는 문청에서 무작정 기다리지 않고 조심스레 법장을 들고 문청 안으로 발을 내밀었다. 조금 어두웠는지 방팔이란 소림 승려는 비를 피하기 위해 쓴 삿갓을 벗어들었다.

"거미줄 봐. 정말 아무도 없는 거 아니야?"

그는 대나무로 엮어놓은 건물 구석구석을 살폈다. 비록 온통 젖은 몸이었지만 더 젖지 않기 위해 비가 떨어지는 마당을 피해 처마 밑을 골라 발걸음을 옮기면서 말이다.

몇 발짝 가지 않아서였다. 소림 승려의 발에 물컹거리며 무언가가 밟히는 것이었다. 그와 동시에 신경질적인 목소리가 들렸다.

"아야! 누구야, 배고픈 사람을 밟는 게?"

방팔은 깜짝 놀라 뒤로 물러섰다. 하지만 또다시 비명 소리가 들렸다.

"아야야! 왜 자꾸 사람을 밟고 그래요?"

방팔은 아래쪽이 부풀려진 도롱이 때문에 발밑을 제대로 분간할 수가 없었다. 하지만 분명 물컹거리는 느낌과 함께 비명이 들렸으니 누군가 발밑에 있는 것은 분명했다.

"이런, 또!"

방팔은 할 수 없이 비가 오는 마당으로 몸을 튕기듯 솟구쳤다. 하지만 바닥에 착지하는 순간 또다시 비명 소리가 들렸다.

"아야! 왜 쫓아다니면서 사람을 밟고 이럽니까? 안 그래도 배고파서 움직일 힘도 없는데. 한 번만 더 밟으면 손해배상 청구할 겁니다. 그리고 나는 무지 비싼 몸이란 거 알아두세요."

또 누군가를 밟게 되자 방팔은 거추장스러운 도롱이를 먼저 푼 다음 그물을 던지듯 마당에 던졌다. 그리곤 법장으로 땅을 짚어가며 도롱이가 떨어진 곳으로 몸을 날렸다.

다행히 이번엔 뭉클한 느낌이나 비명 소리가 들리지 않았다.

"휴우우우!"

비로소 안도의 한숨을 쉬는 소림 승려 방팔이었다. 하지만 또다시 발밑에서 소리가 들렸다.

"남의 손 밟고도 지금 숨이 쉬어집니까, 스님? 한번 해보자는 뜻이 분명한 거죠?"

'설마!'

방팔이 안력을 돋워 바닥을 살피자 대자로 누워 있는 한 사내의 모습이 보였다. 게다가 그 사내의 손이 방팔이 밟고 있는 도롱이 밑에 들어가 있는 것이었다.

"어째서?"

놀란 방팔이 조심스레 도롱이 밑을 살피면서 아무것도 없는 바닥을 확인하고는 내려섰다.

하지만!

"아예 돌아가실 때까지 제 손바닥 위에서 애기하시지 그러십니까, 스님?"

방팔이 다시 발밑을 보니 방금 전까지 없던 사내의 손이 또 아래에 있었다.

"허억, 이거 정말 죄송합니다. 저는 절대 일부러 그런 것이 아닙니다."

방팔은 바닥에 누워 있는 사내의 행동을 주시하며 뒤로 냉큼 물러섰다. 하지만 또다시 신경질적인 소리가 들렸다.

"아야! 누군데 자는 사람을 깨우는 거야?"

다행스럽게도 이번엔 다른 사람의 목소리였다. 하지만 방팔이 놀라기는 매한가지였다.

화들짝 놀란 방팔의 얼굴은 '꿈인가?' 라는 표정으로 변해 있었다.

어떻게 된 게 피한다는 것이 움직일 때마다 누군가를 밟게 되니 미치고 환장할 노릇이었다.

비 오는 맨바닥에 누워 있던 사내가 방팔이 손을 밟힌 사내에게 말했다. 그는 개소문의 대사형 삼룡이었다.

"사룡이, 이제 깼냐?"

"어, 대사형! 근데 저 까까중은 누구야?"

'까까중?

까까중이라는 말에 방팔은 들고 있던 법장을 힘껏 움켜쥐었다. 하지만 본업이 자비를 표방하는 승려인지라 이내 부드러운 표정을 지으며 자신을 소개했다.

"소승은 무림맹에서 소식을 전하러 온 소림 승려 방팔이라고 합니다."

방팔이 대자대비하다는 부처의 미소를 흉내 내며 '소림 승려' 라는 부분에 힘을 주어가며 말했다.

보통 무림에서 '소림' 이란 글자만 들어가면 웬만한 문파 사람은 모두 알아서 대접해 주는 경향이 있었다.

물론 마교나 악행을 일삼는다는 사파는 칼을 빼 들고 한판 뜨자고 하겠지만, 어쨌든 개소문은 정파에 속한 문파이니 알아서 대접해 달라는 방팔의 속뜻이었다.

하지만 사룡은 그럴 마음이 없어 보였다.

"소림이고 대림이고 남의 손을 밟고도 뻔뻔하게 그러고 있어도 된다는 거요, 까까중 스님?"

'또 까까중!'

방팔은 '까까중'이라는 말을 마음속으로 되뇌면서 두 눈을 질끈 감았다. 하지만 어디까지나 자신이 먼저 실수를 했기에 주위를 확인해 가며 바닥에 내려섰다.

비가 와서 바닥이 온통 물 천지였지만, 이미 젖은 몸이기에 방팔은 상관하지 않았다. 뭐, 아직까지도 비 고인 맨바닥에 누워 있는 개소문의 두 놈도 있지 않은가.

삼룡은 방팔을 무서운 눈으로 째려보는 사룡을 말리는 중이었다. 아무래도 사룡은 방팔이 쉽게 용서가 되지 않는 모양이었다.

"사룡 사제, 무림맹에서 온 손님한테 너무 무례한 거 아니야?"

삼룡이 사제를 꾸짖자 방팔은 내심 고개를 끄덕였다.

'역시 기본은 되어 있는 문파로군. 근데 이 사람들, 일어날 생각이 없는 건가?'

방팔이 혼자 그렇게 생각할 때였다. 삼룡이 사룡을 혼내듯이 소리쳤다. 물론 누워 있는 채로 말이다.

"무림맹이라잖아, 무림, 맹(盲)! 눈이 안 보이는데 어쩌겠어?"

그러자,

"아, 그런가? 이거 실례했습니다. 그래도 앞으론 조심하세요."

얼토당토않은 삼룡의 말이었지만 바로 고개를 끄덕이는 사룡. 정말 그 나물에 그 밥이란 말처럼 둘의 상태가 비슷했다.

'그 맹이 그 맹이 아닌데……. 설마 이 사람들, 무림맹도 모른단 말인가? 그런데 이 사람들, 언제부터 비를 맞으며 맨바닥에 누워 있었던 거지? 분명 들어올 때는 아무도 없었는데.'

방팔이 사룡을 유심히 쳐다보며 생각했다.

'손에 목검을 들고 있는 걸로 보면 수련 중이었던 걸 거야. 게다가 소림과 무림맹도 모를 정도로 혹독한 수련만 했다면……. 무지막지한 고수들일 수도 있겠어.'

이어 삼룡까지 함께 살피는 방팔이었다.

'하긴, 내가 아무리 살펴봤어도 있는지조차 눈치 채지 못했으니 이들은 분명 고수일 거야! 멀쩡한 생김새를 보아하니 바보들은 아니고, 역시 사부님 말씀대로 무림은 넓고도 넓구나!'

방팔이 여러 생각을 할 때 삼룡과 사룡은 그제야 비가 고인 바닥에서 일어섰다.

그런데 삼룡의 몸은 덜 젖은 데 반하여 사룡은 흠뻑 젖어 있는 상태였다.

"대사형, 내가 비 오면 깨워 달라고 했잖아!"

사룡은 눈을 가늘게 찌푸리며 삼룡을 째려봤다.

"허, 이 녀석이! 나도 깜박 잠이 들었단 말이야."

"그럼 대사형 몸은 왜 덜 젖었어? 내가 물 안 떠다 줘서 복수하느라고 안 깨운 거지?"

"아니야. 내가 잠 험하게 자는 거 알잖아! 누가 내 엉덩이를 밟아서 깨어보니 처마 밑에서 자고 있더라고! 너만 골탕 먹이려고 했으면 이 물 천지인 이곳으로 내가 피했겠냐? 너야말로 내가 물 엄청 싫어하는 거 알잖아!"

"아니야. 그래도 의심이 가. 대사형은 분명 내가 따질 걸 예상하고 일부러 몸을 젖게 한 것일 수도 있어."

삼룡과 사룡은 방팔을 가운데 놓고 티격태격 말싸움을 하고 있었다.

정작 문제를 일으킨 장본인 방팔은 잘못 끼어들면 자신에게로 화살이 돌아올까 봐 비를 계속 맞으면서도 잠자코 있어야만 했다.

'이 사람들, 아직도 일어날 생각이 없는 건가? 근데, 배고프다. 이틀째 아무것도 못 먹었더니 사람들 떠드는 소리가 파리가 날아다니는 소리처럼 들린다.'

그 순간, 방팔의 배에서 천둥소리와 비슷한 소리가 길게 울렸다.

꼬르르르르륵!

뱃속에서 길게 울리는 소리에 방팔의 얼굴이 창피함으로 붉게 달아올랐다. 반면, 방팔의 배에서 나는 소리를 듣고 삼룡이 낙담한 듯 한숨을 쉬며 말했다.

"젠장, 이틀 굶은 소리네!"

그의 사제 사룡이 물었다.

"응, 이틀 굶었으면 아직 움직일 만할 때지. 그런데 대사형, 대사형이 방금 말한 '젠장'의 의미는 뭐야?"

"아무것도 아니야."

"아무튼 우리처럼 배고프다니 정말 불쌍하신 분이네. 난 그것도 모르고. 까까중 스님, 정말 실례했습니다. 배고픈 사람이 배고픈 심정을 몰라주다니, 정말 실례 많았습니다."

뒤늦은 사룡의 배려에 방팔의 생각은 이랬다.

'좀 일어나기나 했으면 좋으련만!'

방팔의 그런 생각을 읽었을까. 돌연 누워 있던 사룡이 일어섰다. 사룡이 일어서자 삼룡도 귀찮다는 듯이 따라 일어섰다.

"자, 안으로 들어오시지요."

사룡이 땅바닥에 널브러져 있는 도롱이를 집어 들며 방팔을 안쪽으로 안내했다.

"감사합니다. 그리고 전 맹인이 아닙니다. 아까는 너무 어두워서 그만……."

방팔이 애써 변명하려 하자 사룡이 말했다.

"저도 눈이 있거든요. 눈동자 굴러가는 거 다 봤습니다. 다음부터는 조심하세요.”

“아, 네. 알고 계셨군요. 어쨌거나 죄송했습니다.”

거듭 미안한 표정으로 사과를 한 방팔이 사룡을 따라 탁자와 의자가 놓인 실내로 들어갔다.

그는 가운데 위패를 모셔놓은 작은 사당을 보고는 대뜸 오른손만 세우는 소림 예법으로 절을 올렸다.

“아미타불!”

‘사조들을 모시는 조당이 이렇게 초라한 걸 보니 많이 힘든 문파로구나. 여비도 얻어가기 힘들겠어.’

방팔이 개소문 조당에 예를 올리는 것을 기다린 개소문 대사형 삼룡이 자리를 비운 사부를 대신해 포권을 취하며 인사를 했다.

“개소문 삼룡이라고 합니다.”

“소림 승려 방팔이라고 합니다.”

삼룡이 방팔과 서로 인사를 나누고 나더니 사제 사룡에게 눈짓을 했다. 손님 접대를 해야 하니 아무거나 알아서 내오라는 뜻이었다.

사룡이 뚱한 표정으로 사라지자 삼룡이 방팔에게 의자에 앉길 권했다.

“소림 승려께서 사천까지 무슨 일로 오셨죠?”

방팔은 이제야 용건을 말할 수 있어서인지 안색이 밝아졌다.

“저는 무림맹의 소식을 전하러 왔습니다.”

방팔은 말을 마치며 품에서 기름 먹인 봉투를 꺼내 들었다. 기름종이 때문인지 젖은 옷 사이에서도 서찰은 젖어 있지 않았다.

봉투 겉면에는 무림첩(武林牒)이라는 글씨가 황금색으로 쓰여 있었다. 슬쩍 보더라도 무림맹의 권위가 철철 넘쳐 보이는 그런 첩지였다.

무림첩을 삼룡이 공손히 받아 들자 바로 방팔이 이어 말했다.

"육개월 후, 그러니까 지금이 삼월 초순이니 구월 초순에 산동 제갈세가에서 주최하는 무림대회가 있습니다. 이번 무림대회는 이십사 년 만에 대규모로 여는 집회입니다. 무림에 속한 문파라면 누구나 참여하는, 그러니까 사파를 제외한 정파 모두가 참여하는 대회라고 할 수 있습니다."

삼룡은 무림첩을 뜯어보려다가 방팔의 설명에 귀를 기울였다. 굳이 무림첩을 뜯어보지 않아도 방팔이 전부 설명해 주니 뜯어볼 필요를 느끼지 못한 것이다. 덕분에 무림대회에 관한 사항을 하나하나 설명을 해야 했다.

"특히 이번 대회는 순위에 든 문파에게 현 무림맹주이신 소림사 정명(淨明) 방장님께서 소환단과 함께 장경각에 일정 기간 동안 머무를 수 있는 특전을 허락하셨습니다. 물론 우승을 할 경우에는 대환단과 더 많은 특전이 준비되어 있지만, 대부분 구파일방에서 독식하기 때문에……"

방팔이 말하는 내용은 무림인들이라면 누구나 꿈에서라도

들었을 법한 얘기였다.

내공이 증진된다는 소환단과 대환단은 둘째 치더라도, 소림사 장경각에 머무를 수 있는 특전은 그야말로 무공에 목매다는 무림인들에게는 귀가 솔깃할 얘기였다.

장경각은 또 어떠한 곳인가? 소림의 칠십이절예를 비롯한 무공 비급과 역근과 세수경을 비롯한 온갖 무서가 넘치는 곳이 바로 장경각이었다.

아무리 장경각에서 천대받는 무공서(武功書)라고 해도 일반 문파에서는 비급 대우를 받을 수 있는 높은 수준이었다.

게다가 파괴적이고 악행만 일삼는 사파들을 멸문시키고 거기에서 나온 무공 비급을 보관하는 곳도 바로 장경각이었다.

사파의 무공이라고 해서 꼭 나쁜 것만은 아니었다. 태산북두 소림의 무예가 그런 사파의 무공을 참고해서 발전했다는 것은 무공에 관심있는 사람이라면 누구나 아는 얘기였다.

그러한 온갖 비급이 보관된 곳이 장경각이었으니, 비급을 노린 무림 고수들이 끊이질 않은 것은 어쩌면 당연한 절차였다. 하지만 태산북두 소림은 그리 만만한 곳이 아니었다.

고수도 많겠거니와 소림에서도 무예가 특출한 백팔나한이 매일 밤 진을 펼쳐 가며 장경각을 지키고 있고, 그 때문에 아직까지 단 한 번도 외부인이 침입에 성공한 예가 없는 곳이었다.

아무튼 그런 비급이 넘치는 장경각에 머무를 수 있게 해주

겠다는 말은 모든 무림인들이 꿈에서나 꾸었을 법한 제안이
었다.

하지만 지금까지 이 설명을 들은 삼룡의 반응은 무덤덤했
다.

"그런데요?"

지금까지 열심히 설명했던 방팔의 얼굴 옆으로 식은땀 한
줄기가 흘렀다.

"그, 그러니까 개소문의 발전을 위해서는 이번 대회에 참
여하시는 것이 좋지 않겠습니까?"

"에이, 구파일방이 다 가져간다면서요?"

"그, 그건 그렇지만, 그래도 다른 수많은 중소 방파들도 참
여합니다. 참여하다 보면 개소문에도 좋은 결과가 나올 수 있
지 않습니까? 그렇게 되면 문파를 일시에 중흥시킬 수도 있는
일입니다."

중원의 다른 문파였다면 소림 출신이란 것만으로도 대우
를 받을 수 있었다. 게다가 무림첩을 가지고 온 무림맹 측의
사람이라면 귀빈 대접을 받아야 마땅했다.

하지만 태산북두 소림 승려 방팔의 목소리는 이틀 굶은 배
고픔까지 더해져 완전히 애원조로 바뀌어 있었다.

반면 삼룡이란 놈은 매정했다.

"됐어요. 산동이 여기서 얼마나 먼데 거기까지 가요? 여기
는 배는 좀 고프지만 싸울 일도 없고 경쟁할 일도 없어요."

'싸울 일도 없고? 정녕 이들은 무림인이길 포기했단 말인

가? 불문에 귀의한 무승(武僧)조차도 무공 서적이라면 기를 쓰고 탐을 내는데. 그렇담 아미신녀는 왜 여길 적극 추천한 거지?

"저… 아미신녀님께서 직접 여길 추천했습니다만……."

방팔이 자신에게 여길 추천해 준 아미신녀 얘기까지 꺼냈지만 삼룡의 표정은 조금도 변하질 않았다.

"아미신녀님께서요? 아, 우리가 먹을 게 없어서 가서 돈이나 벌라고 추천했나 보죠. 됐어요. 목숨 걸고 무림대회에 나갈 사람 없거든요."

'이 사람, 아미신녀가 누군지는 알고 얘기하는 건가?

그때였다. 누군가 방팔과 삼룡이 대화하는 실내로 불쑥 들어와 소리쳤다.

"이놈아, 되긴 뭐가 돼?!"

방팔이 놀라 옆을 보자 도롱이와 다 헤어진 회색 도포를 차려입은 백발의 노인이 눈에 들어왔다.

칠십줄로 보이는 노인은 화가 잔뜩 난 얼굴이었고, 그의 뒤에는 사룡이 묵직한 자루 하나를 들고 씩 웃고 있었다.

삼룡은 노인을 보자마자 벌떡 일어서서는 변죽 좋게 넙죽 절을 했다.

"사부님, 이제 오셨습니끼!"

삼룡이 절을 하자 노인은 더 화난 표정으로 말했다.

"이놈아, 너는 이 사부가 나가서 죽었으면 싶었지?"

화난 사부의 표정과 달리 삼룡은 능글능글한 표정으로 대했다.

"에이, 사부님, 그 무슨 섭섭한 소리십니까? 제자 삼룡은 사부님이 나가신 동안 열심히 수련에만 매달렸습니다. 그리고 손님이 오셨으니 이렇게 사부님을 대신하여 접대를 하고 있지 않습니까!"

삼룡이 열심히 수련했다고 하자 사부인 노인의 표정이 한결 부드러워졌다. 겉으로 보기엔 삼룡이 입고 있는 옷이 흙투성이인데다가 비에 젖은 상태로 봐서 분명 열심히 수련한 것으로 보이긴 했다.

"음, 일단 무림맹에서 오신 손님부터 대접하고 수련 성과는 좀 있다가 확인해 보자구나."

"네, 사부님. 이쪽은 무림맹에서 오신 분입니다."

삼룡이 방팔을 소개하자 방팔이 재빨리 자리에서 일어나 자신을 소개했다.

"소림승 방팔입니다."

"환영합니다. 여기 이 녀석들의 사부이자 보잘것없는 개소문 문주 송림이라고 합니다."

삼룡의 사부 송림은 방팔에게 다시 앉을 것을 권하고 가운데 있는 의자로 가서 앉았다. 위치만 가운데였을 뿐, 특별한 장식이나 별다른 점은 없는 의자였다.

"그래, 이번에 무림대회가 있다고 하셨나요?"

송림은 행색과 달리 정중하고 무림 정사에 관해서 박식한 것 같아 방팔의 표정이 비로소 밝아졌다.

"그렇습니다, 송 문주님. 이번 대회에 참여하시게 되면……."

방팔이 이번 무림대회에 대해서 다시 설명하는 수고를 하는 동안 삼룡은 슬금슬금 방을 빠져나가려 했다.

그는 사부도 모르게 조금씩 발을 꼼지락거리며 아무도 눈치 채지 못하게 움직이고 있었다. 물론 그를 가장 잘아는 사제 사룡은 벌써 눈치를 채고 있었지만.

"대사형, 어디 가?"

'이 자슥이!'

삼룡은 생각과 달리 웃는 표정을 지었다.

"응, 사제. 내가 가긴 어딜 간다고 그래?"

"내가 보니까 발을 조금씩 움직이던데, 지난번처럼 도망치려고 그러는 거지?"

사룡이 몰아붙이자 삼룡이 손부채질을 하며 말했다.

"하핫, 사제. 내가 언제 도망갔다고 그래? 지난번에는 옆마을에 갔다가 불쌍한 분을 만나서 도와드리다가 늦었다고 했잖아."

"그때 대사형이 갔던 곳이 아마 초상집이었지? 대사형은 거기서 돌아가신 분이 불쌍하다면서 삼 일 동안 술이며 고기를 실컷 먹고 있었고, 난 그 삼 일 동안 산적들과 싸우느라 죽을 고생 하면서 심부름 갔다 왔었지, 아마."

삼룡과 사룡이 서로 티격태격하자 무안해진 사부 송림이 탁자를 손으로 내려치면서 소리쳤다.

쿵! 쿵!

"됐다. 무림맹에서 오신 귀한 손님 앞에서 지금 무엇들 하는 것이냐? 그만들 하거라. 삼룡이 넌 내 옆으로 오고, 사룡이 넌 저녁 준비하거라. 멀리서 오신 손님을 그냥 보내서야 되겠느냐? 보아하니 이틀은 굶으신 거 같은데."

방팔은 얼굴만 보고도 자신이 굶은 날짜를 대번에 파악하는 개소문 문주에게 놀랐다.

'사부는 얼굴만 보고 내가 며칠 굶은 줄을 알고, 그 제자들은 뱃속에서 나는 소리로 알아냈어. 이들은 정말 고수인가 보구나!'

"하하, 아닙니다. 저희 개소문이 워낙 굶기를 밥 먹듯이 하니 배고픔에 예민한 편입니다."

"아, 네!"

'송림 문주라는 사람, 지금 내 표정만으로 생각을 읽고 있어. 강호엔 은둔 고수들이 많다더니, 역시 난 우물 안의 개구리였군.'

방팔이 혼자 생각에 빠질 때였다. 개소문 문주 송림이 호탕하게 웃으며 말했다.

"이번 무림대회에 상금도 있겠죠, 방 스님?"

"아, 네! 상금은 부맹주님께서 몸담고 있는 제갈세가에서 준비하는 걸로 알고 있습니다."

방팔의 대답에 송 문주는 몸을 조금 기울이며 물었다.

"그럼 상금이 얼마나 되지요?"

"우승하게 되면 무림맹에서 하사하는 무림제일문(武林第一門)이라는 현판과 함께……."

"하하, 그딴 현판은 되었구요. 상금이 어떻게 되는지만 알면 됩니다. 하하하!"

방팔의 설명에 송 문주가 가벼운 웃음과 함께 말을 끊었다. 오직 그의 관심은 상금이란 것을 대놓고 드러내고 있었다. 그런 사부의 관심이 더 깊어질수록 삼룡의 고개는 창문 쪽으로 향했다.

"우승하게 된다면 황금 열 근을, 이위와 삼위에게는 각각 황금 세 근과 한 근을 주는 것으로 알고 있습니다."

"아, 그렇습니까?"

방팔의 대답에 송 문주는 아주 흡족한 표정으로 고개를 끄덕이며 삼룡이 있는 쪽을 쳐다보았다.

순간 송 문주의 눈에 삼룡이 움직이는 것이 들어왔다.

"삼룡아, 어딜 가려는 게냐?"

"네, 사부님. 비가 쉬이 그치지 않으니 이 제자는 빗속에서라도 수련을 하렵니다."

"아니냐. 오늘은 그만 쉬어도 되니 내 옆에 앉아 있거라."

"아닙니다. 이 제자, 그동안 막혔던 초식 운용 부분을 방금 풀어냈습니다. 그래서 한번 초식을 펼쳐 보려 합니다."

삼룡의 말에 송 문주가 싸늘하게 웃으며 말했다.

"삼룡아!"

사부의 웃는 얼굴 아래로 불끈 쥐어진 주먹을 보고는 삼룡은 힘없이 자리에 앉았다.

"아차차, 비가 오는 걸 깜빡했습니다, 사부님."

삼룡이 자리에 앉는 걸 확인한 송 문주가 다시 소림승 방팔에게 관심을 돌렸다.

이후 다시 얘기를 듣던 송 문주는 상금 이외의 특권과 부상품에 대한 대목에서 방팔에게 질문했다.

"그럼, 부상품으로 받은 소환단이나 대환단도 필요할 경우엔 팔아도 문제는 없는 겁니까?"

방팔은 무림대회에서 거의 임자가 정해진 대환단까지 언급하는 송 문주가 이해되지 않았지만, 사리에 어긋남이 없어 고개를 끄덕였다. 그러자 송 문주는 호탕하게 웃으며 말했다.

"하하하, 역시 하늘은 사천 개소문을 버리지 않으셨구나. 그렇지 않느냐, 삼룡아?"

송 문주의 물음에 삼룡은 어색한 미소를 지으며 고개를 끄덕였다.

"하, 하핫! 그런가요, 사부님?"

"그럼, 그럼! 조만간 삼룡이 네가 이 개소문을 굳건한 반석 위에 올릴 것이 아니더냐? 자그마치 황금 열 근이다, 열 근!"

"하하하, 사부님! 농담도 지나치십니다. 우승이야 구파일방이 맡아놓은걸요."

"자식, 겸양하기는. 좋다. 우승은 아니더라도 최소 삼위다, 삼위! 삼위만 하면 황금 한 근에 소환단까지 준다지 않느냐? 그것만 팔면 한동안 쌀 걱정은 안 해도 된단 말이다."

삼룡이 힘없이 웃으며 대답했다.

"하하, 그렇긴 하지만 수많은 고수가 몰려들 겁니다. 게다가 산동까지 갈 여비도 없으니 그냥 여기서 수련이나 하는 게 더 나을지도 모르겠습니다. 하하하!"

송 문주는 방팔을 쳐다보며 손부채질을 하며 말했다.

"며칠 안 본 사이에 제자가 놓이 늘었습니다. 삼룡아, 어디 우리가 여비 가지고 움직이더냐? 하하하!"

웃음을 띤 송 문주의 시선은 부드럽게 삼룡을 압박하고 있었고, 삼룡 역시 지지 않고 능글능글하게 받아쳤다.

"하핫, 사부님. 그래도 산동인데 여비가 필요하지 않겠습니까? 일이백 리도 아니고. 우리 사부님, 노망나실 때가 되긴 했습니다. 하하하!"

삼룡의 웃음소리가 커지자 송 문주의 웃음소리도 커졌다.

"하하핫! 이놈이 사부에게 아직도 입 재롱을 부리는구나! 네가 말은 그렇게 하면서도 이번 무림대회에 꼭 갈 거라는 것을 이 사부는 알고 있단다."

송림 문주와 그의 제자 삼룡은 서로 웃음 띤 얼굴을 하고 있었지만, 실상은 둘 모두 조금도 양보하지 않고 있었다. 하지만 송림 문주에게는 결정적 한 방이 있었다.

"녀석, 그럼 무림대회도 가지 말고 장가도 가지 말거라. 그리고 평생 나처럼 검만 쳐다보며 살거라!"

송 문주가 삼룡에게 결정적인 한 방을 날렸을 때, 삼룡의 미소는 어느새 사라져 버렸다.

오직 송림 문주의 웃음만이 비가 오는 개소문을 떠들썩하
게 만들었다.

짹짹, 짹짹!
이른 아침부터 참새 소리가 마치 누군가를 환송하듯이 요
란하게 울려 퍼졌다. 어제 하늘을 휘감았던 먹구름은 씻은 듯
이 사라져 버렸고, 짙푸른 창공만이 빛나고 있었다.
개소문에는 어제저녁에 이어 오늘 아침도 굴뚝에 흰 연기
가 모락모락 피어올랐다. 게다가 마당까지 누가 쓸어놨는지
빗질이 잘되어 있었다. 그 때문에 이곳이 개소문이 맞는지 의
심이 들 정도였다.
그것도 잠시, 곧 마당이 소란스러워졌다.
"하하하, 이렇게 환송해 주셔서 감사합니다. 송 문주님 덕
분에 그동안의 여독을 조금이나마 푼 것 같습니다."
힘이 들어간 목소리와 함께 소림승 방팔이 환한 얼굴로 마
당에 내려섰다. 젖어 있던 방팔의 옷은 감쪽같이 말라 있었
다. 누군가 밤새 아궁이에 옷을 말린 것처럼.
개소문 문주 송림은 포권을 가볍게 한 채 웃는 얼굴로 방팔
을 환송하고 있었다.
송림 문주 뒤에서는 사룡이 역시 포권을 하며 배웅하고 있
었다.
"하하하! 아닙니다, 방 스님! 저희같이 누추한 작은 문파에
무림첩을 전달해 주셨는데 대접이 소홀했다 욕하지나 말아

주십시오."

"아닙니다. 저야 아미신녀님께 추천을 받았으니 당연히 방문했을 뿐입니다. 과분한 대접이었습니다. 젖은 옷을 입고 갈 줄 알았는데 이렇게 뽀송뽀송한 옷을 입다니요. 이는 소림에서도 하기 어려운 호강이었습니다."

"하하하, 그렇게 생각해 주시니 감사할 따름입니다. 사실 본 문파가 더 해드릴 것도 없어서 죄송할 뿐입니다."

"무림맹에 속한 저야 의당 해야 하는 일을 했을 뿐입니다. 그리고 형편도 어려우신데 주먹밥까지 싸주시다니! 정말 감사드립니다."

방팔은 주먹밥 몇 개에 감동한 듯 보였다.

다른 문파라면 홀대한다고 속으로 욕이라도 했겠지만, 직접 개소문이라는 문파를 하루저녁 겪어본 그의 느낌으로는 개소문으로 할 수 있는 최상의 대접을 받은 것이 분명했다.

"그럼, 송림 문주님, 저는 이만 돌아가도록 하겠습니다. 제가 맡은 사천 문파는 거의 돌았으니 이제 맹으로 돌아가 가을에 열리는 무림대회 준비를 하겠습니다."

"네, 그러서야죠. 나중에 본 문 제자가 찾아뵙게 되면 잘 부탁을 드리겠습니다."

"저야 맹의 심부름이나 하는 보잘것없는 위치입니다. 하나 오신다면 제가 어찌 홀대를 하겠습니까? 제가 할 수 있는 최선을 다해서 돕도록 하겠습니다."

"하하하, 그 정도만 해주셔도 됩니다. 자, 그리고 이

건……."

송림 문주는 품속에서 주먹 반 개만 한 헝겊 주머니를 꺼내더니 말없이 방팔의 손에 쥐어주었다.

방팔은 주머니에 느껴지는 딱딱한 촉감으로 그것이 은자라는 것을 알 수 있었다. 뜻하지 않은 도움을 받게 된 방팔의 얼굴이 이전보다 훨씬 환해졌다.

"이, 이러시면 안 되는데……."

방팔이 예의상 한 번 거절하자 개소문 문주 송림은 화들짝 놀라면서 다시 받기를 거부했다.

"거절하시는 건 저희 개소문을 욕보이시는 겁니다. 그러니 성의를 봐서 넣어두십시오. 어제 저희 아이들이 스님께 장난친 것도 있으니 제 얼굴을 봐서라도……."

송림 문주는 어제 무명촌 아이들이 얘기를 하면서 주머니를 되돌려 받기를 거부했다. 그러자 예의상 되돌려주려 했던 방팔의 손이 어느새 자신의 품으로 되돌아가 있었다.

"그럼, 염치 불구하고……. 이만 가보겠습니다."

"네, 스님. 살펴 가십시오. 멀리 안 나가겠습니다."

"그럼 이만. 아미타불!"

방팔의 표정과 목소리는 한결 밝아져 있었고, 기분 좋은 표정으로 인사를 하고는 삿갓과 법장을 챙겨 문청을 박차고 씩씩하게 빠져나갔다.

송림 문주는 문청 한 켠에 서서 소림승 방팔이 사라진 것을 확인하고는 이내 싸늘한 표정으로 뒤돌아섰다.

사룡은 갑작스런 사부의 냉기에 긴장한 듯 보였다.

"그래, 삼룡이가 어젯밤에 도망치려 했다고?"

"네, 사부님! 어제 사부님 지시로 방 스님의 옷을 말리다가 도망치는 대사형을 발견했습니다. 제가 간신히 붙잡고 물어 보니, 대사형은 힘들게 산동까지 왜 가느냐고, 한 몇 달 있다 가 돌아오겠다고 했습니다. 아마 제가 사부님 드리려고 숨겨 놓은 백주(白酒) 한 통을 꺼내놓지 않았다면 저도 대사형을 잡아두지 못했을 겁니다."

사룡의 얘기를 듣는 송림 문주의 표정이 내내 편치 못했다.

"그래서 이놈이 아직까지 퍼 자고 있는 게로군. 내 이놈을 당장!"

분기를 못 참고 주먹을 불끈 쥔 채 부들부들 떠는 사부의 모습을 보는 사룡의 표정도 괜히 말했다는 표정이었다.

"사부님, 대사형이 정말 가기 싫어하는데 그냥 안 보내시 면 안 되나요?"

"시꾸랏!"

사룡의 말을 단칼에 무 자르듯 잘라 버린 송 문주는 콧김을 씩씩 내뿜으며 삼룡의 침실로 향했다.

이어 곧바로 매타작하는 소리가 들렸다.

퍽, 퍼퍽, 퍽!

"아야야! 사부님, 갑자기 왜 그러세요? 한참 좋은 꿈 꾸고 있었는데!"

"뭐, 왜 그러세요? 한참 좋은 꿈 꿔? 이늠아, 그걸 몰라서 물어? 너 같은 놈은 좀 맞아야 돼! 내가 몽둥이를 어디에 뒀더라? 에라, 몽둥이는 무슨, 그냥 맞아라!"

다시 매타작 소리가 시작되자 사룡은 문청에서 양손으로 귀를 막으며 혼자 중얼거렸다.

"미안해, 대사형. 안 그럼 내가 가야 하잖아. 대사형이 나를 용서해 줄지 모르겠지만 어쨌든 정말 미안해."

그렇게 삼룡의 매타작 소리는 한 시진 동안 이어졌고, 사룡은 매타작이 끝이 났는지 확인하기 위해 귀를 앞세워 침실 앞을 기웃거리고 있었다. 그 순간 송 문주의 목소리가 들렸다.

"사룡이 밖에 있으면 들어오너라!"

"네, 사부님!"

짧은 대답과 함께 사룡이 여느 때보다 신속하게 움직였다. 게으른 사룡이 이처럼 재빨리 움직였다는 건, 지금의 상황이 개소문의 비상사태임을 의미했다.

침실 입구에 들어선 사룡은 눈앞에 펼쳐진 광경을 보고는 멈칫했다.

부서진 채 어지럽게 나뒹굴고 있는 집기들, 그 집기들 사이로 처참한 몰골의 삼룡이 씩씩거리며 주저앉아 있었다.

눈두덩이 부근이 시퍼레진 삼룡은 아직 사부가 자신을 왜 때렸는지 눈치 채지 못한 것 같았다.

'헉, 사부님이 정말 화가 많이 나셨나 보네? 노인네, 힘도 좋아. 아직도 자식 열은 끄떡없겠다.'

이 난장판을 만든 송림 문주는 아직도 분기가 안 풀리는지 천장을 보며 분기를 억누르는 모습이었다.

"흠흠, 저 왔습니다, 사부님!"

사룡의 말에도 송림 문주는 쉽게 입을 열지 않았다. 그만큼 화가 났다는 뜻이었다.

송림 문주가 다시 입을 연 것은 사룡이 침실로 들어온 지 일각이 지나서였다.

"산동에는 사룡이 네가 가야겠다."

사부의 뜬금없는 통보에 사룡은 뒷목이 뻣뻣해졌다. 대답하는 것도 약간 더듬을 수밖에 없었다.

"제, 제가요, 사부님?"

"삼룡이 이 녀석이 그렇게 산동엘 가길 싫어하니 나도 어쩔 수 없구나. 에이, 괘씸한 놈! 내가 저를 어떻게 키웠는데."

송림 문주는 말하면서 고개를 쳐든 채 말을 머뭇거렸다. 마치 눈물이라도 삼키는 듯한 행동이었다.

이제 나이 팔순을 바라보는 그가 하늘을 쳐다보고 머뭇거리자, 널브러지듯 앉아 있던 삼룡이 약간 놀라는 눈치였다.

"사룡이, 네가 대사형을 대신해서 개소문의 대표로 무림대회에 참여하거라! 순위에는 못 들어도 상관없다. 단지 사천 개소문이라는 문파가 무림대회에 참여했다는 소식만 들어도 이 사부는 만족힐 깃이다."

노기가 충만했던 방금 전과는 달리 송림 문주의 목소리가 왠지 심약하게 들렸다.

이런 사부의 약한 모습에 삼룡이 감정에 복받쳤는지 금세 울먹거렸다.

"사부님! 사부님!"

삼룡이 사부를 애타게 불렀지만 송 문주는 돌아보지 않았다.

"삼룡이, 넌 나설 것 없다. 네 사제 사룡이가 무림대회에 갈 것이고, 나는 너희들을 먹여 살리기 위해 계속 품팔이를 할 것이다. 그러니 너는 여기서 편안히 검술 수련이나 하거라, 이 못난 놈아!"

"아닙니다, 사부님. 제가 잘못했습니다. 사부님 뜻도 모르고… 이 제자, 정말 못났습니다. 더 때려주십시오, 사부님!"

삼룡이 사부의 처량한 모습에 마음이 움직였는지 송 문주의 바짓가랑이를 잡고 흐느끼기 시작했다.

"흑흑, 사부님! 못난 제자를 더 때려주십시오! 저는 맞아도 쌉니다, 싸요!"

이런 사제 간의 모습에 울컥했는지 가만히 지켜보던 사룡이도 송 문주의 남은 바짓가랑이를 잡고 흐느꼈다.

"사부님, 제가 더 잘못했습니다. 제가 가도 될 것을 괜히 대사형을 잡아놓는 바람에 사제 간의 의만 상하게 했습니다."

보통 이런 식의 상황 정도면 서로 얼싸안고 그간의 앙금을 털어놓으며 좋게 좋게 마무리되는 것이 정상이다. 하지만 이 상황은 어딘가 달라도 많이 달랐다.

특히 삼룡이와 사룡이 주고받는 눈빛이 요상했다. 한참을 사룡이와 눈을 흘기던 삼룡이 먼저 입을 열었다.

"어젯밤에 제가 도망치려 한 것은 이 못난 제자에게도 생각이 있어서 그랬습니다."

"……."

송 문주가 아무 대답도 하지 않자 삼룡이 다시 말했다.

"요사이 사룡이와 비무를 해보니 사제가 저보다 나았습니다. 이건 절대, 절대 거짓말이 아닙니다, 사부님!"

삼룡은 '절대'를 강조했다. 반대로 이 모습을 지켜보는 사룡은 '당했다'라는 눈빛으로 변해 있었다.

사실 요사이 비무를 한 번도 한 적이 없으니 삼룡의 말은 생거짓말임이 분명했다.

"그럼, 삼룡이 너는 검술이 뛰어난 사룡이에게 양보하려고 일부러 도망치려 했단 말이더냐?"

송림 문주의 말에 삼룡이 눈물까지 섞어가며 대답했다.

"흑흑! 네, 사부님. 그간 용기가 없어 말씀드리지 못하고 대신 도망치는 척하며 사제에게 양보하려고 했던 것입니다. 흑흑!"

삼룡의 말이 끝나기가 무섭게 사룡 역시 흐느꼈다.

"흑흑, 아닙니다, 사부니임! 대사형이 요 근래 들어 몸이 안 좋았습니다. 그 때문인지 비무에서 빈틈을 몇 번 보인 석이 있습니다. 아마 자존심 강한 대사형은 몸이 안 좋은 상태에서도 빈틈을 보인 자체를 용납할 수가 없었나 봅니다, 사부님!"

사룡이 말을 끝내자 이에 질세라 삼룡이 반박했다.

"아닙니다. 이 제자, 몸이 비록 안 좋긴 했지만 전력을 다한 검이었습니다. 사룡 사제는 아직 자신의 검술 수준이 저를 추월했다는 것을 모릅니다, 사부니임!"

사룡 역시 삼룡의 말이 끝나기가 무섭게 머리를 굴리며 말했다.

"그럴 리가 있겠습니까, 사부님? 저도 보는 눈이 있는 걸요. 분명 대사형의 검술은……."

"이놈들!"

송 문주가 냅다 고함을 지르자, 그제야 상황 파악이 된 삼룡과 사룡은 일제히 입을 다물었다.

"허이고, 하늘도 무심하시지! 어찌 사형제 간의 의리도 없고 게으른 놈들만 주셨을꼬! 다른 문파 같으면 사제 간에 서로 무림대회에 참여하겠다고 난리였을 터인데. 쯧쯧쯧!"

삼룡과 사룡은 송 문주가 다시 입을 열 때까지 아무 소리도 하지 못했다. 그 침묵의 의미가 '저희들이 잘못했습니다'가 아니라는 것쯤은 송 문주도 알고 있었다.

"삼룡아, 솔직하게 한번 말해보거라. 정말 무림대회에 가기 싫은 것이냐?"

솔직하게 말하라는 송 문주의 말은 잘 생각해 보고 대답하라는 얘기였다. 하지만 삼룡은 두 번 생각할 것도 없이 바로 대답했다.

"네, 사부님! 정말 가기 싫습니다!"

불끈!

송 문주의 오른 주먹이 다시 억세게 쥐어졌다가 풀어졌다. 이를 그의 뒤에서 무릎 꿇고 있던 삼룡과 사룡이 둘 다 목격할 수 있었다. 하지만 다시 나온 송 문주의 말투는 생각과 달리 부드러웠다.

"좋다. 그럼 우리도 다른 문파처럼 비무로 결정하자."

비무로 결정하자는 말에 어찌 된 일인지 삼룡이 웃음을 지은 반면 사룡은 고개를 푹 숙였다.

아침도 거른 개소문의 오전 나절은 때 아닌 비무로 시작되고 있었다.

올해 팔순을 바라보는 송림 문주는 수련장 가운데에 의자를 가져다 놓고 떡하니 앉아 있었고, 삼룡과 사룡은 서로를 마주하며 이십 보 정도를 떨어진 상태로 목검을 겨누고 있었다.

둘이 들고 있는 목검은 몽둥이처럼 뭉툭했다. 아마 비무를 위해 만든 목검인 듯싶었다.

사형제 간의 비무는 이미 승패가 나 있는 것처럼 표정에서 많은 차이가 있었다.

삼룡의 얼굴은 미소가 어려 있었고, 사룡의 얼굴엔 짙은 어둠이 깔려 있었다.

'흐흐흐, 사룡 사제. 내가 져줄게. 걱정 말고 갔다 오게.'

반면 표정이 어눌한 사룡의 생각은 이랬다.

'젠장, 똥 밟았어! 대사형은 이럴 때 써먹으려고 사부님 안

계신 동안 그 말도 안 되는 검술 연습을 한 거였어. 대체 지는 검술만 연마한 대사형에게 내가 어떻게 질 수 있겠냔 말이야! 아무렇게나 지는 거야 쉽지만, 전혀 눈치 채지 못하게는 불가능한데. 대사형의 잔머리는 마교 교주 급이야. 젠장, 산동까지 가려면 다리깨나 아프게 생겼군.'

사룡의 생각대로 삼룡은 사부가 시작을 알리면 자신이 준비한 최상의 검술(?)을 펼쳐서 보기 좋게 지리라 마음먹고 있었다.

순간 침묵하던 송림 문주의 입이 열렸다.

"삼룡하고 사룡이는 비무하기 전에 내 앞에서 확실히 다짐해라. 어떤 결과든지 승복하겠다고 말이야. 니들 아랫도리를 걸고!"

사부의 말에 삼룡이 당당하게 대답했다.

"남아일언중천금입니다, 사부님! 어찌 사내인 제가 한 입 가지고 두말을 하겠습니까? 안 그래, 사룡 사제?'

'어련하겠수, 대사형!'

억울했는지 사룡은 대답을 하지 않았다. 그러자 그의 사부 송림이 독촉했다.

"사룡이 너는 어찌 대답이 없느냐?"

사부의 독촉에 사룡은 힘없이 대답했다.

"예. 저도 그리하겠습니다, 사부님."

사룡의 대답을 들은 송림 문주가 비무 시작을 알렸다.

"지는 놈이 가는 거다. 시작!"

"당연… 넵?"

삼룡이 대답하려다 말고 고개를 돌려 사부에게 되물으려 했다. 하지만 이를 놓칠 사룡이가 아니었다.

졸지에 입장이 뒤바뀌어 버린 사룡이 호랑이가 토끼의 목을 물어뜯듯이 잽싸게 목검을 휘둘렀다.

시작부터 지리라 마음먹었던 삼룡이가 거의 무방비 상태로 몽둥이 같은 목검에 맞아 쓰러진 건 순식간이었다.

빽!

둔탁한 소리와 함께 삼룡이 머리에 목검을 정통으로 맞고 쓰러지자마자 사부의 매정한 목소리가 개소문 하늘에 울려 퍼졌다.

"사룡이 승! 삼룡아, 산동엔 네가 가야겠다."

그 순간부터 삼룡은 자신의 아랫도리를 지킬 것인지 아닌지에 대해 심각하게 고민하는 시간을 가져야 했다.

역시 늙은 생강은 만만히 생각하면 안 되는 것이었나 보다.

삼 일 후.

삼룡은 개소문 문청에서 봇짐을 들고 사부에게 허리를 숙이며 작별을 고하고 있었다. 얼굴에는 삼 일 전보다 더한 멍자국이 골고루 퍼져 있었다. 그동안 사부와 대화(?)를 많이 한 결과였다.

"사부님, 제자 다녀오겠습니다. 그동안 몸 평안히 보중하세요."

인사하는 삼룡의 모습은 어딘가 힘이 없어 보였다. 그런 삼룡의 모습을 송림 문주와 사룡은 밝은 표정으로 환송하고 있었다.

"그래, 삼룡아. 더도 말고 삼위다, 삼위!"

송 문주의 말에 삼룡은 힘없이 고개를 끄덕였다.

"네, 사부님."

"그래, 그래야지. 그리고 삼룡아, 상금 받거든 들고 올 생각 말거라."

그 말에 삼룡이 반색하며 대답했다.

"그럼 제가 조금 써도 되나요?"

삼룡의 표정을 보는 순간 송 문주는 대뜸 주먹을 날렸다.

펙!

순식간에 둔탁한 꿀밤(?)을 맞은 삼룡은 손바닥으로 머리를 문질렀다.

"아, 노인네, 힘만 더럽게 세 가지고."

삼룡의 버릇없는 말에도 송 문주는 실실 웃고 있었다. 그리곤 당부하듯 말했다.

"하하, 미안하구나. 이 사부의 손목에 힘이 조금 더 들어갔구나. 황금을 받거든 만옥전장(萬玉錢莊) 분점에 맡겨라. 성도에 있는 만옥전장은 각 지역마다 분점이 있는데, 산동 분점에 황금을 맡겨두면 이곳에서 전서구만 받아 바로 인출할 수 있단다."

미리 사전에 모든 준비를 한 듯한 사부가 상당히 의심스러워지는 삼룡이었다.

"그건 언제 알아놓으셨어요?"

"흠, 뭐, 그동안 돈이 없어서 전장 출입을 안 했을 뿐이다. 그 정도는 만옥전장을 한 번이라도 출입한 사람이라면 누구나 알 수 있는 일이야."

"알았어요. 그럼 그렇게 할게요. 그럼 소환단은요?"

"그건 네가 잘 가지고 있거라. 내가 그동안 소환단을 살 만한 문파를 알아봐 놓으마. 아마 거기서 처분하려면 헐값에 넘겨야 할 게야. 그러니 그건 직접 가지고 오너라."

"알았어요. 대신 이번에 갔다 오면 다음번엔 사룡이 보내세요."

삼룡의 대답에 송 문주 옆에 있던 사룡이 움찔했지만 미소는 잃지는 않았다.

"하하하! 그럼, 그럼! 내가 한 입으로 두말하더냐. 안 그러냐, 사룡아?"

사부의 부추김에 사룡이 재빨리 대답했다.

"그럼요. 다음번엔 무슨 일이 있어도 제가 갈게요, 대사형."

"그럼 다녀오겠습니다, 사부님."

삼룡이 마지막 인사를 하고 뒤돌아서려 하자 송 분수가 삼룡을 불러 세웠다.

"삼룡아, 잠깐만!"

"왜요?"

"왜긴, 인마! 무림대회에 쓸 무기는 가져가야지."

그렇다. 무림대회에 참여하기 위해 길을 떠나는 삼룡은 지금 빈손이었다.

삼룡은 상관없다는 듯 대답했다.

"됐어요. 어차피 철검 하나 없는 형편인 거 뻔히 아는데요, 뭐. 어차피 목검으로 싸울 거, 길 가다가 아무 나무나 꺾어서 쓸래요."

"아니다, 삼룡아. 네 조사님이 강호에 처음 출두했을 때 쓰시던 목검이 하나 있다. 이제부터 네가 이 개소문의 얼굴이니 그 몽둥이를 가지고 가거라."

"됐어요. 어차피 똑같은 나무인데요. 그냥 갈래요."

"이게… 아직 덜 맞았지?"

삼룡이 계속 거부하려 하자 사부 송림의 얼굴이 험악하게 변했다. 그러자 삼룡이 바로 꼬리를 내렸다.

"알았어요. 주세요."

삼룡이 마지못해서 대답하자 송 문주는 사룡을 시켜 목검 하나를 가져오게 했다. 사룡이 가지고 온 목검을 받아 든 송 문주는 감회가 새로운지 목검의 전신을 훑어보았다.

때가 심하게 묻어 꼬질꼬질해 보이는 것만 빼면 그냥 보통 몽둥이였다. 단지 검처럼 보이게 조금 다듬었을 뿐이고, 지난번 비무 때 쓰던 몽둥이와 별반 다를 바 없어 보였다.

송 문주는 삼룡의 봇짐 사이로 직접 그 목검을 끼워 넣어주며 친절히 목검의 유래를 설명했다.

“이, 검의 이름이 바로 균검(均劍)이다. 한번 검을 들면 공평해야 하는 검 말이다.”

“알고 있어요. 처음과 시작, 강한 놈이든 약한 놈이든 똑같이 패주라는 조사님의 검이잖아요.”

퉁명스런 제자의 말에도 송 문주는 연신 웃음을 감추지 못하고 있었다.

“하하하! 이놈, 균검을 제대로 알고 있구나. 그래, 사조님의 검을 가지고 한번 강호를 주유해 보거라.”

“전 삼위만 하고 올 거예요. 다른 건 기대하지 마세요.”

“그래, 그래! 상금은 꼭 만옥전장에 맡기거라, 요즘 품팔이가 영 시원치 않구나!”

사부의 목소리가 잔소리처럼 들렸는지 삼룡은 손부채질을 하며 인사를 했다.

“알았어요, 알았어! 저 그만 갈게요.”

삼룡이 순식간에 인사를 하고 뒤돌아서자 그의 사부와 사제는 손을 흔들며 소리쳤다.

“삼위다, 삼위!”

“대사형, 돌아올 때 선물 잊지 마!”

第二章

삼룡이 살아가는 법

허허실실 虛虛實實

아직 봄이었지만, 남쪽에 위치한 사천은 벌써부터 더웠다. 해가 뜬 지 오래였지만 습기가 많아 안개가 걷히질 않았다.

이런 날씨가 사천 남부 특유의 보통 날씨였다.

안개 낀 아침 길을 눈덩이가 시퍼런 사내가 걷고 있었다. 등에 진 봇짐은 헝겊 쪼가리를 얽은 것이었다. 옆구리에 매듭 몇 개만 있다면 개방의 상거지라고 불러도 될 정도로 초라한 행색이었다.

이 낯선 사내가 바로 개소문을 떠난 삼룡이의 모습이었다. 삼룡은 뭐가 불만인지 혼자 불평을 늘어놓고 있었다.

"지금 이 시간이면 한참 자고 있어야 할 내가 이게 뭐냐고! 왜 내가 그놈의 소림 땡중 하나 때문에 이 생고생을 해야 되는 거냐고요!"

산동으로 가기로 정해졌음에도 삼룡은 아직까지 화가 덜 풀린 것 같았다.

"사부님도 그렇지, 그깟 황금 한 근 가지고 이 사랑스런 제자를 위험천만한 강호로 내쫓는 게 말이 돼? 옛날에 뭐라 그랬어. 개소문은 사부가 살아 있는 동안 제자를 끊임없이 챙겨 주는 강호 유일의 문파라고 했던 건 대체 뭐였냐고? 그것도 돈 한 푼 없이 주먹밥 몇 개로 쫓아내다니. 정말 너무해."

삼룡의 불평은 끝이 없었다. 마치 옆에 누가 있는 것처럼 혼자서 주거니 받거니 하며 떠들고 있었다.

"사룡이, 그 녀석만 아니었어도 지금쯤 도망쳐서 실컷 잠이나 퍼질러 자고 있을 텐데. 사룡이, 이 치사한 자식, 내가 백주에 약한 거 알고 그런 수를 썼단 말이지. 그런데 뭐? 선물? 개뿔이다."

길가의 논과 밭에서는 아침부터 일찍 일하는 농부들과 아낙들이 있었지만 그는 신경 쓰지 않고 사부와 사제 험담하기에 바빴다.

삼룡이 험담을 멈춘 것은 제법 넓은 강에 도착해서였다.

"아, 벌써 금사강(金砂江)이잖아. 내가 언제 여기까지 왔지? 젠장, 돈이 조금이라도 있어야 뱃사공한테 사정이라도 해보지. 헤엄칠까? 아니야. 너무 멀어서 힘들어. 그냥 물속에 떠 있기만 하면 물살 때문에 운남으로 떠내려 갈 것이니 그럴 수도 없고. 아이, 골치야!"

넓은 강을 바라보던 삼룡은 그 자리에 퍼질러 앉아 신세 한
탄하듯 주저리주저리 떠들었다.

"여기서 그냥 돌아갈까? 아니야. 그랬다간 사부님이 날 죽
이려 들 거야. 젠장, 앞으로 갈 수도 없고 그렇다고 돌아갈 수
도 없으니 정말 진퇴양난(進退兩難)이로군."

삼룡이 혼자서 한참을 중얼거릴 때였다. 뒤에서 인기척과
함께 삼룡을 향해서 누군가 말을 거는 것이었다.

"으흠, 무슨 이유인지 모르겠으나 강을 건너는 게 그리 큰
문제라면 제가 도움을 드리겠습니다."

삼룡이 돌아보자 남색 도포를 갖춰 입은 젊은 도사 하나가
삼룡이 앉아 있는 쪽을 바라보고 있었다. 약관(스물) 이 갓 넘
어 보이는 앳되고 깔끔한 모습은 시퍼런 멍이 든 삼룡의 얼굴
과 대조적이었다.

도사를 힐끗 살펴본 삼룡은 고개를 가로저으며 말했다.

"기다리세요. 조금 생각해 봐야 하니까."

도움을 주겠다는데도 삼룡은 힐끗 보고는 기다리란다.

건널 강의 거리가 짧다면 뱃삯이 얼마 되지 않겠지만, 삼룡
이 건널 금사강은 제일 좁은 곳이라고 해도 족히 이백 장은
넘어 보였다. 유속도 빨라서 노 젓기도 힘들 터이니 뱃삯이
만만치 않을 것이 자명했다.

그런데도 돈 한 푼 없는 삼룡은 마치 자기가 적선을 하듯
여유를 부리고 있었다.

"그러시죠. 어차피 저도 배가 올 때까지 기다려야 하니."

마음 씀씀이까지 좋은 젊은 도사는 멍투성이인 삼룡이 생각하도록 내버려 두고 흘러가는 강물로 시선을 옮겼다.

그사이 강을 건널 사람들도 속속 나루터에 도착해서 배를 기다렸다. 그리고 얼마 지나지 않아 안개 사이로 나룻배 한 척이 부지런히 노를 저어오면서 강어귀 나루터로 접근했다.

사공은 머리에 어부들이 쓰는 널따란 죽립을 쓰고 있었고, 땟국 묻은 무명옷을 손목까지 내린 모습이었다. 노 젓는 사공의 움직임에 따라 얼핏얼핏 보이는 팔 근육이 예사롭지 않아 보였다.

"자, 오래 기다리시게 해서 죄송합니다. 뱃삯은 일인당 이십 문(닢)만 받도록 하겠습니다."

다른 사람은 가만있는데 돈 한 푼 없는 삼룡이 발끈해서 나섰다.

"이봐요, 사공 아저씨! 쌀 한 가마에 백 문인데 한 사람당 이십 문을 받는다구요?"

사공은 행색이 초라한 삼룡이 떠들든 말든 상관하지 않고 손바닥을 하늘로 향한 채 미소를 짓고 있었다.

배를 기다리던 사람들은 따지는 삼룡과 달리 주머니에서 엽전을 꺼내 사공에게 쥐어 주고는 배에 올라타는 것이었다.

"이봐요, 사공 아저씨! 사람 말이 말같이 안 들려요? 어째서 뱃삯이 이십 문이나 하느냔 말이에요?"

사람들이 모두 타자 사공이 주위를 훑어보며 말했다.

"더 타실 분 없으신가요?"

여전히 사공의 눈에는 삼룡이 안중에도 없었다. 사공이 마지막으로 탈 의사를 묻는 상대는 삼룡이 아니라 그 뒤의 젊은 도사였다.

하지만 젊은 도사도 타지 않을 것인지 사공을 향해서 손을 휘저었다. 그러자 사공은 미련없이 배에 올라타더니 배를 강에 띄웠다.

떠나려는 배를 보고 삼룡이 뒤돌아서서 젊은 도사에게 말했다.

"저는 저 배를 타지 않을 겁니다. 지금이라도 배를 세워 타세요."

삼룡의 말에 젊은 도사는 고개를 내저었다.

"저도 선배님과 같은 이유로 탈 수가 없습니다. 저의 사부님이 말씀하시길, 강호에서는 이름 없는 사공의 미소와 객잔 주인의 미소를 조심하라고 했습니다. 저 사람은 분명 평범한 사공이 아닐 겁니다."

"하하, 전 돈이 없어서 배를 안 탔을 뿐입니다. 이제 배를 놓쳤으니 저는 이만 저의 사문으로 돌아가도록 하겠습니다."

삼룡은 젊은 도사를 뒤로하고 발길을 돌렸다. 그러자 젊은 도사가 포권을 하며 인사를 건넸다.

"선배님, 저는 점창의 능운비(能雲飛)라고 합니다. 다음에 뵈면 술 한잔 올리겠습니다."

"하하, 마음대로 하세요."

삼룡이 발길을 놀려 사라질 때까지 능운비의 시선은 삼룡에게서 떠나지 않았다.

삼룡의 모습이 완전히 보이지 않을 때였다. 능운비의 주변에서 거뭇한 그림자가 일렁이더니 검은 야행복을 입은 사내가 손에 검을 쥔 채 나타나 젊은 도사에게 무릎을 꿇었다.

비록 안개가 껴 있었지만 대낮에 자신의 모습을 완벽하게 감출 수 있는 은형술(隱形術)은 팔뚝 굵어 보이는 뱃사공보다 더 예사롭지 않았다.

"제가 처리하겠습니다, 존주님."

"됐습니다. 저분을 과소평가하지 마십시오. 이 말은 주제를 알고 덤비라는 뜻과 일맥상통합니다."

보는 사람이 없어서인지 능운비의 말투는 삼룡을 대할 때와는 달랐다. 싸늘한 능운비의 말에 무릎을 꿇은 사내의 눈빛이 흔들렸다. 그때였다.

공간이 일렁이며 새로운 인물 두 명이 나타나 무릎을 꿇고 있는 사내의 어깨를 지그시 눌렀다. 그들의 행동은 만일의 사태를 대비하기 위함인 것 같았다.

무릎을 꿇은 사내는 필사적으로 능운비에게 시선을 맞추려고 했지만 능운비는 매몰차게 돌아섰다.

"경거망동하는 주구(개) 는 나에게 필요없습니다."

능운비의 축객령 같은 소리에 무릎을 꿇었던 사내는 고개를 숙였고, 그와 함께 그들의 모습이 희미하게 사라졌다.

검은 옷차림의 사내들이 사라지자 능운비는 이전처럼 앳되고 천진난만한 웃음을 띤 채 도도하게 흐르는 금사강을 감상했다.

*　　　*　　　*

　사천에서 동남쪽으로 가다 보면 귀주(貴州)가 나온다. 이 귀주는 팔 할 이상이 산악 지형이었는데, 그 때문에 왕래하는 사람이 드물 수밖에 없는 지역이었다. 어찌 보면 산에 고립되다시피 한 곳이 귀주란 곳이었다.

　그러한 귀주에서도 산세가 험해 사람들의 출입이 아주 드문 지역이 있었다. 그 지역은 산길을 굽이굽이 돌아서 절벽과 절벽 사이에 이어진 다리를 수없이 지나야만 갈 수 있는 곳이다.

　그곳은 애초부터 보통 사람들이 갈 수 있는 곳이 아니었다. 그곳은 황실에서 파견 나온 관리조차도 함부로 들어갈 수가 없었다. 이는 신체를 자유자재로 움직일 수 있는 경신법(輕身法)에 능한 무림인도 예외가 아니었다.

　이곳을 마음 놓고 드나들 수 있는 사람은 오직 마교인이라 불리는 사람들뿐이었다.

　마교 사람들은 오래전부터 산이 많은 이곳을 십만대산(十萬大山)이라 부르며 자신들의 본거지로 삼았다.

　마교라는 특성상 사람들의 왕래가 많은 성도에 자리 삽을 수 없었기에 첩첩산중으로 둘러싸인 귀주에 그들만의 터를 잡은 것이었다.

　십만대산 한곳에 자리 잡은 마교는 험한 산세와 더불어 요

새처럼 지어진 건물과 수많은 기관, 한번 들어가면 절대 빠져
나올 수 없는 진이 곳곳에 설치되어 있었다.

신선의 경지에 들어섰다고 불리는 무림십대고수라 하더라
도 죽기를 작정하지 않고서는 발을 들여놓길 꺼려하는 곳이
바로 십만대산, 마교의 본거지인 총단(總團)이었다.

현 마교 교주인 인마대제(人魔大帝) 혁영화(赫榮華)는 자신
의 처소인 천마전 근처에 있는 정원에서 한가로이 꽃과 나무
를 보고 있었다.

교주는 얼핏 봐도 삼십대 중반 이상으로는 보이지 않았다.
자색 비단옷에 흑단처럼 검은 머리를 뒤로 살짝 묶어 늘어뜨
린 뒷모습만 보면 여염집 여인이 한가로이 정원을 산책하는
것처럼 가녀려 보였다.

활짝 핀 매화나무 한 그루 앞에 선 혁 교주가 꽃향기를 맡
기 위해 숨을 깊숙이 들이마셨다.

"흠, 매화 향이 그윽해졌군."

곱상하게 생긴 것과는 달리 교주의 목소리는 갈라지는 노
색(老色)이 귀에 거슬릴 정도로 듣기 거북했다.

그윽한 매화 향에 기분 좋아했던 혁 교주는 갑자기 기분이
나빠졌는지 인상을 찌푸렸다.

"홍매화를 보니 검 들고 설치는 싸가지없는 화산 노인네들
이 생각나는군. 에잇!"

혁 교주가 노색(怒色)을 띤 채 발길을 돌리자, 방금 전까지
탐스럽게 피어 있던 홍매화 한 그루가 시커멓게 변하면서 시

들어 버렸다.

매화나무에서 발길을 돌린 혁 교주가 향한 곳은 정원 삼 할 가량을 차지한 커다란 연못이었다.

연못의 한가운데에 정자가 있었고, 정자 지붕 아래에는 숭악한 마교의 느낌과는 달리 부드러운 필체로 유마정(遊魔亭)이라 쓰인 현판이 걸려 있었다.

그리고 정자와 정원 사이에는 이름 있는 장인이 공들여 만들었을 법한 목조 다리가 우아한 자태를 뽐내고 있었다.

정자 안에는 탁자와 의자가 있었는데, 탁자 위에는 누가 준비해 놨는지 다과가 곱상하게 차려져 있었다. 그리고 한쪽 조그만 찻잔에는 이미 차가 따라져 있었고, 샛노란 찻물이 봄바람에 찰랑였다.

찻잔을 확인한 혁 교주는 탁자와 떨어진 상태에서 찻잔 쪽으로 손을 내밀었다. 그러자 찻잔이 허공으로 둥실 떠올라 교주의 손으로 스르르 빨려 들어왔다.

찰랑거리던 찻잔이 꽤 긴 거리를 움직였지만 찻물 한 방울 떨어지지 않았다.

"그새 식었군. 흠!"

혁 교주가 가벼운 헛기침을 하는 동안 삼매진화(三昧眞火)의 수법을 썼는지 차갑게 식어 있던 찻잔 위로 흰 수증기가 몽실몽실 피어올랐다.

데워진 차 한 모금을 마신 혁 교주는 정자 난간에 서서 비단잉어가 헤엄치는 모습을 감상했다.

한동안 말없이 비단잉어를 쳐다보던 혁 교주는 돌연 인상을 구기며 아무도 없는 정원을 향해 외쳤다.

"무슨 일이냐? 유마정에 머물러 있는 동안은 그 누구도 방해하지 말라 했거늘!"

혁 교주가 말을 마친 순간 교주의 몸에서 수십 가닥의 검은 기운이 뻗어져 나와 마치 똬리를 튼 거대한 뱀처럼 정자를 휘감았다.

순간 아무도 없던 정자 한쪽에서 묵의를 입은 한 중년 사내가 모습을 드러내더니 그 자리에 주저앉았다.

본의 아니게 주저앉혀진 묵의사내는 얼굴이 새파랗게 질려 있었다. 아마도 계속 숨 막히는 고통을 겪고 있는 듯싶었다.

"여손(손녀) 께서 강호에 발을 들이셨답니다."

묵의사내가 간신히 입을 떼자 혁 교주는 잠시 그의 눈을 응시하더니 검은 기운을 거둬들였다.

검은 기운을 거둬들이자 묵의사내는 숨을 한두 번 몰아쉬더니 이내 안정을 되찾고는 그 자리에 무릎을 꿇고 고개를 숙였다.

"자세히 말해봐."

혁 교주의 허락이 떨어지자 묵의사내가 굳게 다문 입을 열었다.

"보고에 의하면 두 달 전 뇌음사에서 도망치셨답니다."

"그 아이가 도망을? 언제 그 아이가 잡히기라도 했단 말이

더냐? 뇌음사 땡중들이 모두 죽고 싶은 것이라더냐?"

혁 교주의 격노한 모습만으로도 묵의사내는 다시 숨이 막히는지 안색이 더 창백해졌다.

"자세히 알아보고는 있지만 지금까지 확인된 정보에 의하면, 여손께서 조그만 사고를 치고 도망친 듯합니다.

"조그만 사고를 치고 도망쳐? 그 아이 어미가 거기서 뼈를 묻었는데 무슨 사고를 쳤기에 도망을 친단 말이더냐? 내 손녀가 뇌음사 불상에 똥칠이라도 한 것이냐?"

똥칠이라는 말이 겸연쩍었는지 묵의사내는 고개를 돌려 헛기침을 하며 대답했다.

"흠, 흠! 똥칠은 아니옵고, 땡중 하나를 죽이고 비급과 영단을 훔쳐 달아났다고 합니다."

"땡중 하나 죽인 것은 죄도 아니다. 그리고 뇌음사에서 가지고 있는 비급이 뭐가 대단하다고 그 아이가 비급을 훔쳤단 말이냐?"

자신의 손녀가 관계된 일이어서 그런지 혁 교주의 언성은 점점 높아지고 있었다.

그에 따라 묵의사내는 점점 목소리가 움츠러들고 있었다.

"그, 그게… 뇌음사의 차기 주지를 죽인데다가 뇌음사 삼대기보인 삼청검보(三淸劍譜) 중 하나인 태청검보(太淸劍譜)를……"

묵의사내의 보고에 혁 교주는 손을 들어 올렸다. 그만하면 도망친 이유가 납득되었다는 뜻이었다.

“그래서 그 아이는 어찌 됐느냐?”

“여손께서 사천 지역에 들어섰다는 보고입니다. 현재는 뇌음사 대뢰승(大雷僧)들이 쫓고 있습니다. 그래서 저희가 대놓고 도와줄 경우, 자칫 정파 놈들이 눈치 챌 것 같아 저희 마영대(魔影隊)에서 암암리에 돕고 있는 정도입니다.”

“그 정도 도와줬으면 됐다. 호랑이 새끼는 스스로 크는 법이다. 어쨌거나 그 아이 또한 내 품을 거부하고 떠난 아이이니, 그 아이 때문에 마교가 전면에 나설 수는 없다.”

“하지만 교주님, 태청검보를 여손께서 가지고 있다는 것을 안다면 온 무림이 난리가 날 것입니다. 또한 태청검보가 정파의 손에 들어가기라도 한다면 본 교에 장기적으로 큰 해가 될 것입니다.”

묵의사내의 말을 진지하게 듣던 혁 교주는 돌연 냉소를 지으며 말했다.

“후후후, 앉아서 천 리를 살핀다는 천리마군(千里魔君), 자네도 늙은 것인가? 지금 한 소리가 마교 최고의 정보기관인 마영대의 수장이 할 소리인가 말이야!”

혁 교주의 언성이 높아지자 천리마군이라 불리는 묵의사내는 고개를 숙이며 잘못을 빌었다.

“속하가 어찌 하늘 같은 교주님의 높은 안목을 따라잡을 수 있겠습니까. 혹, 교주님께서는 그것으로 정파 간의 다툼을 야기시킬 것이라 판단하신 건지요?”

“아직 녹슬지는 않았군. 그 정도도 눈치 못했으면 오늘 마영대의 수장 자리를 내놓아야 할 뻔했어."

혁 교주의의 부드러운 목소리를 들은 묵의사내, 아니, 천리마군 독고천은 안도의 숨을 몰래 내쉬었다.

마교 최고의 정보 단체 수장으로서 그 정도도 파악하지 못했다면 아마 당장 죽음을 면키 어려웠을 테니 말이다.

인마대제 혁영화의 차가운 표정으로 봐서 자신의 손녀라고 해서 인정을 둘 인물은 아니었다.

"무림에 퍼뜨려라. 그 아이가 태청검보를 가지고 있다고 말이야. 정파 놈들이 우리에게 써먹은 수법을 그대로 되돌려 줘."

교주의 명령이 떨어지자 독고천의 고개가 그대로 숙여졌다. 소소한 것을 묻는 것은 마교에서는 있을 수 없는 일이었으니.

"존명(尊命)!"

혁 교주는 천리마군 독고천이 가는 것도 보지 않고 비단잉어가 노니는 연못 수면을 바라봤다. 순간 연못 수면을 바라본 혁 교주의 미간이 찌푸려졌다.

교주의 시선에 닿은 곳에는 방금 전까지 물속에서 노닐던 비단잉어 수백 마리가 흰 배를 드러낸 채 물 위에 둥둥 떠다니고 있었다.

아마도 생명력이 강하지 못한 잉어들이 혁 교주가 거칠게 내뿜은 마기(魔氣)를 견디지 못하고 죽은 것으로 짐작되었다.

"차 맛이 떨어졌다. 너희들이 알아서 치워라."

혁 교주가 처소로 돌아가자 어디에 숨어 있었는지 정원 곳곳에서 수십 명의 검은 인영이 튀어나와 연못과 유마정 주변을 정리해 나갔다.

＊　　　＊　　　＊

금사강에서 개소문으로 돌아가고자 한다던 삼룡은 다른 곳에 있었다. 그는 넓은 관도를 벗어나 작은 길을 걷고 있었다.

분명 개소문은 관도를 쭉 따라가면 나올 터인데 삼룡은 복잡하기만 한 좁고 굽은 길을 걷고 있었다.

"아, 벌써 졸리네. 어디서 잠이나 자고 갈까? 아니야. 사부님은 필시 내가 정말 떠났는지 확인하러 나올지도 몰라. 자다가 들키면 또 삼 일 동안 맞고 쫓겨나겠지."

삼룡의 불평은 금사강을 벗어나고서도 계속되었다.

"아무튼 집 나오면 고생이라니까. 일단 멀리 벗어나서 쉽게 산동으로 갈 수 있는 방법을 생각해 봐야겠다."

그런 그의 앞에는 언덕보다 조금 높은 작은 산이 하나 보였다. 작은 산이었지만 삼룡의 눈에는 태산보다 크게 보이는 듯했다.

"아, 젠장. 이번엔 산이야. 어휴, 할 수 없지. 안전한 배를 공짜로 타는 방법은 이 길뿐이니."

삼룡이 오솔길을 따라 산을 올라갈 때였다. 삼백 장 앞쪽에서 산새들이 한꺼번에 날아올랐다.

"푸드덕! 푸드덕!

급하게 날갯짓하는 산새들을 보는 삼룡의 눈빛이 흔들렸다.

"아, 정말 귀찮은데 또 돌아가야 해? 에이씨, 귀찮아. 이번엔 그냥 가고 만다."

삼룡은 뭐가 귀찮다는 건지 꾸역꾸역 산을 올라갔다. 그러면서 사부가 정성스레 준비해 준 주먹밥을 봇짐에서 꺼내 입에 구겨 넣었다.

*   *   *

삼룡과 얼마 떨어지지 않은 산속에는 십수 명의 사내들이 시퍼런 유엽도(柳葉刀)를 좌우로 휘두르며 누군가를 윽박지르고 있었다.

"야, 이것들이 누구 앞에서 검을 휘둘러! 그것도 검술이냐? 너희 같은 샌님들하고 우리같이 생업에 종사하는 사람들하고 수준이 같은 줄 알았냐고? 좋은 말로 할 때 가진 거 다 내놔라! 응!"

얼굴에 털이 넙수룩한 험상궂게 생긴 산적 하나가 바닥에 널브러져 있는 소년들에게 위협을 가하고 있었다.

바닥에 넘어져 있는 소년은 모두 세 명이었다. 그들 모두는 팔과 다리에 상처 한두 개씩을 입고 쓰러져 있었다.

산적들이 검을 잡은 팔에 집중적으로 상처를 입혀서 그런지 바닥에 뽑혀진 검들이 나뒹굴고 있었다.

세 명 중 나이가 제일 많아 보이는—그래봐야 십팔 세 정도 됐을 법해 보이는—소년이 털 많은 산적을 향해 소리쳤다.

"분, 분하다! 비겁한 술수만 쓰지 않았어도……!"

그러자 산적이 발끈했다.

"이게 어디서! 야, 강호가 그렇게 만만한 줄 알았어? 흙 뿌리는 것도 실력이야, 실력! 그렇게 억울하면 너희들도 흙 뿌리면서 싸우지 그랬냐?"

산적의 기세등등한 협박에도 소년은 기가 죽지 않았다.

"닥쳐라! 아미파에서 이 사실을 알면 너희 산채가 있는 곳을 쑥대밭으로 만들어놓을 것이다!"

"오호, 아미파! 그 대단한 아미파셨어요? 그런데도 우리 같은 열라 허접한 산적들한테 지셨어요?"

다분히 놀리는 투의 산적들의 반응이 더 분한지 상처 입은 소년들은 저마다 입술을 질끈 깨물며 분을 삭이고 있었다.

"왜, 더 잘난 입으로 더 떠들어보세요. 혹시 압니까? 고명하신 아미파 여고수님들이 천리지청술(千里地聽術)로 듣고서 달려오실지?"

"크하하하하!"

한 산적의 말에 주위를 둘러싸고 있던 산적 모두가 어린 무인들을 대놓고 비웃었다. 그때였다.

멀리서 부스럭거리는 소리와 함께 누군가의 말소리가 들

렸다. 소리의 방향으로 봐선 분명 산적들 쪽을 향해 오는 소리였다.

"아, 배부르다. 사부님이 어쩐 일로 주먹밥에 고기를 넣었지. 설마 사룡이, 그 자식이 쥐를 잡아서 요리해 넣은 건 아니겠지?"

배를 두드리며 이를 쑤시며 오는 이는 삼룡이었다.

그는 주먹밥 일곱 개를 그새 해치우고 나뭇가지를 꺾어 이를 쑤시는 중이었다.

그 시각, 개소문 마당에서 홀로 검술 수련을 하고 있는 사룡이 귀가 간지러운지 황급히 손가락을 귀 쪽으로 가져갔다.

"아, 귀 간지러워! 대사형이 주먹밥에 쥐 고기 넣었다고 내 욕하나?"

아무튼 삼룡은 이를 쑤시며 걸어오고 있었고, 삼룡의 기척을 들은 산적들은 몸을 숨겨가며 정체를 파악하느라 정신이 없었다.

"나이는 제법 있는 것으로 보입니다, 두목."

"체격이 당당하고 옷을 험하게 입은 것으로 봐선 산전수전 모두 겪은 고수일 가능성이 높습니다. 얼굴노 온동 상처투성이입니다. 보아하니 어디서 한바탕 하고 온 모양입니다. 어떻게 할까요, 두목?"

부하들의 보고를 들은 산적 두목은 자동으로 미간이 찌푸려졌다.

"젠장, 강호는 혼자가 더 위험한 거 몰라? 모두 숨어. 그리고 이것들, 한마디라도 할 것 같으면 모두 죽여 버려."

산적 두목이 날 선 유엽도로 지시하자 포위당한 소년들은 모두 알아서 입을 닫았다.

그들도 입 한번 잘못 놀려서 죽고 싶진 않았으니 알아서 처신하는 것이었다.

산적들은 그래도 마음이 놓이지 않는지 소년들의 목 앞에 시퍼런 유엽도를 겨눴다.

삼룡은 내려오고 있는 길은 폭이 좁은 오솔길이었고, 산적들이 있는 곳은 오솔길보다 조금 넓은 산길이었다.

산적들은 삼룡과 얼마 떨어지지 않은 음습한 곳에 몸을 숨기고 있었다.

"아, 날씨 좋다. 산적질하기에 정말 좋은 날씨네."

삼룡의 말에 산적들은 모두 눈이 휘둥그레졌다. 말하는 것을 들어봐서는 같은 직종에 종사하는 사람일 가능성이 높았다. 하지만 이 산적들은 강호가 늙은 생강처럼 만만하지 않다는 것을 알고 있는지 쉽게 모습을 드러내지는 않았다.

"어디 멍청한 산적들 안 나타나나! 나타나면 간만에 몸 좀 푸는 건데. 지난번 그놈들은 덩치만 컸지 맷집이 없었어."

삼룡의 말에 산적 두목이 작은 목소리로 수하들에게 경고했다.

"고수다. 큰일 날 뻔했다. 모두들 움직이지 말고 그대로 있어.”

산적 두목의 지시에 일어서려고 마음먹었던 부하 산적들은 급히 몸을 더 아래로 숨겼다.

혼자서 산적들을 때려잡겠다는 강호 고수에게 흙을 뿌리고 숫자로 밀어붙여 봐야 절대 이길 수 없다는 것을 그들 스스로가 더 잘 알고 있었다.

반면 삼룡의 생각은 이랬다.

‘큭, 말 몇 마디로 끝나는 순진한 산적들이네. 이 산을 넘으면 덕칠이 아저씨 집이 나올 것이고, 난 덕칠이 아저씨 배를 타고 강을 건너면 된다, 이거야.’

삼룡이 이런 생각을 하는 줄도 모르고 산적들은 숨도 참아 가며 눈치를 보고 있었다.

그때였다. 산적들한테 당해 쓰러져 있던 소년 하나가 산적의 손길을 뿌리치며 소리쳤다.

“선배님! 도와주⋯⋯!”

하지만 소년은 산적이 내려친 솥뚜껑만 한 주먹에 말도 제대로 잇지 못하고 그대로 쓰러졌다.

주먹을 쓴 산적은 두목 말대로 유엽도로 소년을 바로 죽일 수도 있었으나, 삼룡의 반응을 먼저 살피기 위해 일단 기절만 시킨 것이었다.

우연인지 삼룡은 양쪽 귀를 굵은 집게손가락으로 집어넣은 채 후비고 있었다.

“아, 귀 간지러워! 어, 방금 무슨 소리가 들렸는데? 근처에 산적이 있나? 에이, 설마! 이런 작은 산에 산적들이 있겠어?"

삼룡이 듣고도 모른 척 혼잣말을 하며 걸어가자, 산적들은 저마다 안도의 숨을 내쉬었다. 그때였다.

유엽도의 위협에 숨죽였던 다른 두 명이 산적들의 팔을 쳐내며 동시에 소리쳤다.

"선배님! 여기 산적들이 있습니다!"

이번엔 두 소년이 필사적으로 소리쳤지만, 역시 삼룡은 또 귀를 후비고 있었다. 그것도 양쪽 귀를 막은 채.

"아휴, 귀 간지러워! 사룡이 이 자식, 도대체 내 욕을 얼마나 하는 거야?"

삼룡이 손가락으로 아예 귀를 막고 걸어가자 이를 본 소년들이 필사적으로 몸을 날렸다. 어차피 그대로 있다간 유엽도에 목숨이 날아갈 판이었으니 죽기 아니면 살기로 몸을 날린 것이었다.

그 결과, 다리를 다친 한 명은 산적들에게 잡혀 쓰러졌고, 용케 한 명이 산적들 사이를 뚫고 삼룡이 가는 길 앞으로 데굴데굴 굴러 떨어졌다.

삼룡의 앞으로 굴러 떨어지는 소년을 보고 산적들은 모두 미간을 찌푸렸다. 이대로라면 분명 고수로 보이는 삼룡에게 들킬 것이 분명해 보였기 때문이었다.

하지만 삼룡은 또 때를 맞춰 귀를 후빈 채 굴러 떨어진 사람은 쳐다보지 않고 애꿎은 하늘을 올려다보며 소리쳤다.

"이야! 하늘, 진짜 맑다!"

맑긴 개뿔, 안개도 걷히지 않아서 제대로 보이지도 않는 희뿌연 상태였다. 게다가 우거진 나무 때문에 삼룡에게 하늘이 제대로 보일 리가 없었다.

그것도 모르고 도망갈 자세까지 잡았던 산적들은 자신들을 끊임없이 돌봐주시는 하늘에 감사하며 삼룡이 쓰러진 소년을 지나치기를 기다렸다.

삼룡이 하늘을 올려다보며 산적들 틈바구니에서 도망친 소년이 있는 곳을 멀리 돌아서 지나가자 산적들은 저마다 환호성이라도 지를 듯한 표정이었다. 그 순간,

풀쩍!

삼룡의 근처에 고꾸라진 소년이 어디서 힘이 났는지 갑자기 몸을 날려 멀리 돌아가는 삼룡의 바짓가랑이를 잡는 것이었다.

순간 다리를 잡힌 삼룡은 눈을 질끈 감았다.

'젠장, 귀찮아 죽겠는데. 에이, 그냥 도망쳐야겠다.'

삼룡이 발을 빼기 위해 할 수 없이 아래를 쳐다봤다. 그러자 다리를 잡은 소년이 간절한 눈빛으로 애원하듯 말했다.

"서, 선배님, 저… 저희들을 도와주십……"

한쪽 바짓가랑이를 붙잡은 소년은 말을 채 잇지 못하고 기절한 듯 풀썩 고꾸라졌다.

"이보시오, 일단 다리 좀 놓고 말합시다."

삼룡이 다리에 힘을 줘 빼려고 했지만 웬일인지 빠지지 않았다.

‘이 정도 거리에서는 충분히 도망칠 수 있는데……. 어어,
이놈은 기절한 상태인데도 힘을 쓰네?’

삼룡이 다리를 빼려고 힘을 쓸 때였다. 도망가려던 산적들
이 돌연 유엽도를 당당히 치켜들고 꾸역꾸역 내려오는 것이
었다. 이어 얼굴에 털이 수북한 산적 하나가 삼룡을 향해 버
럭 소리를 질렀다.

아마도 그가 산적들의 우두머리쯤 되는 모양이었다.

“우리는 흑왕채(黑王寨) 백도왕(伯刀王) 지영춘 채주님을
모시고 있는 산적들이다! 좋은 말로 할 때 무기를 버리고 가
진 것을 모두 내놓아라! 그것이 싫으면 가던 길이나 그냥 가
라! 그냥 간다면 오늘만은 특별히 봐주도록 하겠다!”

호탕하게 소리쳤지만 실상은 그냥 보내주겠다는 뜻이었
다. 흙 뿌리고 싸우는 산적들이었으니 오죽하겠는가.

‘우리들을 보고서도 검조차 뽑지 않았어. 분명 우리가 등
을 보이고 도망쳤다면 암기를 날렸을 거야. 저 봐, 저 침착한
눈빛! 고수가 분명해. 일단 흑왕채 이름을 팔길 잘한 거 같
군.’

사실 이들은 흑왕채(黑王寨)와 아무 관련이 없는 산적들이
었다. 사천 지역에서 제일 잘나가는 녹림 흑왕채의 이름을 파
는 산적들이 어디 이들 뿐이겠는가?

어찌 됐든 삼룡은 산적들이 아직 자신을 두려워하고 있다
는 것을 금방 눈치 채고는 여유를 부리고 있었다.

“음, 흑왕채, 지영춘 채주라…….”

삼룡의 짐짓 아는 체를 하자 산적들은 더 긴장했다. 특히 흑왕채 이름을 판 산적 두목의 입술은 바짝 타 들어갔다.

'젠장, 흑왕채 채주를 아는 놈인가? 어쩐지 쉽다 그랬어. 흑왕채 이름을 파는 게 아니었는데……'

털보 산적 두목의 표정이 점점 침통하게 변해가자, 순간 삼룡이 뒷짐을 지어 보이는 여유를 보였다.

"음, 오늘 몸 좀 풀려고 했더니 흑왕채 식구들이었군. 그래, 지 채주님은 잘 계신가?"

삼룡이 흑왕채와 친한 척하자 털보 산적은 재빨리 고개를 숙이며 대답했다.

"아, 네! 잘 계십니다. 그런데 흑왕채 채주님과는 어떤 관계이신지……?"

"일전에 흑왕채 식구들과 부딪친 적이 있었지. 비록 산적이지만 그래도 배포가 있어 영춘이 형님과 의형제를 맺은 적이 있었고 말이야! 자네들은 그때 날 보지 못했는가?"

뻔뻔한 삼룡의 말에 산적들은 모두 놀란 표정을 지으며 누가 말한 것도 아닌데 일제히 유엽도를 거둬들였다.

"여, 영춘이 형님이라구요? 아이고, 저희가 실수를! 채주님께서 말씀하셨던 동생 분이시군요. 정말 죄송합니다. 그리고 그때는 저희가 급히 어디를 좀 다녀오느라. 물론 저희도 얘기는 들었습니다만."

얘기는 개뿔, 서로 일면식도 없는 흑왕채 채주 얘기를 주거니 받거니 하는 삼룡과 산적들이었다.

         *   *   *

　금사강의 한 하류. 안개가 덜 개인 강변에 사공 없는 나룻
배 한 척이 을씨년스럽게 떠내려가다 모래톱에 걸려 물살에
이리저리 흔들리고 있었다.

　아침부터 강한 햇살이 계속 내리쬐어서인지 안개가 그나
마 걷히고 있어서 시야가 점점 좋아지고 있었다.

　때마침 노 젓는 소리와 함께 나룻배 한 척이 안개를 뚫고
모래톱 어귀를 지나고 있었다.

　배 위에는 청의(靑衣) 도포를 입은 네 명의 사내가 팔짱을
끼고 검을 품은 채 안개가 걷히는 강 건너편을 응시하고 있었
다. 그 뒤로 뱃사공이 혼자 부지런히 노를 젓고 있었다.

　네 명의 사내 중 가운데 있는 나이 든 사내는 주름진 얼굴
과 길게 기른 반백의 수염 길이로 봐서 오십대 후반쯤으로 보
였으며 나머지는 셋은 이십대 정도로 보였다.

　이들 청의사내들의 표정은 모두 하나같이 일그러질 듯 찡
그리고 있었다. 그것은 사공 없는 나룻배에 이어 그들의 눈에
무언가가 보인 탓이었다.

　제일 나이가 많아 보이는 사내의 왼쪽에 있던 젊은 사내가
침통한 표정으로 말했다.

　"곡원(曲圓) 사숙님, 강변에 시체가 널려 있습니다. 아무래
도 혈겁이 일어난 듯싶습니다."

그러자 그의 앞에 있던 긴 수염의 사내가 대답했다.

"나도 보고 있다. 아무래도 내가 가서 조사를 해봐야겠구나."

"사숙님, 조금 있으면 배가 건너편에 당도할 터이니 그때까지 기다렸다가 살펴보십시오."

"아니다. 지금까지 지켜보고 있었던 건 혹시라도 있을 매복을 염려해서였다. 지평(池枰)이, 너는 사제들을 데리고 건너편에 당도할 때까지 기다리거라. 혹시라도 매복이 있다면 괜히 끼어들지 말고 속히 본 문에 알리고. 매복까지 해서 나를 공격하는 놈이라면 필시 너희들까지 공격할 것이다. 알겠느냐?"

"예, 사숙."

지평이란 사내가 고개를 끄덕이자 곡원이 가슴에 품었던 검을 왼손에 움켜쥐며 뱃전에서 그대로 몸을 날렸다.

아직 강 건너편까지 십 장(약30m) 넘게 거리가 남아 있었지만 전혀 개의치 않는 몸놀림이었다.

배 위에서 뛰어내린 곡원은 강물에 몸이 닿을 시점이 되자 재빨리 몸을 웅크리더니 오른발로 수면 위를 활시위를 튕기듯 쳤다. 그러자 수면에 두부가 흔들리는 것처럼 미세한 파동이 일더니 곡원의 몸이 그대로 수면 위로 둥실 떠올랐다.

곡원이 수면 위를 오르락내리락하며 앞으로 나아가자 배 위에 있던 청의사내늘이 보무 삼반한 일굴로 쳐다벘디.

사제로 보이는 이가 지평에게 고개를 갸웃거리며 물었다.

"지평 사형, 사숙님이 방금 쓰신 신법은 무엇입니까?"

"글쎄, 한 발로 튕기는 걸 보면 등평도수(登萍渡水)는 아닌

거 같고, 그렇다고 물 위에 뜰 수 있는 건 아니니 무력답수(無力踏水)는 더더욱 아니고, 나도 잘 모르겠구나. 나중에 기회가 되면 사숙께 네가 한번 여쭤보아라.”

“알겠습니다. 아무튼 유속이 빠른 강을 저런 식으로 건널 수 있다니, 곡원 사숙님은 정말 대단하시네요.”

“괜히 사숙이 청성오검수(五劍手)의 삼검이겠느냐? 한눈팔지 말고 매복이 있는지나 살펴보아라.”

지평의 꾸짖음에 두 사제가 동시에 고개를 숙여 대답했다.

“예, 사형.”

강을 건넌 곡원은 주변에 어질러지듯 흐트러져 있는 사체를 살펴보며 고개를 설레설레 젓고 있었다.

“실로 악독한 검이로군. 일부러 목숨을 바로 끊지 않았어. 모두 죽을 때까지 고통 속에 몸부림치며 죽은 모습들이야.”

사체를 이리저리 살피던 곡원은 죽은 이들의 고통이 상상이 되는지 눈을 질끈 감았다.

곡원의 주변에는 약 오십여 명의 사체가 뒹굴고 있었다. 사체마다 온몸의 피란 피는 죄다 쏟아내서 일대가 모두 붉은 모래로 변해 있었다.

죽기 직전까지 움직여서인지 일대가 피로 물들어 있지 않은 곳이 없었다.

비릿한 혈향(血香)이 강바람을 타고 올라오자 곡원의 눈이 더욱 굳게 감겨졌다.

매복이 없는 것을 확인한 지평 일행이 배에서 내리자마자 곡원에게 달려오며 소리쳤다.

"곡원 사숙님! 어찌 된 일입니까?!"

그때였다. 멀쩡히 서 있던 곡원의 안색이 파리하게 변하더니 검은 피를 한 움큼 토해내며 소리쳤다.

"우윽, 퉤! 가까이 오지 마라! 독이다!"

곡원은 손을 들어 올려 지평 일행이 다가오지 못하게 한 후 급히 견정, 천용, 당문, 천극 등의 혈을 순서대로 재빨리 점혈했다. 그리곤 다시 소리쳤다.

"독진(毒陣)이 발동됐으니 섣불리 움직이지 마라! 한 발자국만 더 다가온다면 모두 한 줌의 혈수로 변할 것이다!"

곡원의 경고에 지평과 두 사제는 조용히 뒷걸음칠 수밖에 없었다.

중독된 상태임에도 곡원은 섣불리 움직이지 않고 침착하게 독진을 관찰했다.

한동안 주변을 관찰하던 곡원이 조심스럽게 발걸음을 지평이 있는 쪽으로 옮겼다. 조심스런 그의 발걸음은 마치 바늘길을 걷는 것처럼 힘들어 보였다.

그의 양쪽 턱으로는 식은땀이 연신 줄줄 흐르고 있었다.

곡원이 독진을 빠져나오기까지 무려 이각(약30분) 이 걸렸다. 그 이각 동안 움직인 거리가 고작 오십 걸음이었다. 몇 걸음만 더 걸으면 지평이 있는 곳이었지만 곡원은 서두르지 않았다.

이윽고 곡원이 지평이 있는 곳에 도착하자 그는 안도의 한

숨을 내쉬었다.

"휴우! 정말 지독한 독진이로군."

곡원이 비틀거리자 지평이 재빨리 옆으로 와 부축했다.

"곡 사숙님, 괜찮으십니까?"

"이제 괜찮다. 그나저나 모두 큰일 날 뻔했다."

"대체 어떤 놈들이?"

"됐다. 어설프게 알아보려 했다가 내가 이 꼴이 됐지 않느냐? 분명 한꺼번에 죽이려는 독진이었어. 다만 시간이 얼마 없어 치밀한 진을 설치하지는 못한 것 같구나."

"사숙님, 죽은 이들은 누구였습니까?"

"하고 있는 모양새로 봐서는 근처의 수적들인 것 같구나. 몇몇 아닌 사람들도 보이고."

"수적을 죽였는데… 왜 무고한 사람들까지……?"

"미끼였겠지. 여길 지나가면 분명 그냥 지나치지 않을 것이라 여긴 게야. 누군가를 반드시 죽이고자 한 독진이었다."

곡원의 물음에 지평이 고개를 갸웃거리며 되물었다.

"사숙님, 여긴 나루터도 아닌데 왜 하필 이곳으로 데리고 왔을까요?"

지평의 물음에 곡원이 나룻배 쪽을 슬쩍 쳐다보자 멀리 떨어져 있던 사공이 배를 버리고 몸을 날려 도망쳤다. 그러자 지평을 비롯한 사제들이 쫓으려 했다.

하지만 곡원이 다급하게 그들을 말렸다.

"쫓지 말거라."

그러자 지평이 안타깝다는 듯 말했다.

"사숙님을 이렇게 만든 저자를 잡아야 합니다. 저자의 경공을 보면 별것 아닌 것 같습니다."

"아니다. 너희들이 따라가면 너희들도 위험하고 나도 위험하다. 조금 전에 내가 독진으로 들어갔을 때도 그놈은 너희들 모두를 상대할 수 있을 것이라 판단하고 도망치지 않은 것이었어. 그놈은 내가 독진을 빠져나오자 혼자 상대할 수 없으니 너희들만 따로 유인하려는 것이다."

곡원의 말에 지평이 고개를 숙였다.

"죄송합니다, 사숙님. 저희가 조금만 눈치가 빨랐어도."

"아니다, 지평아. 강호란 원래 이런 곳이다. 그리고 그는 나조차 눈치 채지 못한 고수였어. 이런 상황에서는 너희 사부들도 쫓아가지 않으니 너무 괘념치 말거라. 일단 근처의 민가라도 찾아가 보자. 아무래도 독 때문에 내상을 입은 것 같구나."

"알겠습니다. 저희가 모시겠습니다."

지평은 다른 사제 하나가 곡원의 반대편 어깨를 부축하자 조심스럽게 발걸음을 옮겼다.

*　　　*　　　*

삼룡과 산적들이 대화를 나누는 어느 순간, 삼룡의 다리를 움켜쥐고 있던 소년의 팔이 스르르 풀렸다.

기절한 척했던 소년은 산적들과 한통속이라 생각하고 더

이상 다리를 붙잡고 있을 필요가 없다고 여긴 모양이었다.

삼룡이 다리가 자유롭게 되자 슬쩍 산적들에게 다가가기까지 하는 여유를 보였다.

"이보게들, 혹시 들고 있는 그 유엽도로 여기 이 사람을 죽이려고 한 건 아니었지? 내가 영춘이 형님에게 살생은 안 된다고 누누이 강조를 했네만."

삼룡의 말에 산적들은 일제히 손사래를 쳤다.

"아휴, 형님도! 저희가 살생은요. 이 사람들은 아미파 출신인데 하도 검술 자랑을 하기에 저희와 잠시 비무를 한 것뿐입니다."

"비무라……. 그래, 그렇다면 정말 다행이로군. 그럼 나는 이만……."

삼룡이 산적들에게 작별 인사를 건네려 할 때였다. 삼룡의 뒤에 쓰러져 있던 소년이 벌떡 일어나며 소리쳤다.

"얘들아, 지금이야! 도망쳐!"

소년의 외침과 함께 이곳저곳에 쓰러져 있던 소년들이 일제히 일어나더니 산 아래로 줄행랑을 치는 것이었다.

삼룡과 함께 몰려 있던 산적들은 필사적으로 도망치는 소년 무사들을 멍하니 지켜보기만 할 뿐, 쫓을 생각은 애당초 포기한 눈치였다.

삼룡 또한 속으로는 난처한 입장이었으나 그런 심정을 바로 얼굴에 나타낼 정도로 바보는 아니었다.

먼저 반응한 것은 삼룡을 고수로 알고 있는 산적 두목 털보였다.

"하하하, 형님! 아무래도 저희들이 겁을 너무 주었나 봅니다. 무사가 검도 놓고 도망치다니. 하하!"

털보의 말에 삼룡이 그의 어깨까지 쳐가며 맞장구쳤다.

"자네들이 너무 겁을 줘서 그렇지? 뛰는 폼들 봐! 마치 누가 잡으러 쫓아갈 것처럼 뛰어가는구먼."

"형님 말씀을 들으니 정말 그런 거 같네요. 참, 형님. 언제 한번 저희 산채에도 오셔서 가르침을 주십시오. 저희들도 흑왕채 식구들처럼 가르침을 주서야지요."

털보 산적은 말은 그렇게 했으나 진짜 속내는 아니었다.

'제발 그냥 가라. 너 때문에 오늘 벌어놓은 거 다 황 됐다. 젠장!'

이런 털보의 마음을 아는지 모르는지 삼룡은 일부러 느긋하게 행동했다.

보란 듯이 느긋하게 움직이니 삼룡의 본심을 모르는 산적들은 입이 바싹바싹 타 들어갈 수밖에 없었다.

그래도 산적 두목 털보는 초조해하면서도 뭔가 기대하는 표정이었다.

'그래도 아미파 샌님들이 검을 놓고 도망쳤으니 아주 빈손은 아니야. 싸구려 절검도 두 냥은 받으니 적어도 여섯 냥은 번 거야. 흐흐.'

"알았네, 털보 아우. 내 흑왕채에 들렀다가 시간이 되면 일간 한번 들르겠네."

"하하, 그러세요. 저희 산채는 이 근처 우중산(牛中山)에 있습니다. 그럼 살펴 가십시오."

'있기는 개뿔! 아무리 찾아봐라. 우중산에 우리가 있나.'

"음, 그래. 나중에 봄세."

삼룡이 고개를 끄덕이며 산길을 내려가자 산적들은 모두 안도의 숨을 내쉬면서 삼룡의 뒤통수를 향해 인상을 찡그렸다. 순간, 몇 걸음 걷던 삼룡이 갑자기 무언가 생각난 듯이 뒤돌아섰다.

"아참, 털보 아우!"

한참 삼룡의 뒤통수에 대고 인상을 쓰던 털보는 재빨리 웃는 표정으로 바꾸고는 대답했다.

"네, 형님!"

"자네들, 어디 아픈가? 왜 모두 인상을 쓰고 있는 게야?"

"아, 아닙니다, 형님! 저희가 오전에 먹었던 것이 잘못돼서 배탈이 난 모양입니다. 근데, 왜 가시다 말고?"

털보가 둘러대자 나머지 산적들은 재빨리 고개를 끄떡였다.

"원 사람도. 다른 게 아니고, 생각해 보니까 저들도 검을 든 무인 아닌가?"

삼룡이 아미파 샌님들이 버려두고 검 얘기를 하는 것 같자 털보의 안색이 급격이 창백해졌다.

"그건 그렇죠."

"표정이 왜들 그래? 설마 후배들의 검을 꿀꺽하려고 했던 건 아니겠지? 무인에게 있어서 검은 생명이라구. 그런 생각을 했다면 그건 정말 아니 된다네."

"하핫, 형님도! 저희가 꿀꺽하다니요? 흑왕채 식구들인 저희가 그럴 리가 있겠습니까? 얘들아, 어서 가서 검을 가지고 오너라! 형님께서 직접 수고해 주신다고 하지 않느냐?"

털보의 말에 부하 산적들이 검을 들고 왔다. 그러자 털보가 검을 직접 모아 삼룡에게 건네주며 말했다.

"에휴, 형님도! 이제 저희들 진심을 아셨죠?"

'젠장, 검을 보니 못해도 하나에 열 냥은 받을 수 있겠다. 아깝다, 아까워.'

검을 건네는 털보의 눈은 촉촉이 젖어 있었다. 마치 곱게 기른 딸을 시집보내는 것처럼 말이다.

"내가 왜 동생들을 의심하겠어? 알았어. 내가 쫓아가서 전해줌세. 그럼, 털보 아우, 수고하게나."

"네, 형님! 안녕히 가셔요!"

'가다가 넘어져서 코나 깨져라! 어디 빼먹을 게 없어서 산적 간을 빼먹어!'

삼룡은 자신의 뒤통수에 꽂힌 산적들의 시선을 모른 체하고는 느긋하게 산길을 내려갔다. 산적들이 챙겨준, 값이 좀 돼 보이는 검 세 자루를 챙기고서.

삼룡이 시야에서 완전히 사라지자 부하 하나가 털보 두목에게 물어왔다.

"두목, 저 고수 형님 존함은 왜 묻지 않으셨습니까? 흑왕채 채주님과도 친분이 있는 거 같으신……"

부하의 말이 끝나기도 전에 털보가 주먹을 냅다 날리고는 버럭 소리쳤다.

"이 자슥이! 안 그래도 물건 뺏겨서 열 받아 죽겠는데, 저런 자식이 형님은 무슨 형님이야! 넌 눈도 없냐? 보고도 몰라? 저 놈이 행여 물건을 주인한테 돌려줄 거 같아?"

털보는 아직도 화가 덜 풀렸는지 자신의 주먹에 맞고 쓰러져 있는 부하에게 화가 풀릴 때까지 발길질을 하고는 다른 부하들에게 소리쳤다.

"니들도 잘 들어! 산적 등쳐먹는 저런 악질 같은 놈은 두 번 다시 마주쳐서는 절대 안 되는 놈이야! 그리고 내가 장담하건대, 저런 놈은 이름을 팔아도 손해야, 손해! 알았어?"

＊　　　＊　　　＊

털보가 부하들을 훈육하고 있을 그 시각, 귀주 마교 총단에서 풀어놓은 전서구들이 최신 정보를 가지고 각지로 흩어졌다. 그 전서구에 적힌 내용은 이러했다.

전서구를 보는 즉시 각 문파에 정보를 흘리도록.
사천 남부 지역에 뇌음사 태청검보, 극양뇌음단 출현.
소지자 시산노호. 변장, 역용술에 능함.

第三章

시산노호

허허실실

도시는 어디에서나 마찬가지로 시끌벅적한 소리가 나기 마련이다. 사람이 많기로 유명한 사천 지방이라서 그런지, 관진(冠溱)현이라는 곳도 온통 사람들로 북적였다.

길거리마다 물건을 팔러 나온 상인들이 북적였으며, 구경 나온 사람들로 곳곳의 상점들은 문전성시를 이뤘다.

여기저기 비단이며 무명 등의 옷감을 한껏 펼쳐 놓은 상인들이 길 가는 사람들을 불러 모았고, 닭이며 돼지, 염소를 우리에 가둬놓고 흥정하는 소리가 귀가 아플 징도였다.

보통 사람들로 북적이는 저잣거리를 보면 사람 사는 냄새가 난다, 또는 볼 것이 많아서 좋다는 것이 보통 사람의 반응이었다. 하지만 반대로 귀찮다는 듯이 한숨짓는 사람도 있었으니…….

　"아, 시끄러. 사람도 무지 많네. 덕칠이 아저씨 덕분에 강은 무사히 건넜지만 며칠 더 쉬다 올 걸 그랬나? 사람 많은 거 보니 무지 귀찮아지는데. 아니지. 이런 때에 팔아야 제값을 받을 수 있을 거야."

　관진현의 수많은 인파를 보며 이상한 셈을 하고 있는 사람은 바로 개소문 대사형 삼룡이었다.

　이윽고 무엇을 결심한 듯 삼룡이 길가에 철제 무기와 농기구를 진열해 놓고 호객 행위를 하는 철기점(鐵器店)으로 발길을 옮겼다.

　"흠, 흠!"

　삼룡이 기침을 하자 점원으로 보이는 체구가 작은 사내가 퉁명스럽게 말을 건넸다. 점원의 퉁명스러운 말투는 삼룡의 차림새가 거지와 다를 바 없어 보였기 때문인 듯싶었다.

　"어서 오슈. 뭐, 부엌칼이라도 하나 사시게?"

　"흠, 그게 아니고, 내 돈을 급하게 쓸 데가 있어 이 물건을……."

　삼룡이 어렵게 말을 꺼내면서 한쪽 손에 들고 있는 아미파 무사들의 검을 보이려 했다.

　하지만 점원은 보기도 싫다는 듯 손사래를 쳤다.

　"딴 데 가서 알아보슈! 에이, 재수가 없으려니까 아침부터 거지가 찾아오지. 아참, 방금 내 말은 신경 쓰지 마슈. 손님 오시기 전에 왔던 거지보고 한 소리니까."

말은 그렇게 했지만 분명 삼룡을 거지 취급한 것이 분명했다. 하지만 삼룡이 큰소리칠 입장은 아니었다.

"음, 그게 아니고… 나는 이 검을 팔……."

삼룡이 검이라도 한번 보라고 권하는 사이, 돈 많을 것으로 보이는 사람이 헛기침을 하자 점원은 재빨리 안색을 바꾸며 그를 향해 허리를 굽실거렸다.

"예, 손님! 찾으시는 거라도 있으십니까?"

삼룡은 말도 꺼내보지 못하고 돌아설 수밖에 없었다. 쳐다보지도 않는데 어쩌겠는가. 할 수 없이 발길을 돌려 다른 상점으로 향했지만 처음 갔던 곳과 모두 다를 바 없었다.

그야말로 말도 제대로 붙여보지 못하고 쫓겨나다시피 내쳐졌다.

그런 식으로 오전 내내 돌아다녀 봤지만 그 어디에도 삼룡이 말을 제대로 붙여본 곳은 단 한 군데도 없었다.

돌아다니다가 지쳤는지 삼룡은 저잣거리 한가운데 털썩 주저앉았다. 수많은 인파가 지나다녔지만 행색이 초라한 삼룡을 신경 쓰는 이는 아무도 없었다.

"아, 괜히 팔지도 못할 물건을 들고 왔네. 아, 배고파. 그냥 어디 들어가서 시켜 먹고 돈 없다고 배 째라고 할까? 아니다. 돈이 왜 없어. 필요도 없는 이 검이나 줘버리지, 뭐."

다시 힘을 낸 삼룡은 검을 움켜쥐더니 자리를 벌떡 일어섰다.

"이왕 먹을 거, 제일 큰 객잔으로 가서 맛난 거 실컷 먹는 거다.”

삼룡은 씩씩거리며 이왕이면 큰 객잔을 찾아 헤맸다. 그로부터 삼룡이 제법 큰 규모의 객잔에 들어선 것은 사람들이 가장 많이 붐비는 정오 무렵이었다.

삼룡이 혼자 객잔에 들어서자 점소이는 길 밖에 설치된 좌석 쪽을 가리키며 허리를 숙였다.

“이쪽으로 앉으시죠, 손님.”

객잔 점소이의 꽤 친절한 안내에도 삼룡은 움직이지 않았다.

“저, 손님. 안쪽에는 이미 자리가 다 찼습니다요.”

말은 그렇게 했지만 사실 아직까지 정오가 되지 않아 자리는 제법 여유가 있었다. 하지만 삼룡의 차림새가 또 문제였다. 개방의 상거지와 동급인 삼룡을 객잔 안쪽으로 안내할 수는 없었던 것이다.

다만, 삼룡이 검을 들고 있는 것을 보고는 성질 더러운 무림인으로 판단해서 그나마 곰살맞게 구는 것이었다. 하지만 잔뜩 벼르고 온 삼룡이 쉽게 물러설 리 없었다.

“안쪽으로 안내해.”

“나으리, 안쪽에는 자리가 다 찼습니다요. 전망 좋고 탁 트인 이곳에서 식사하시지요.”

객잔 밖의 탁자를 가리키며 물끄러미 쳐다보는 점소이를 향해 삼룡은 피식 웃음을 지어 보였다. 순간 점소이는 ‘너, 죽고 싶지?’ 라는 뜻으로 웃음을 해석하며 식은땀을 흘리고 있었다.

‘젠장, 이 웃음의 의미는 뭐야?

다음 순간, 점소이의 예상과는 달리 경쾌한 말투의 삼룡의 목소리가 이어졌다.

“저기 자리 있네. 나, 저기 가서 앉을게.”

말이 끝나기가 무섭게 움직이는 삼룡이었다.

“나리, 아, 나으리! 거긴 안 됩니다요!”

칼이 아니라 발걸음을 옮기는 것을 보고 점소이가 안도의 숨을 내쉬며 방심한 사이, 삼룡은 이미 저만치 앞서 있었다.

언제 객잔 안을 훑어봤는지 삼룡은 곧장 객잔에서 햇볕이 적당이 들어오고 전망이 제일 좋은 자리를 차지해 버렸다.

그것도 하필이면 점소이가 돈 많은 귀빈을 위해 항상 아껴 두는 자리를 말이다.

그러니 점소이가 기겁한 표정으로 쫓아오는 것은 당연했다. 하지만 어쩌겠는가? 삼룡이 이미 자리에 떡하니 버티고 앉아서 싱글싱글 웃고 있는데.

점소이에게 웃는 얼굴에 침 뱉고 싶은 상황이 언제였냐고 묻는다면 보고도 모르냐고 핀잔을 들을 법한 상황이었다.

“여기 빈자리 맞지?”

“여긴 예약된 자리라서…….”

“그럼 저기는?”

“거기도 예약된 자리입니다.”

순간 삼룡의 입과 손이 재빨라졌다.

"저기 안쪽하고 가운데, 그리고 이층에도 빈자리가 제법 있네. 설마 모두 예약된 자리라고 말하려는 건 아니겠지?"

"그, 그래도……."

빈자리에 앉아 우기는 데야 점소이도 어쩔 수 없었다. 게다가 상대는 검을 들고 다니는 무림인이니 이쯤에서 물러나야 했다.

"뭐로 드릴까요? 뭐, 물어보나마나 소 힘줄이 들어간 소면이겠지만."

옷차림새로 보아 제일 싼 음식을 시킬 것이라 미리 짐작한 점소이의 말투는 빈정 상했다는 투였다.

하지만 그런 말에 신경 쓸 삼룡이 아니었다.

"어, 내가 소면을 시킬 것인지 어떻게 알았지?"

"에휴, 제가 여기서 일한 지 십 년이 넘어갑니다요. 소면 한 그릇이면 되죠?"

"아니, 소면 한 그릇하고 백주(白酒) 한 병, 그리고 만두 한 접시하고, 그거 있지? 맵게 만든 오리구이, 그거 한 마리하고 소채 조금."

삼룡의 주문 가짓수가 점점 늘어나자 점소이의 얼굴이 점점 굳어졌다.

"그걸 다요?"

"아니, 잠깐만!"

점소이는 속으로 삼룡이 주문을 취소할 것이라 여겼다. 자존심 세우는 거야 잠깐이지만, 무전취식을 했다가는 무림인

들이 목숨보다 중요시하는 명호(名號)에 흠집이 날 테니 말이
다.

　개중에는 삼룡이처럼 그렇지 않은 인간들도 더러 있긴 하
지만.

　"아, 돼지 간하고 내장 함께 볶은 거 있지? 그거 한 접시하
고 죽순 넣어 끓인 노계탕, 아, 백주 한 병으로는 안 되겠다.
백주 두 병 줘."

　예상과 다른 삼룡의 주문에 점소이는 콧소리까지 내어가
며 앓는 소리를 냈다. 분명 점소이는 삼룡이 자신 때문에 심
통을 부리고 있다고 생각한 모양이다.

　"아잉, 나리, 제가 잘못했습니다요. 노여움 푸십시오. 그냥
소면 한 그릇 맞죠? 나리가 돈 안 내고 도망치시면 제가 치도
곤을 당합니다요. 물론 제가 반쯤은 책임져야 하구요. 그러니
소면 한 그릇, 아니다. 소채는 제가 덤으로 드리겠습니다."

　그러자 삼룡이 대뜸 큰 소리쳤다.

　"지금 나를 뭐로 보고 그래? 내가 그깟 돈 몇 냥 없을 것 같
아?"

　'당연하지' 라고 대답할 수도 없고, 칼 쓰는 놈들은 이래서
싫다니까.'

　무림인을 나름대로 상대해 본 경험이 낳은 짐소이는 대답
대신 천천히 고개를 끄덕였다. 그러자 삼룡이 가지고 있던 세
자루의 검 중에서 제일 값나가 보이는 검을 탁자 위에 올려놓
았다.

탁!

소리가 제법 컸는지 객잔에 있는 사람들 중 무림과 관계된 사람들은 죄다 삼룡이 앉은 탁자를 쳐다보는 것이었다.

'내 이럴 줄 알았지.'

본 생각과는 달리 점소이는 울상이었고, 허리는 자동으로 굽실거렸다.

"손님, 아니, 고명하신 무사 나으리! 제가 잘못했습니다. 그만 칼을 내려놓으십시오. 제가 어찌 나리 같은 분을 함부로 홀대하겠습니까요? 그러니 그만 고정하시고 칼을 내려놓으세요."

순간,

"가져가!"

삼룡의 말에 점소이는 눈을 껌뻑거렸다.

"네, 그게 무슨 말씀이신지? 제가 잘못했다니까요, 나으리."

"방금 나를 못 믿겠다고 하지 않았어? 그러니까 내 대신 검을 맡기면 되잖아? 내가 시킨 음식이나 가지고 오라구. 음식 가지고 오기 전에 백주 한 병 먼저 가지고 오는 거 잊지 말구."

부드러운 삼룡의 말에도 점소이는 반신반의하는 것 같았다.

"정말 그리해도 되겠습니까?"

삼룡이 고개를 끄덕이자 점소이는 조심스럽게 탁자 위에

놓인 검을 들고 사라졌다.

아무 일도 벌어지지 않자 삼룡 쪽을 쳐다보던 무림인들은 싱겁다는 표정으로 고개를 돌렸다.

삼룡이 자리에 앉아 음식이 나오기를 기다리는 사이 한 무리 사람들이 연이어서 들어오더니 비어 있던 자리 대부분을 메웠다.

그 뒤로도 식사를 하기 위해 찾아온 손님은 더 있었지만 빈자리가 없자 발길을 돌렸다.

잠시 후, 점소이가 백주를 가지고 오자 삼룡의 입으로 연신 술잔이 들락거렸다.

험상궂게 생긴 곰보사내가 나타난 것은 그때였다.

각진 턱에 작은 눈이 매섭게 보이는 그는 객잔 입구에 서서 고개를 두리번거렸다. 아마도 빈자리를 찾는 모양이었다.

그도 무사였는지 붉은 수실이 치렁치렁한 검을 들고 있었다.

체구 또한 커서 적어도 팔 척(약180㎝) 은 거뜬히 되어 보였는데, 험악한 곰보 인상 때문에 가까이 다가가기조차 겁이 날 지경이었다. 반면, 비단옷에 하고 다니는 모양새가 제법 돈은 있어 보이는 인상이었다.

"소, 손님, 죄송합니다. 자리가 없는뎁쇼."

라고 말하며 점소이는 속으로 외쳤다.

'젠장, 또 칼 쓰는 놈이야! 요즘 따라 왜 이렇게 칼 든 놈들이 설치는 거야? 한 며칠 쉬든지 해야지 안 되겠네.'

점소이의 그런 생각과 달리 얼굴은 미소를 머금고 있었다. 스스로 생각해도 다소 비굴하긴 했으나 그동안 무림인들을 상대한 경험에서 비롯한 일신을 지키는 확실한 처세술이었다.

"저기 혼자 앉아 있는 놈은 뭐야?"

곰보무사는 대뜸 혼자 앉아 있는 삼룡을 보고 점소이에게 언성을 높였다.

"아, 저, 그러니까, 먼저 오신 분인데… 그러니까……."

무림인들은 일행이 아니라면 동석하는 것을 극도로 싫어하는 경향이 있었다.

자리에 앉아 통성명을 하다가도 문파나 정사에 얽힌 은원 때문에 칼을 뽑는 일이 비일비재했으니, 웬만해서는 무림인들끼리는 동석을 시키지 않는 것이 객잔에서 통용되는 무언의 법칙이었다.

점소이가 중언부언하는 사이 곰보사내가 혼자 술잔을 기울이고 있는 삼룡을 향해 움직였다. 그의 걸음걸이는 마치 일부러 싸움을 걸러 가는 동네 건달과 다름없었다.

삼룡은 그것도 모르고 탁자에 앉아 백주가 담긴 술병을 기울이며 싱글싱글 웃고 있었다.

"아이고, 이게 도대체 얼마 만이냐, 백주야? 예나 지금이나 넌 똑같구나, 똑같아."

삼룡이 백주 한 통을 해치운 날이 송림 문주 몰래 도망치려다가 사룡이의 꼬드김에 넘어간 날이다.

그러니까 삼룡이 백주를 마신 지 정확히 칠 일째 되는 날이다.

한편으로 생각해 보면 삼룡을 이 모양 이 꼴로 만든 원흉은 백주라는 술이었다.

백주라는 술 이름만 들어도 진저리칠 만도 하건만, 백주가 담긴 술병을 마치 오랫동안 보지 못한 십년지기 대하듯 반가워하는 삼룡이었다. 하긴 술이 무슨 죄겠는가?

아무튼 그런 삼룡에게 다가간 곰보사내는 안 그래도 험악한 인상을 더 구겨 인상을 쓰며 삼룡을 불렀다.

"이봐!"

곰보사내의 부름에 백주 한 병을 거의 다 비운 삼룡은 벌써 취했는지 몽롱한 눈빛으로 쳐다봤다.

순식간에 곰보사내와 삼룡 사이에 냉기류가 흐르자 점소이가 뒤에서 안절부절못했다.

하지만 다음 순간 곰보사내의 목소리가 이내 부드러워졌다.

"같이 앉아도 되지? 다른 데는 자리가 없거든. 자네는 혼자 있으니 같이 식사 좀 하는 게 어때? 대신 자네 밥값은 내가 내도록 하지."

밥값을 대신 내준나는 소리에 삼룡의 눈빛이 더 몽롱해졌다. 하지만 대답하는 목소리는 재빨랐다.

"정말요?"

아무리 취해도 이런 기회를 놓칠 삼룡이 아니었다.

"그럼, 그럼! 강호 도의가 아무리 떨어졌다고 해도 동석한 후배에게 이깟 밥값쯤이야 못 내주겠나? 사해는 모두 동도란 말일세. 하하하!"

더 들어볼 것도 없다는 듯 삼룡은 재빨리 일어서서 곰보사내에게 앞자리를 권했다. 그리곤 점소이에 말했다.

"들었지?"

삼룡의 말뜻은 알아서 맡긴 검을 가져오라는 얘기였다. 곰보사내는 험상궂게 생긴 표정과는 달리 간단한 소면 한 그릇과 만두, 요리 하나를 시켰고, 그 뒤 점소이는 삼룡의 검을 가지러 주방으로 부리나케 사라졌다.

잠시 후, 삼룡이 먼저 주문한 음식은 바리바리 탁자 위에 놓여졌고, 곰보사내의 얼굴은 딱딱하게 굳어져 갔다.

"이걸 모두 자네 혼자 다 시켰나?"

탁자 위에 잔뜩 놓인 요리 접시를 보며 곰보사내가 물었다.

"네. 배가 좀 고파서. 아무튼 잘 먹겠습니다, 선배님."

"하하, 뭘 이 정도 가지고. 먼저 들게, 들어."

무슨 생각에서인지 곰보사내는 손사래까지 쳐가며 애써 괜찮은 척했다.

곰보사내가 웃든 말든 삼룡은 음식이 나오자 쓸어 담듯이 손을 움직였다. 마치 양손이 탁자 위에서 춤을 추듯 움직이자 곰보사내는 못 믿겠다는 듯이 눈을 깜박였다.

'저게 인간이냐? 걸신이지!'

　곰보사내가 소면 한 그릇과 만두 한 접시를 다 비우기도 전에 삼룡은 자신이 시킨 모든 음식을 뱃속에 밀어 넣고 마지막 남은 백주를 잔에 따라 입가심하고는 잔을 내려놓았다.

　"스읍, 아, 잘 먹었다. 선배님 덕분에 정말 잘 먹었습니다. 저는 그만 일어나겠습니다. 다음에 뵈면 제가 한턱내기로 하죠."

　아무리 중간에 동석한 사이라고 해도 식사 중간에 일어서는 법은 없었다. 하지만 삼룡은 헤죽헤죽 웃으며 작별을 고하는 것이었다.

　막 소면 한 젓가락을 입에 넣던 곰보사내는 말을 할 수가 없어 그 상태로 고개를 끄덕일 수밖에 없었다.

　"하하, 그럼!"

　삼룡은 취기 어린 얼굴에 둥그런 배를 쓱쓱 문지르며 밥값을 대신하겠다던 검 세 자루를 챙기고는 객잔을 나섰다.

　삼룡은 객잔 입구를 나서면서 야릇한 미소를 지으며 나직이 중얼거렸다.

　"이 한심한 선배님아, 내가 덤터기를 쓸 줄 알고? 그 방법은 사룡이도 안 써먹는 고전 수법이야."

　객잔을 나선 지 얼마 되지 않아 삼룡이 나선 객잔 쪽에서 소리가 들렸다.

　"잡아라! 잡아라!"

　멀찌감치 떨어져 객잔 쪽을 쳐다보는 삼룡의 얼굴에는 흐뭇한 미소가 어려 있었다.

“거 봐, 내 말 맞지?”

“아저씨! 이것 좀 보세요! 싸게 팔게요!”
“아, 안 산다니까. 여긴 약재를 사고파는 곳이라니까. 그런데 왜 자꾸 검을 사라고 그래? 그리고 척 보니 어디서 훔친 물건 같은데?”
“후, 훔치다니요?”
“그럼 왜 말을 더듬고 그래? 아무튼 안 사니까 다른 데로 가.”

삼룡이 마음씨 좋아 보이는 약재상을 붙들고 사정을 하고 있었지만, 약재상은 요지부동이었다. 험악하게 인상까지 쓰고 삼룡을 쫓아내는 데야 별수 없었다.

쫓기듯 내쳐진 삼룡은 상점 앞 계단에 앉았다. 그리곤 애꿎은 하늘을 쳐다보며 한탄했다.

“에이씨, 물건 팔기 되게 어렵네. 팔아서 여비로 좀 쓸까 했더니.”

그때였다. 삼룡에게 쥐새끼처럼 얍삽하게 생긴 사내 하나가 양손을 소매에 꽂은 채 접근했다.

사내의 코밑은 쥐처럼 수염이 사방으로 가늘게 뻗쳐 있었다.

삼룡은 하늘을 쳐다보느라 사내가 접근하는 것을 눈치 채지 못한 모양이었다.

“이보슈, 그 물건, 팔려고 하오?”

사내의 말에 귀가 번쩍 뜨인 삼룡이 반색하고 그를 쳐다봤
다.

"사시게요?"

"일단 따라오슈."

사내는 퉁명스런 말투로 들릴 듯 말 듯 중얼거리며 이내 근
처 골목으로 사라졌다.

삼룡이 잠시 머뭇거리자 골목으로 사라졌던 사내가 몸을
반쯤 내밀며 따라오라 재촉했다.

삼룡이 할 수 없이 따라가자 골목 끝에서 기다리고 있던 사
내는 점점 어두컴컴한 골목으로 삼룡을 안내했다.

한참을 더 따라 들어가자 막다른 골목이 나왔고, 골목 양옆
으로 대여섯 명의 거한(몸집이 큰 사내)이 팔짱을 낀 채 기둥처
럼 버티고 서서 삼룡을 노려보고 있었다.

거한들의 팔뚝과 얼굴에는 긁힌 자국이며 칼에 베인 상처
자국이 여기저기 어지럽게 문신처럼 새겨져 있었다.

삼룡을 꾀어낸 쥐처럼 생긴 사내는 상처투성이 거한들 사
이를 지나 미리 준비된 의자에 떡하니 앉으며 삼룡을 향해 손
짓했다.

"쫄지 말고 이리 와, 말만 잘 들으면 안 잡아먹을 테니."

삼룡이 뒤돌아서 그냥 가려고 하사 어느새 골목 이귀에서
짧은 환도(還刀)를 든 복면인들이 여기저기에서 튀어나와 길
을 막았다.

"애들아, 아직 말도 안 꺼냈는데 칼을 보이면 어떡하냐? 꼴

에 칼 든 무인이라고 설치면 어쩌려고."

사내의 말에도 복면인들이 환도를 이리저리 흔들어 삼룡의 눈을 어지럽히며 위협했다.

그러자 삼룡이 불쌍한 표정을 지으며 의자에 앉아 있는 사내를 쳐다보았다.

"저한테 왜 이러시는 거예요?"

라고 말하며 속으로 생각했다.

'아, 귀찮은데, 뽑아? 말아?'

속마음과는 달리 겉으론 삼룡이 약한 모습을 보이자 사내는 만족한다는 듯 코웃음을 쳤다.

"하하하, 무사라고 검을 빼 들고 설치지 않는군. 그 점은 일단 맘에 드네. 그런 의미에서 내 자네에게 용건만 간단히 설명하지. 우린 하오문 직속의 흑자단(黑子團)이야. 저기 있는 부하들은 나를 흑자단주 황악태님이라고 부르지."

하오문은 무림에서 도둑질, 매춘, 도박, 소매치기 등 최하류 인생들이 모여서 세력을 형성한 문파였다.

최하류에서 사는 만큼 살기 위해 수단과 방법을 가리지 않는 사람들로 유명하기도 했다.

하오문의 적이 된다는 말은 언제 어느 순간에라도 암습을 당할 수 있다는 소리였다. 재수없으면 길을 가다 어깨를 부딪치는 사람이 등에 칼을 꽂을 수 있으니, 웬만한 일로 하오문과 척을 지는 무림인은 없었다.

그런 하오문 직속 단체의 소굴에 들어왔다면 웬만한 무인들은 자연스레 기가 죽기 마련이었다.

"난 돌려서 말 못해. 자네, 돈 필요하지?"

흑자단주 황악태의 말에 삼룡은 천천히 고개를 끄덕였다.

"그럼 하나만 확인해 줘. 그렇게만 해주면 내가 은자 한 냥을 주지."

은자 한 냥은 동전 천문에 해당하고, 쌀 열 가마의 가치가 있었다. 물론 물가가 변동되면 그 이상이나 이하로 떨어지겠지만. 아무튼 은자 한 냥은 적은 돈이 아니었다.

"제 검을 사신다는 얘기가 아니었습니까?"

삼룡의 말에 흑자단주는 광소하며 말했다.

"하하하! 이봐, 자네가 가지고 있는 검 한 자루의 값이 얼마인 줄 알고 하는 얘기인가? 무려 은자 삽십 냥짜리야! 그런데 왜 돈에 빠삭한 상인들이 그 검을 보고도 못 본 척하는 줄 아는가?"

삼룡이 고개를 흔들자 흑자단주가 한심한 듯이 검을 가리키며 말했다.

"자네가 직접 들고 있는 검집을 보게. 거기에 뭐라고 쓰여 있는지 보란 말이야."

"아, 글씨가 있었네?"

뒤늦게 글씨를 확인한 삼룡이 검집에 새겨진 글씨를 한 자씩 읽어 내렸다.

"아(峨), 미(嵋)!"

"그 글자가 의미하는 바가 뭔지 알고 거래를 했다면 아미파와 척을 지게 되는 거야. 사천에서 아미라는 글자가 새겨진 검을 세 자루나 취급할 간 큰 상인은 아무도 없지. 아무리 우리가 하오문 직속 단체라고 해도 구파일방, 그것도 사천의 맹주인 아미파와 척을 질 수는 없지 않은가? 그걸 모르는 자네가 오히려 신기하네그려.”

흑자단주 황악태는 생긴 것과는 달리 가식이 없는 말투였다.

“그럼 내가 뭘 확인하면 되죠?”

“아까 자네와 식사를 같이한 사람. 그 사람이 남자인지 여자인지 확인해 줬으면 해.”

‘오호라!’

순간 눈빛이 번뜩인 삼룡이 대뜸 손가락 두 개를 펴 보이며 소리쳤다.

“두 냥!”

두 냥을 외치는 삼룡의 표정은 이전과 또 달랐다. 삼룡과 흑자단주 황악태의 눈이 어둠 속 골목에서 맞부딪치는 순간 웃음소리가 퍼졌다.

물론 가소롭다는 흑자단주 황악태의 웃음소리였다.

“크하하하! 자네, 나와 흥정을 하자는 것인가?”

그러자 삼룡은 대답 대신 손가락 한 개를 더 펴며 외쳤다.

“세 냥!”

“오호, 점점 올리겠다는 뜻이군. 좋아, 그것만 알아준다면 세 냥을 주지. 그 정도면 됐는가?”

그런 황악태의 말에 삼룡은 배시시 웃으며 손바닥을 내밀었다. 선불! 즉, 돈부터 내놓으라는 무명촌의 관습이었다. 물론 누구로부터 시작되었는지는 짐작이 가지만서도.

"설마 객잔에서처럼 돈을 떼어먹으려는 건 아니겠지?"

흑자단주의 물음에 삼룡이 고개를 가로저었다. 그러자 흑자단주가 가장 가까이 있는 한 거한을 시켜 작은 주머니를 건넸다. 은자가 담긴 주머니였다.

주머니를 받아 든 삼룡이 손에 놓인 주머니 무게를 대충 재보더니 고개를 끄덕였다.

"이거, 돈 벌기 쉽네. 같이 식사한 선배님의 성별만 확인해 주면 된다는 겁니까?"

"그렇네."

그러자 삼룡이 씩 웃으며 말했다.

"남아일언(男兒一言)!"

"중천금(重千金)!"

"하하하, 역시 생긴 것처럼 화통하신 분이시네. 좋습니다. 대신 지금 알려 드리죠. 여자입니다."

삼룡의 말에 흑자단주의 몸이 벌떡 일으켜 세워졌다.

"정말인가?"

"겉모습과 목소리는 영락없는 남자였지만, 냄새가 여자였어요. 그것 때문에 음식 먹는 내내 코가 얼마나 간지러웠는데요."

삼룡이 말하고 뒤돌아보니 환도를 들고 있던 사내들이 길을 비켜주지 않았다. 그러자 삼룡이 흑자단주에게 물었다.

"남아일언!"

삼룡의 말에 흑자단주가 수하들에게 소리쳤다.

"이런 고얀! 너희들, 나를 여자로 만들 참이더냐? 이 얼굴로 여자가 되면 어쩌란 말이냐? 혹시라도 내가 여자가 된다면 너희들 중에서 누가 나를 책임지기라도 할 것이냔 말이다!"

흑자단주의 농이 섞인 말에 환도를 든 이들이 슬금슬금 물러섰다.

"에잉, 녀석들! 농담이라도 나를 책임져 줄 놈은 하나도 없군. 내가 저런 놈들을 위해 살고 있다니. 쯧쯧쯧!"

삼룡에게 들으라는 듯이 괜스레 혀를 차며 농을 떠는 흑자단주 황악태였다.

"하하하, 역시 생긴 것처럼 화통한 선배님이시군요. 그럼 저는 그만 가보겠습니다."

"멀리 안 나가네."

삼룡이 골목에서 사라지는 모습을 확인한 흑자단주는 이내 표정을 엄하게 굳히곤 바로 앞에 있는 거한에게 명령했다.

"늙은 여우가 나타났다고 전서구를 띄워라."

그러자 거한 하나가 즉시 허리를 숙이며 골목 어귀로 사라졌다.

"그나저나 그놈, 배짱 한번 두둑하군. 뭐, 내가 생긴 것처럼 화통해? 쥐상인 나보고? 크하하하! 너는 아까 그놈이 누군지 한번 알아봐라. 그리고 간 김에 아미파 사람들한테도 그

녀석 정보를 팔고 와. 은자 열 냥은 충분히 받을 거다. 세 냥이나 줬으니 그 이하로는 절대 안 돼."

다시 거한 하나가 자라지자 흑자단주는 고개를 갸웃거리더니 이내 무릎을 탁, 치며 감탄했다.

"향기라……. 왜 내가 그 생각을 못했지? 체형과 얼굴이야 마음만 먹으면 얼마든지 바꿀 수 있지만 향기란 건 금세 변하지 않지. 아무튼 첫인상은 세상 물정 모르는 놈인 줄 알았는데 그게 아니었어. 아무튼 늙은 여우가 다시 무림에 출도하다니, 또 한바탕 피바람이 불겠군."

흑자단 소굴에서 빠져나온 삼룡은 휘파람까지 불며 저잣거리를 쏘다니고 있었다.

"이야, 돈이 있으니 세상이 달라 보이는군. 술이나 한잔 걸칠까?"

그토록 원하는 돈을 얻은 지금 이 순간 무림대회 따윈 잊은 표정의 삼룡이었다.

*　　　*　　　*

그 시각 개소문 앞마당 한쪽, 햇볕이 살 들어오는 곳에 꼬그려 앉아 사부와 제자가 한가롭게 담소를 나누고 있었다.

"사부님, 궁금한 게 있는데요?"

송림 문주는 무엇이 즐거운지 웃는 표정이었다.

"말해보거라."

"대사형 말이에요, 아무리 산동이라고 해도 육개월이라는 시간은 너무 길지 않을까요? 남들은 두 달이면 가는 충분히 간다고 하던데……."

"네가 삼룡이를 몰라서 묻는 게냐? 그 녀석 또 어디서 술 먹고 퍼질러 자버리면 어쩌고? 그 녀석은 한 육개월쯤은 돼야 산동에 도착할 수 있을 게다. 아마 덕칠이네 집에 며칠 뒹굴 다가 오늘쯤에야 금사강을 건넜을 걸."

덕칠이라는 말에 사룡이 무언가 생각났다는 듯이 급히 되물었다.

"덕칠이 아저씨는 근처 수적들이 괴롭혀서 못살겠다고 대사형한테 검을 배운 아저씨죠, 사부님?"

"클클, 그랬지."

"근데요, 사부님. 대사형이 어떻게 가르쳤기에 단 한 달 만에 근처 수적들이 그 아저씨는 건드리지 않는 거예요? 전 아직도 그게 궁금해요. 대사형한테 물어도 도통 가르쳐 주질 않으니."

사룡의 말에 사부가 빙긋이 웃으며 대답했다.

"이늠아, 삼룡이 그 녀석이 지 밥줄을 가르쳐 줄 것 같으냐? 다만 내가 덕칠이한테 얼핏 물어보니 삼룡이 노검(櫓劍)을 가르쳤다더구나."

"노검요? 배 젓는 노로 검술이 가능해요, 사부님?"

"나는 불가능한데 삼룡이 그 녀석은 가능한 것 같더구나.

이번에 돌아올 때도 덕칠이 배를 타고 왔는데, 아, 글쎄, 덕칠이 그 녀석이 한다는 말이, 노검은 한 놈만 패는 검이라고 하더구나. 그러면서 또 하는 말이 삼룡이 말대로 한 놈만 패는 데는 노만 한 것이 없다고 하더라.”

“그럼 다른 수적들은 어떡하구요? 그놈들은 원래 떼로 몰려다니는 놈들이잖아요.”

사부는 대답 대신 알 수 없는 웃음만 지었다.

“클클클.”

답답했는지 사룡의 목소리가 높아졌다.

“아, 사부님! 얘기를 해주셔야죠? 궁금하게 해놓고 웃고만 계실 겁니까?”

“야, 이 녀석아! 귀청 떨어지겠다! 음, 그러니까, 삼룡이가 가르쳐 준 노검이란 말이지… 큭큭큭!”

송림은 무엇이 웃긴지 대답하려다 말고 또 무슨 생각이 났는지 웃기만 했다.

“그럼 저 사부님 말 상대 안 하고 검 수련합니다.”

“알았다. 말해주마. 삼룡이가 노검을 가르쳐 주면서 한다는 말이 한 놈만 제대로 패면 다른 놈들은 겁나서 얼씬거리지도 못하는 것이 진정한 노검이라고 했다더구나. 크하하하!”

“에이, 그런 게 어딨어요?”

“인석아, 믿기 싫으면 믿지 말거라. 나는 덕칠이한테 들은 대로 얘기한 것뿐이다. 클클클!”

“대사형 허풍이 어디서 왔나 했더니 바로 사부님한테서 물

려받은 거로군요."

"야, 이 녀석아! 그동안 수준도 안 되는 게 맨 삼룡이랑 같은 수준일 줄 알고 놀았지? 어서 수련이나 해!"

"에이씨! 사부님은 만날 나만 미워해."

사룡이의 발음이 다소 둔탁했기 때문일까? 수련을 하기 위해 일어나는 사룡이를 따라 주먹을 굳게 쥐고 일어나는 송림 문주였다.

*　　　*　　　*

삼룡은 아미파 무사들의 검을 팔아 치울 생각도 잊어버린 듯 방금 번 은자 세 냥을 쓸 궁리를 하고 있었다. 그러다가 세 자루 검을 가지고 다니는 것이 거치적거리는지 내리깔아 봤다.

"에이, 이게 아미파 놈들 건지 다 안다구? 귀찮으니 어디 갖다 버려야겠네. 괜히 골치 아픈 일에 말려드는 건 딱 질색이지."

고개를 두리번거리던 삼룡의 눈에 수레에 상한 채소와 구정물을 한가득 싣고 가는 인부가 눈에 들어왔다.

"흐흐, 저거다."

삼룡은 땔감처럼 들고 있는 검을 남들이 눈치 채지 못하도록—아무도 신경 쓰지 않았건만—괜스레 몸을 꼬면서 수레 쪽으로 발걸음을 옮겼다.

"휘이! 휘이이!"

삼룡은 무엇을 훔쳐 먹는 것마냥 안 불리는 휘파람까지 불어가며 조심조심 발걸음을 옮겼다.

마침 수레가 멈추자 서둘러 다가가는 삼룡이었다. 하지만 구정물 냄새 때문인지 수레가 있는 곳으로 다가가는 사람은 삼룡뿐이었다.

그걸 의식했는지 삼룡은 애꿎은 하늘을 쳐다보며 중얼거렸다.

"이거, 이거, 하늘에 왜 이렇게 구름이 많아? 상제(上帝)님이 저 위에서 똥 누시는 거 아냐?"

목소리가 컸는지 수레를 끌던 인부가 힐끗 돌아봤다. 하지만 삼룡이 아무런 행동도 하지 않으니 뭐라 말하려다가 참는 표정이었다.

별일 없자 인부는 허리춤에 차고 있던 수건으로 이마에 흐르는 땀을 닦으려 했다.

순간 삼룡은 속이 깊어 보이는 구정물 통을 향해 들고 있던 검을 통째로 쑤셔 넣으려 했다. 그때였다. 땀을 닦는 척하던 인부가 홱 돌아보며 소리쳤다.

"그거 돼지 먹일 겁니다. 아무리 돼지라지만 먹을 음식에 해코지하면 좋겠습니까?"

검 자루를 통에 집어넣으려다가 들킨 삼룡은 멋쩍게 웃으며 고개를 설레설레 저었다.

"하하, 제가 무슨 해코지를 한다고 그러세요? 전 그냥 뭘 잊어버려서 혹시나 그게 여기에 들었나 확인하려는 겁니다."

"나참, 이거 객잔 식당에서 바로 가지고 와서 돼지 먹이러 가는 길이거든요? 그런데 대체 여기 뭐가 들어갔다고 그러십니까?"

"그냥 혹시나 싶어서. 원래 뭘 잊어버리면 뭐든 의심스러운 법이잖습니까? 헤헤."

삼룡이 제대로 둘러댔는지 인부의 목소리가 대번에 수그러들었다.

"앞으로 그러지 마세요."

인부가 다시 수레를 끌고 가자 삼룡은 안도의 숨을 내쉬었다.

"아, 이거 골치 아프네. 이거 버리기도 만만치 않잖아. 이걸 대체 어디에 버리지?"

삼룡이 고개를 두리번거릴 때였다. 돼지를 먹이겠다던 인부가 한 객잔으로 수레를 가지고 들어가는 것이 눈에 띄었다.

"잠깐, 저 사람은 아깐 돼지를 먹이러 간다면서 왜 또 객잔으로 들어가는 거야? 분명 구정물 통은 꽉 차서 더 들어갈 데도 없던데?"

호기심이 발동한 삼룡은 인부가 사라진 객잔 쪽으로 몇 발자국 가려다 멈칫했다.

'에이, 분명 귀찮은 일에 말려들 거야.'

순간 호기심에 반짝이던 삼룡의 눈빛이 왼손으로 향했다.

"그래, 손에 들고 있는 골치 아픈 이놈들이나 처리하자. 팔다 남으면 한 자루는 내가 쓰려고 했……."

삼룡이 들고 있던 검을 보고 혼잣말을 할 때였다. 누군가 삼룡의 어깨를 기분 나쁘게 툭, 치는 것이었다. 그 힘에 삼룡이 넘어지진 않았지만 어깨에 전달되는 힘에서 제법 묵직한 내기를 느낄 수 있었다.

'뭐야, 이 힘은?

삼룡이 한쪽으로 비켜서자 붉은 가사(袈裟)를 입은 십여 명의 승려가 눈을 부라리며 삼룡의 주변을 둘러싸고 있었다.

다들 키가 팔 척이 넘어 보이는 건장한 그들의 목에는 주먹 크기만 한 염주를 목부터 아랫배까지 늘어뜨린 모습이었다.

왈패 같은 승려들은 삼룡을 일부러 건드려 본 듯 가까이 와서 삼룡의 얼굴을 요리조리 관찰하며 냄새까지 맡는 것이었다. 그러다가 삼룡에게 오래된 냄새가 나자 코를 찡그리며 멀찌감치 물러서며 손부채질을 했다.

"아, 냄새! 사천 놈들은 왜 하나같이 지저분한 거야? 코가 썩을 것만 같아."

"팔사형, 사천 놈들 뿐만 아니라 원래 여기 놈들이 지저분해. 대체 씻는 걸 모르는 놈들이니."

"그래도 이놈은 더 심한 거 같은데? 얘는 냄새가 장난이 아니야."

대놓고 험담을 하는 승려들의 말투나 옷 입은 모습은 어딘가 조금 달라 보였다.

사람들을 함부로 대하는 이들은 자비를 최대 덕목으로 여

기는 승려라고는 전혀 생각할 수 없는 위압적인 행동을 계속
했다.

"분명 사매가 이쪽으로 도망친 걸 봤다고 들었는데 어디로
간 거지? 안 되겠다. 저쪽으로 한번 가보자."

제일 윗줄로 보이는 승려의 말에 삼룡을 둘러싼 괴승들이
나타날 때처럼 우르르 몰려 사라졌다. 그러자 삼룡이 자기 소
매를 들어 올려 냄새를 맡는 시늉을 했다.

"에이, 내 몸에 무슨 냄새가 난다고 그래? 아직 깨끗하구
면."

생전 빨래라고는 모르는 상거지도 삼룡을 보면 형님이라
고 하겠건만 삼룡은 그런 생각이 들지 않는 모양이었다.

"아, 그러나저러나 이 검들을 처분해야 되는데, 에이, 그냥
길 가다 아무 데나 버려야지."

第四章

삼룡, 서험에 들다

허허실실

노을 가득한 산길, 제법 묵직한 은자 주머니를 허리춤에 매
단 삼룡의 발걸음은 갈 지 자로 휘어지고 있었다.

이백은 한 말 술에 천 시(千詩)를 쓰고,
나는야 한 말 술에 천 리를 걷누나.
무월향(無月香) 명일(明日)에 술동이 옆에 끼니,
천 리 길도 바로 코앞이로다.

한껏 취한 삼룡은 꼴에 시까지 읊어가며 길을 걷고 있었다.
그의 왼손에 있던 아미파 샌님들의 검은 이미 온데간데없
었고, 대신 복(福) 자가 쓰인 붉은 종이가 붙여진 술동이가 들

려 있었다.

 산길 한 고목 옆에 발걸음을 멈춘 삼룡은 커다란 술동이를 입을 대고 술을 들이켰다.

 흠뻑 취한 상태였고 술동이 또한 제법 컸건만 한 방울의 술도 흘리지 않는 삼룡이었다.

 "크아함! 역시 술은 백주(白酒)야. 어, 저기서 자면 되겠다."

 양껏 술을 들이켠 삼룡은 취기가 도는지 술동이를 옆에 내려놓고 고목 사이에 벌어진 틈을 찾아 몸을 구겨 넣었다.

 다행히 오래된 고목이라 틈 안에는 어른 하나 정도는 거뜬히 들어갈 수 있는 공간이 있었고, 삼룡은 봇짐을 멘 채로 그 안에서 잠들어 버렸다.

 삼룡이 고목 틈바구니 안에서 잠을 청한 지 얼마 되지 않아 고목 나뭇가지의 한 지점에서 어린아이 팔뚝 굵기만 한 기다란 것이 스르르 미끄러지듯 움직였다.

 그것은 온몸이 칠흑같이 검은 뱀이었다. 아마도 낮 동안은 나뭇가지 위에 머물다가 밤이 되어 따뜻한 곳으로 이동하려는 모양이었다.

 가려는 방향으로 보아 삼룡이 잠든 공간이 검은 뱀이 밤에 잠을 청하는 곳인 듯싶었다.

 각진 머리, 검은 피부, 그리고 어둠 속에서도 새하얗게 빛나는 이빨을 앞세운 뱀은 척 보기에도 범상치 않아 보였다.

 움직임도 다른 뱀처럼 촐싹대거나 재빨리 움직이는 것이

아니라 아주 천천히, 느긋하게 움직였다.

대개 이런 식으로 행동하는 뱀은 치명적인 독을 가지고 있는 독사일 확률이 높았다.

그런 둔한 움직임 때문에 꽤 짧은 거리임에도 삼룡이 잠든 틈새까지 가는 데는 꽤 시간이 걸렸다.

해가 짧은 탓에 그동안 사위는 온통 어두워진 상태였다.

뱀이 각진 머리를 삼룡이 잠들고 있는 고목 틈새로 막 들이밀려 할 때였다. 순간, 검은 뱀이 멈칫거렸다.

쉬이입! 쉬입!

틈새로 머리를 집어넣으려 했던 검은 뱀이 돌연 고개를 들더니 혀를 날름거리며 공기 중에 떠도는 냄새를 입으로 가져갔다. 그리곤 지금까지와는 전혀 달리 재빠른 속도로 움직였다.

마치 먹이라도 발견한 듯한 동작이었으나 검은 뱀이 정확히 무엇을 노리는지는 분명치 않았다. 다만 삼룡이 세워둔 술동이에 흥미가 있는 것만은 확실했다.

술동이에 다가선 뱀은 이내 몸을 세우더니 백주가 든 술동이 입구에 고개를 처박고 냄새를 맡았다. 잠시 멈칫거리던 뱀은 목이 타는지 주저없이 머리를 깊숙이 집어넣었다. 그 순간,

파라락!

고목 근처에서 심상치 않은 소리가 들렸다. 그러자 술동이에 머리를 집어넣었던 뱀은 급한 나머지 몸 전체를 술동이 안

으로 밀어 넣었다.

파라락! 파라락!

옷깃을 스치는 소리와 함께 검은 인영 하나가 경공을 펼치며 고목 근처에 모습을 드러냈다.

그의 복장은 사천 지역에서 볼 수 있는 흔한 일꾼 복장이었다.

그는 무엇이 그리 화가 나는지 삼룡이 몸을 구겨 넣은 고목 틈새를 보며 분을 삭이고 있었다.

어두워진 상태임에도 정확히 삼룡의 위치를 알아낸 것으로 보아 아마도 멀리서 삼룡의 행보를 주시하다가 삼룡이 잠이 드는 것을 확인하고 모습을 드러낸 모양이었다.

"이놈 봐라? 아예 죽여달라고 여기서 퍼 자? 내가 네놈 때문에 고생한 걸 생각하면… 으으으!"

뜻밖에도 그의 입에서 나오는 목소리는 여린 여자의 것이었고 내용 또한 독설이었다.

그녀는 무슨 이유에서인지 삼룡에게 치를 떨고 있었다. 그런 그녀의 눈에 삼룡이 마시다 만 술 항아리 쪽으로 향했다.

"흥, 당장 죽여줄 수도 있다만 곱게 죽여줄 수는 없지."

잔뜩 독이 오른 남장여인은 품을 뒤적거리더니 손바닥보다 작은 합(상자)을 꺼내더니 조심스레 뚜껑을 열었다.

이후 그녀는 무언가를 손바닥에 옮겨놓더니, 술동이 입구에 가져가 오른 집게손가락으로 무언가를 정성스레 쓰다듬었다.

"흥, 네놈이 좋아하는 술로 어디 한번 당해봐라. 이 금선혈와(金線血蛙)의 침 한 방울이면 죽을 때까지 갈증을 느끼면서 말라 죽을 거다. 백날 해약을 찾아봐라. 찾을 수 있나. 자, 혈와야, 착하지? 독 한 방울만 뱉어다오."

*　　　*　　　*

어스름한 다 늦은 저녁, 관진현과 가까운 곳에 위치한 용천문의 회의실에서는 청성의 도사 다섯과 용천문주 구당옥이 탁자를 마주하고 근심 어린 표정으로 좌담을 하고 있었다.

용천문의 문주 구당옥은 청성의 속가제자였으니 용천문은 청성에서 갈라져 나온 방파라고 할 수 있었다.

탁자에 앉아 있는 이들, 청성파가 자랑하는 청성오검수(五劍手) 중 일검(一劍) 왕진한과 이검(二劍) 옥소기, 그리고 지평을 비롯한 청성의 이대제자들이 끼어 있었다.

지평에게서 그간의 경과를 들은 청성일검 왕진한(王鎭漢)이 분기를 참지 못하고 탁자를 주먹으로 내려치며 소리쳤다.

"감히 청성을 건드리다니!"

내기가 실리지 않았지만 굵직한 나무로 만든 튼튼한 탁자가 요동치듯 흔들렸다. 그만큼 그가 분노하고 있다는 뜻이었다.

그러자 반백의 용천문 문주가 거들고 나섰다. 구당옥은 예순인 왕진한보다 다섯 살 적었으나 내공 수위가 높은 왕진한이 훨씬 젊어 보였다.

"사부님, 혈향시독(血香屍毒)은 흔하지 않은 독입니다. 대체 누가 그런 독을 쓸 수 있겠습니까? 혹시 마교 녀석들의 짓이 아닐까 싶습니다."

용천문주의 말에 지평이 고개를 흔들며 대꾸했다.

"구 사제, 혈향시독은 혈교만이 쓴다네."

"그렇군요."

"문제는 혈교가 이미 마교에 의해 없어졌다는 것이지."

한참 어려 보이는 지평의 말에 구당옥은 당연하다는 듯한 반응이었다. 아무리 그가 한 지역의 세력을 얻은 문주였다지만 청성에 속한 방파인 이상 엄연히 항렬이 존재했고, 속가제자에 불과한 그였기에 구당옥은 지평을 사형으로 대해야 했다.

이에 구당옥의 사부 왕진한이 지평의 말에 동조했다.

"지평의 말이 맞다. 이십여 년 전 혈교 무리가 무림 일통을 주장하며 혈향시독으로 수많은 사람을 죽였지. 문제는 그때 이미 혈교가 멸문되었다는 것이다."

이에 청성이검 옥소기가 나섰다. 덩치만큼이나 우직해 보이는 그의 인상은 말 한마디에 무게가 실려 있는 듯했다.

"왕 사형, 그놈들도 어차피 마교에서 나온 놈들입니다. 혹시 오사제의 일에 마교가 나선 것은 아니겠습니까?"

듬직하다는 것은 총명함과는 조금 거리가 있다는 것을 증명하는 옥소기의 발언이었다.

"이사제 그것은 아닐세. 마교 놈들이라면 그들의 정체를 드러내기 위해 혈향시독을 쓰진 않았을 게야. 그놈들이 일부러 모습을 드러내려 했다면 악랄한 마공을 쓰면 그뿐이야. 굳이 혈향시독을 쓸 필요는 없어."

이에 용천문 문주가 번뜩 생각나는 것이 있다는 듯이 소리쳤다

"사부님, 이번 일은 시산노호의 짓이 분명합니다."

제자의 말에 왕진한은 강하게 고개를 저었다.

"그건 또 무슨 해괴한 소리냐? 그 요녀는 강호를 떠난 지 오래야. 그리고 돌아오지 않을 것이고."

왕진한은 시산노호에 대해 무언가 아는 눈치였다.

"아닙니다, 사부님. 어제 본문에서 전서를 받았습니다. 거기에 시산노호, 그 요녀가 태청검보를 가지고 사천에 나타났으니 수상한 자가 있거든 바로 연락하라고 쓰여 있었습니다."

왕진한이 여전히 믿지 못하자 용천문 문주는 하인을 시켜 전서를 가져오라고 지시했다. 그러자 청성이검 옥소기가 일리가 있다는 듯 말했다.

"사형, 아무래도 당옥의 말이 일리가 있습니다. 시산노호는 과거에도 독과 암기로 수많은 사람을 죽음으로 몰아넣었습니다. 오죽하면 그녀의 별호가 시산노호(시체 산 위의 늙은 여우)겠습니까? 게다가 마교 교주의 딸입니다."

옥소기의 말에도 왕진한은 고개를 부르르 떨며 부정했다.

"그럴 리 없다. 본문에서도 뭔가 착오를 일으킨 게야!"

왕진한의 격한 반응에 좌중은 모두 할 말을 잃었다. 그러자 옥소기가 말을 돌렸다.

"사형, 중요한 건 오사제의 해독 문제입니다. 그러니 일단 그 문제부터 해결하시죠?"

그제야 정신을 차린 왕진한이 힘없이 대답했다.

"음, 미안하구나. 내가 잠시 평정심을 잃었어. 오사제의 일은 당문의 도움을 받아야 할 것 같다. 운기요상만으로는 시독이 완전히 뽑히질 않으니……."

*　　　*　　　*

남장여인의 목소리가 카랑카랑하게 고목 주위를 울리고 있었다.

"저놈 죽을 만큼만 뱉어보라고! 참내, 내가 저놈 때문에 얼마나 고생했는데! 저놈만 아니었으면 사형들에게 들키지도 않았단 말이야! 빨리 뱉어! 그래야 저놈을 말려 죽이지! 하오문 쥐새끼들이 따라붙은 것도 다 저놈 탓이란 말이야!"

살기 어린 독설이 계속되었지만 그녀가 금선혈와라 부르는 조그마한 개구리는 미동도 하지 않았다.

사실 금선혈와는 상극인 뱀이 술동이에 자리를 잡고 있었기 때문에 그 안에 독을 뿌리지 못한 것인데, 이를 알 리 없는 남장여인이었다.

"이상하다. 오늘 따라 얘가 왜 이래? 도망치면서도 네 식사
는 꼬박꼬박 챙겨줬건만. 너, 은혜를 이딴 식으로 갚을래? 너
굶어 죽고 싶어?"

괜스레 화를 내봤지만 금선혈와는 꿈쩍도 하지 않았다.

"아이참! 시간도 없는데……."

남장여인은 무엇에 쫓기는지 고개를 두리번거리며 금선혈
와를 부지런히 달래었다. 그러던 어느 순간, 멀리서 인기척이
들려왔다.

"아, 정말 속 썩이네. 안 되겠다. 나중에 죽여… 어?"

남장여인은 인기척 때문에 금선혈와를 다시 합에 집어넣
으려 했지만 돌연 금선혈와가 무슨 생각에서인지 술동이 속
으로 뛰어들었다.

"어, 어! 너 거길 왜 들어가는 거야? 할 수 없다. 일단 몸부
터 숨기고 보자."

남장여인이 근처에 몸을 숨긴 지 얼마 되지 않아 한 무리의
사람들이 빠른 달음질로 고목까지 달려왔다.

산으로 올라가는 길에 적당히 쉴 만한 곳이 바로 고목 주변
인 터라 자연스레 그들의 걸음이 멈춰졌다.

고목 근처까지 와서 멈춰 선 이들은 저마다 화섭자 하나씩
을 꺼내 들고 그 불빛에 의지해 주위를 살폈다.

이들은 하나같이 무사 복장 차림이었고, 등에 커다란 거도(巨
刀) 하나씩을 가로 메고 있었다.

신기한 것은 각자 왼손에 삼룡이 낮 동안 들고 다녔던 아

미라는 글자가 새겨진 검을 나눠 들고 있다는 것이었다.

가운데 있던 사내가 위로 향한 산길을 살피며 말했다.

"둘째야, 그놈이 이쪽으로 간 게 맞는 거냐?"

그러자 왼쪽에 있는 사내가 바로 대답했다.

"예, 도귀(刀鬼) 형님. 분명 덕창으로 가는 길은 여기 하나뿐입니다. 그놈이 백주 한 말을 사 가면서 덕창 쪽으로 가는 길을 물었답니다."

"그럼 대체 이놈이 어디로 사라진 거냔 말이야? 술 취한 놈이 벌써 멀리 달아날 리도 없는데……."

그때 고목 쪽을 살피던 사내가 근처에 놓여 있는 술동이를 보고는 소리쳤다.

"도귀 형님! 저기 술동이가 있습니다! 혹시 그놈이 사 간 술동이 아닐까요? 이 산에 한 말짜리 술동이가 흔한 것도 아니지 않습니까?"

"일단 살펴보자!"

화섭자 불빛에 의지해 세 명의 사내가 술동이를 가운데 두고 주위를 살폈다.

도귀는 손에 들고 있던 검이 불편했는지 술동이 근처에 내려놓고 거도를 뽑아 들고 외쳤다.

"아직 술이 남아 있어! 그놈이 분명하다! 아직 이 근처에 있을지도 모르니 조심들 하거라!"

도귀의 말에 검을 내려놓고 도를 뽑아 든 셋째가 말했다.

"도귀 형님, 제가 생각하기엔 아미파를 건드릴 정도 되면 상승 고수가 아닐까 싶습니다. 그러니 저희가 쫓아오는 걸 알고 순식간에 경공을 써서 멀리 달아난 것이 분명합니다."

도귀는 셋째의 말을 그다지 귀담아듣는 것 같지 않았다.

"셋째, 네 말도 일리는 있다만, 그 정도 상승 고수가 도망을 갈 리가 있겠느냐? 아무튼, 둘째, 네가 생각하기엔 그놈이 요즘 소문이 퍼진 태청검보를 가진 놈이라는 얘기지?"

"예, 도귀 형님! 분명 그놈이 객잔에서 이 검을 들고 있는 것을 직접 봤습니다. 무려 세 자루를 들고 있었는데, 차림새는 별 볼일 없는 놈이 봇짐을 내려놓지도 않고 식사를 했습니다."

"그래서?"

도귀의 말에 둘째가 답답한 듯 가슴을 치며 말했다.

"형님도 참! 생각해 보세요. 귀한 검은 내동댕이쳐 놓고 목검이 든 봇짐을 멘 채로 음식을 먹는 게 이상하게 생각되지 않습니까? 완전 거지 꼴인 놈이 어떻게 그런 비싼 객잔을……. 게다가 무언가에 쫓기듯 급하게 먹더니 부리나케 내빼더라니까요."

둘째의 말을 곰곰이 생각한 도귀는 고개를 끄덕였다.

"둘째, 네 말대로 뭔가 구린 놈이 분명해. 아미파 검을 세 자루나 들고 다니다가 그냥 길가에 버린 것도 수상하고, 쫓기는 듯이 행동도 수상해. 잘하면 그놈일지도 모르겠군."

근처에 숨어 있는 남장여인은 도귀 일행의 대화를 듣고는 미간을 찌푸렸다.

순간 도귀가 무슨 소리를 들은 것처럼 크게 외쳤다.

"누구냐? 네가 이 근처에 숨어 있는 것 다 알고 있다! 어서 나와라!"

도귀는 아무 소리도 듣지 못하고서도 일부러 그렇게 소리친 것이었다. 편법과 속임수가 비단 산적이나 수적만 행하는 것은 아니었으니까.

순간 풀숲에 숨어 있던 남장여인은 도귀의 뻔한 속임수에 자신도 모르게 코웃음을 쳤다.

"흥!"

세 명의 사내는 코웃음 소리가 들린 곳으로 재빨리 화섭자를 비췄다. 그러자 풀숲에 숨어 있던 남장여인이 웃음을 머금은 채 모습을 드러냈다.

이를 보고 도귀가 둘째에게 물었다.

"저자냐?"

"어두워서 잘 모르겠지만 생긴 게 조금 다른 거 같은데요. 등에 봇짐도 없고. 완전히 다른 사람 같습니다."

도귀 일행이 서로 대화하는 사이 남장여인은 천천히 풀숲에서 나왔다.

"변장에 능한 놈일 수도 있어. 그러니 모두 경계를 늦추지 마라."

"홀홀홀, 사내들이란 것들이 겁이 많구나."

남장여인의 목소리는 이전과 또 달랐다. 이전의 목소리는 분명 나이 어린 여자의 목소리였는데 지금은 노색이 완연히 풍기는 음성이었다.

목소리에서 연륜이 느껴지자 웬만큼 강호를 돌아다닌 도귀의 표정도 일순 긴장한 듯 굳어졌다. 아무래도 강호는 나이가 들수록 무공 수위가 높았고, 그만큼 상대하기 껄끄럽다는 것을 의미했으니 말이다.

남자의 복장인데다가 목소리는 여색이 완연한 노인의 목소리, 게다가 사위는 어두워 분간이 제대로 되지 않는 상황이었다. 그리고 남장여인은 품에서 손이 떠나지 않았다.

그 얘기는 남장여인이 암기를 뿌리는 무인이라는 것을 의미했다.

이에 도귀가 동생들에게 경고했다.

"암기를 쓰는 자이니 모두 조심하거라!"

도귀는 경고를 하는 한편, 거리를 재며 여러 가지 상황을 계산하고 있었다.

'암기를 쓰니 인원수로는 안 돼. 게다가 너무 좁혀 있어서 피하기도 만만치 않아. 독이 묻은 암기라면 순식간에 당할 수도 있어.'

도귀 일행이 쓰고 있는 거도라는 병기는 넓은 칼등으로 유사시에 방어 역할까지 겸할 수 있는 무기였다.

하지만 그것도 낮에나 가능한 얘기였나.

움직이는 물체를 따라잡을 수 있는 동체시력을 가진 고수라 해도 달이 뜨지 않은 어둠 속에서는 작은 암기를 막아내는 데에는 방패를 들고 있다고 해도 빈틈을 보일 수밖에 없었다.

　불리한 조건에서 무조건 싸울 수 없다고 판단한 도귀가 먼저 말문을 열었다.

　"노선배, 우리는 아미파 무사들을 습격한 자를 쫓고 있소."

　도귀가 아미파를 들먹인 것은 서로 싸우지 말자는 얘기였다.

　물론 내용도 적당히 지어낸 것이었다. 아미파를 돕는 그들을 공격한다는 얘기는 아미파와 척을 지게 되니 쉽사리 나서지 못하게 하려는 의도로 말이다.

　그러자 남장여인은 콧방귀를 뀌며 대꾸했다.

　"흥, 아까는 태청검보를 찾는다더니 아미파 얘기는 왜 꺼내는 거지?"

　'당장 암기를 던지지 않는 것을 보니 사파는 아니로군.'

　남장여인이 암기를 던지지 않자 도귀는 안심하는 한편 재빨리 머리를 굴려 대답했다.

　"하하, 저희가 대화하는 것을 들으셨군요. 네, 찾았습니다. 하지만 비단 저희만 태청검보를 쫓고 있는 것은 아닙니다, 선배."

　도귀의 말에 남장여인은 눈썹을 부르르 떨었다. 아까도 그랬지만 태청검보라는 말에 민감하게 반응하는 그녀였다.

　"그게 무슨 소리냐? 어찌 너희들 말고도 그 사실을 알고 있다는 것이냐!"

　남장여인의 앙칼진 첫마디에는 중후한 내공이 실려 있었고, 그 때문에 도귀를 제외한 두 명의 사내는 버티지 못하고 뒤로 넘어졌다.

도귀도 넘어질 뻔했지만 이전부터 내기를 운용하고 있었기 때문에 간신히 버틴 상태였다.

'엄청난 내가고수다.'

한줄기 식은땀이 도귀의 뺨을 타고 흘러내렸다.

도는 검과 창에 비해서 웬만큼 노력하면 어느 정도 쉽게 경지에 오를 수 있는 병기였다. 그만큼 살상력이 뛰어나고 다루기도 쉬웠다. 하지만 이 도라는 병기의 천적 구실을 하는 병기가 바로 암기였다.

도는 상대를 베기 위해 동작이 클 수밖에 없기에 어느 정도 빈틈 노출은 각오하고 공격해야 한다. 하지만 암기를 던지는 입장에서는 빈틈만 노리면 되니 도를 쓰는 입장에서는 고양이 앞의 쥐 신세였다.

그럼에도 도귀는 애써 태연한 척했다.

"이미 사천 지역 전체에 퍼진 얘기입니다, 선배. 저희들도 오늘 객잔에 들렀다가 우연히 들은 얘기일 뿐이구요. 하하!"

괜스레 헛웃음까지 지어 보였지만 도귀가 겁내고 있다는 것은 그의 두 동생이 더 잘 알고 있었다. 순간 뒤에 있던 두 사내가 안 되겠다고 판단했는지 도귀를 내버려 두고 도망쳤다.

이를 보자마자 남장여인의 손이 품속에서 빠져나와 허공을 향해 뿌려졌다. 소리조차 없는 암기술에 달음질하던 두 사내가 몇 걸음도 가지 못하고 고꾸라졌다.

풀썩! 풀썩!

'빠르다. 손이 안 보일 정도야.'

두 명의 사내를 순식간에 쓰러뜨린 남장여인은 자신을 멍청히 보고 있는 도귀를 향해 소리쳤다.

"너는 왜 가만있는 것이지? 저들은 너를 형님으로 부른 놈들이다! 설마 내가 저들을 살려줬을 것으로 생각한 것이냐?!"

남장여인의 도발에 도귀는 애써 웃음 지으며 대답했다.

"하하, 동생은 무슨 동생입니까? 저들만 살고자 도망친 녀석들인데. 저런 놈들을 지금까지 의형제로 생각하고 있던 것이 후회될 뿐입니다."

도귀의 말에 남장여인은 눈을 가늘게 떴었다. 도귀의 대답 여하에 따라 죽이리라 갈등했던 모양이었다.

"좋아, 네 녀석이 알고 있는 태청검보 얘기를 하나도 빠짐없이 한다면 살려주마."

자신이 도저히 상대할 수 없는 적수라고 판단한 도귀는 재빨리 자신이 알고 있는 얘기를 풀어놓았다. 사실 감출 얘기도 아니었으니 .

"오늘 객잔에서 용천문에 적을 두고 있는 친구를 만났습니다."

"용천문?"

남장여인이 말을 끊자 도귀는 용천문에 대해서 덧붙여 설명했다.

"용천문은 청성에서 갈라져 나온 신생 방파입니다."

“그래서, 그다음.”

“네, 그 친구가 어제 청성 본문에서 연락이 오기를, 사천 남부 지역에 수상한 자가 있거든 무조건 보고하라고 했답니다. 그자의 정체에 대해서는 알려진 바가 없으나 뇌음사의 태청검보를 가지고 있다고 들었다 했습니다.”

“태청검보는 청성에도 있다.”

남장여인의 말에 도귀가 수긍하는 표정이었다.

“그 때문에 청성에서 더 난리라고 들었습니다. 그리고 청성뿐만 아니라 웬만한 문파에서도 그 소식을 알고 있구요. 그뿐만 아니라, 지금 객잔마다 온통 그 얘기로 술렁이고 있습니다. 소문에는 뇌음사의 태청검보가 진짜고, 청성의 태청검보는 가짜라는 얘기가 돌고 있습니다.”

“그것뿐이냐?”

“네, 선배. 이게 제가 알고 있는 전부입니다. 그러니 이제 가봐도 되겠습니까?”

남장여인이 허락의 의미로 고개를 끄덕이자 도귀는 시선을 고정시킨 채 뒷걸음쳤다.

혹시라도 변심하고 자신을 공격할지도 모른다는 생각에서였다.

몇 발짝 뒷걸음치던 노귀는 발밑에서 무언가 찌끔거리는 느낌을 받았다. 또한 그와 동시에 피가 거꾸로 솟으며 심장이 죄여왔다.

순식간에 선혈 한 모금이 도귀의 입을 따라 흘러내렸다.

"우윽, 살려주신다 약속하지 않으셨습니까?"

"난 지금 암기를 쓰지 않았어. 네놈이 아까 던진 암기를 밟았을 뿐이야!"

"그, 그럼 해약을 주십시오, 선배님!"

"난 두 번 살려준다고 약속한 적 없어!"

남장여인의 말이 채 끝나기도 전에 도귀는 가슴을 부여잡고 그대로 쓰러졌다. 칼이라도 한 번 휘두르며 죽고 싶었으나 이미 온 신경이 마비된 상태여서 근육이 말을 듣지 않았던 것이다.

남장여인은 눈을 뜬 채 죽어가는 도귀를 보며 목 부근으로 손을 가져갔다. 그리곤 자신의 살을 헤집는가 싶더니 얼굴 위의 무언가를 뜯어냈다.

때마침 달이 뜨면서 얼굴을 비추자 남장여인의 본 얼굴이 고스란히 드러나게 되었다.

그녀의 얼굴은 앳된 여자 모습이었다. 짙은 아미와 얇은 목선에서 이어지는 턱 선은 가녀린 난초처럼 매끈했고, 정기 어린 눈빛은 천상의 선녀를 보는 착각이 일 정도였다.

다만 사람을 셋을 죽인 다음에도 무표정한 얼굴이라는 것은 그녀가 악녀라는 것을 뜻했다.

아무튼 달빛에 비춰진 그녀의 얼굴을 보고 있노라면 독 묻은 암기로 세 사람이나 죽인 여자라고는 전혀 상상이 되지 않았다.

순간 그녀는 괴로운 듯 머리카락을 쥐어뜯었다.

"대체 어떻게 알았지? 오늘 쫓아온 사형들은 그렇다 쳐도 이놈들이 내가 태청검보를 가지고 있는 줄 어떻게 알았느냐 말이야?"

머리를 쥐고 흔드는 그녀의 정체는 시산노호였다. 정확하게 설명하자면 시산노호는 그녀의 어머니였고, 천리마군 독고천에 의해 그녀가 시산노호로 알려진 것이었다.

즉, 천리마군 독고천이 교주의 지시로 무림을 혼란시키기 위해 그녀 어머니의 별호를 이용한 것이었다.

그녀가 중원에 들어서면서부터 뇌음사 대뢰승에게 쫓기는 것은 별문제가 없었다.

아무래도 이곳은 세외 세력인 뇌음사 대뢰승들이 대놓고 활동하기에는 무리가 있었으니까 말이다. 하지만 무림인들이 비급을 목표로 쫓기 시작했다는 것은 늑대를 피해 호랑이 굴에 들어온 것이나 마찬가지라는 뜻이었다.

이 때문에 시산노호의 딸 백서연(白恕燕)의 목소리가 가늘게 떨리고 있었다. 마치 무언가가 크게 잘못되었다는 것처럼.

"일단 금선혈와를 찾은 다음에……"

애써 마음을 다잡은 시산노호는 술동이 쪽으로 고개를 돌리다 말고 이상한 낌새를 느꼈다. 그리곤 돌연 경공술을 펼치며 고목 위로 올라섰다.

그녀의 신법은 번개처럼 재빠르고 민첩했다.

그녀가 살핀 방향에 열 개의 횃불이 빠른 속도로 올라오는 것이 보였다. 횃불의 움직임이 말을 탄 듯 빨랐고, 얼마 되지 않아 이곳에 도착할 것으로 생각되었다.

"젠장, 따돌렸다고 생각했는데."

산 밑의 횃불을 본 그녀는 주저없이 산 위쪽으로 몸을 날렸다. 꽤 높은 곳이었지만 그녀의 경공은 그런 것을 따지지 않는 모양이었다.

잠시 후 횃불을 들고 나타난 이들은 놀랍게도 낮에 삼룡과 마주쳤던 붉은 가사를 입은 괴승들이었다. 그리고 그들은 놀랍게도 말을 타고 있지 않았다.

그들의 신법이 그만큼 빨랐던 것이다. 오히려 시산노호, 그녀의 신법이 이들에 비해서 조금 떨어지는 것 같았다.

그들은 숨도 차지 않는지 쓰러져 있는 도귀 일행을 발견하고는 이내 소리쳤다.

"소탁 대사형, 이들은 사매의 홍뢰비접(紅雷飛蝶)에 당한 것으로 보입니다! 게다가 아직 체온이 식지 않은 걸 보니 사매는 분명 멀지 않은 곳에 있습니다!"

지금 교주의 손녀, 시산노호의 딸을 쫓고 있는 이들은 바로 뇌음사의 대뢰승들이었다. 순간, 산 위쪽에서 불빛을 발견한 대뢰승이 소리쳤다.

"저기 불빛이 보입니다!"

"이번엔 놓치지 않는다! 가자!"

우두머리로 보이는 대뢰승 소탁이 외치자 나머지 대뢰승들은 일제히 몸을 날렸다.

대뢰승들은 다리가 거의 땅에 닿지 않을 정도로 움직이며,

무서운 속도로 산 정상을 향해 달렸다.

소림사에 장경각을 지키는 백팔나한이 있다면 뇌음사에는 뇌음비고를 지키는 대뢰승(大雷僧)이 있었다.

이들은 강호 역사에 딱 한 차례 모습을 드러낸 적이 있는데, 마교와 관련된 일이었기 때문에 세상에는 그들의 존재가 알려져 있지 않았다.

다만 이들과 한 번 마주친 적이 있는 마교에서는 대뢰승들과 마주치기 전에는 항상 총단에 보고한 후 다섯 배 이상의 숫자, 또는 장로 급 고수 둘 이상이 합세하기 전까지는 절대 교전을 금하라는 내부 지침이 있었다.

물론 마교를 무림 일통의 유일한 힘을 가진 단체라는 것을 아는 다른 문파들이 모르게 내려놓은 지침이었다.

*　　　　*　　　　*

이른 아침, 삼룡은 고목 틈바구니에서 눈을 떴다. 쪼그려서 잤음에도 삼룡은 개운하게 잠을 잘 잔 얼굴이었다.

"으아함! 잘 잤다. 어, 여기는 어디냐?"

이제야 좁은 고목 틈이란 걸 깨달은 삼룡은 고개를 두리번거렸다. 일단은 출구를 찾아야 했으니까.

이내 출구를 발견한 삼룡이 틈새에 다리부터 내밀며 불평을 늘어놓기 시작했다.

"아, 좁아. 내가 여길 어떻게 들어왔지?"

도무지 전날의 상황이 안 떠오르는지 삼룡은 끙끙거리며 고목 틈에서 빠져나오기 위해 애썼다. 그렇게 일각 동안을 고목 틈에서 용을 쓰고서야 삼룡은 나올 수 있었다.

고목을 나선 삼룡은 눈앞에 벌어진 광경에 눈을 비볐다.

눈앞에는 시산노호에게 죽은 도귀와 그의 동생들이 볼썽사납게 널브러져 있었다.

"뭐야, 이 사람들은? 자는 건가?"

볼썽사납게 뜬 눈으로 죽은 사람들을 본 삼룡은 자는 거라고 결론짓고 있었다.

뭐, 그런 생각이 정신 건강에 아주 이롭긴 하다만.

"아, 내 백주! 설마 이 사람들이 이걸 훔쳐 먹고 퍼 자는 건 아니겠지?"

자기 것은 끔찍이 아끼는 삼룡이었다.

술동이로 발걸음을 옮기던 삼룡은 난감한 표정으로 머리를 긁적였다. 왜냐하면 자신이 분명 어제 길가에 버려둔 아미파 샌님들의 검 세 자루가 술동이 위에 고스란히 올려져 있었기 때문이다.

"이상하다? 어제 마을을 빠져나오면서 분명히 길가에 버렸는데?"

머리를 긁적이는 삼룡의 표정은 잠시 동안만 심각했다.

"에이, 또 버리고 가지, 뭐."

검은 버려도 술은 버리지 못하겠는지 삼룡은 술동이 위에 올려져 있던 검을 치웠다. 순간, 붉은 무언가가 삼룡의 머리

위로 뛰어올랐다.

평소 느릿하게 행동하던 삼룡은 붉은 것이 튀어 올라오자 미리 알고 있었던 것처럼 침착하게 오른손으로 낚아챘다.

"뭐, 뭐야, 이건?!"

삼룡의 오른손에는 금빛 줄이 선명한 붉은 몸체를 가진 개구리가 들려 있었다.

그와 동시에 삼룡의 손바닥에서 찌릿한 느낌이 전해왔다. 금선혈와를 맨손으로 만졌으니 중독되는 것은 당연한 절차였다.

"아, 이게 아침부터 짜증나게 만드네. 이걸 확!"

삼룡이 금선혈와를 땅바닥에 패대기치기 위해 손을 번쩍 들었다. 하지만 무슨 생각에서인지 이내 올린 손을 내리고는 금선혈와를 쳐다봤다.

"잠깐, 어제 저잣거리에서 보니까 이런 독개구리를 비싸게 팔던데, 이것도 비싸려나? 흐흐, 팔려면 아무래도 살아 있는 게 좋겠지?"

순간 눈빛이 부드러워지는 삼룡이었다.

영문을 모르는 금선혈와는 도망치기 위해 버둥거렸지만 돈줄을 놓아줄 삼룡이 아니었다.

"이걸 어디에 남아 가시? 아, 술동이가 있었지? 그럼 술은 먹어버려야겠네."

독개구리가 몸을 담근 술을 먹겠다는 삼룡이었다. 진짜 그러려는지 삼룡은 술동이 안을 살폈다.

순간 삼룡의 아미가 또다시 구겨졌다.

"아씨, 이건 또 뭐야?"

삼룡이 술동이를 쳐다보자 술이 아닌 무언가가 들어 있는 것이 보였다. 둥글고 길쭉한 것이 말이다.

삼룡은 잠시 인상을 찡그리더니 주저없이 왼손을 술동이에 집어넣었다.

이윽고 삼룡의 손에 배 부분이 빵빵한 분홍색 뱀이 딸려 올라왔다. 그 뱀은 분명 어제저녁까지는 검은색이었다.

칠흑같이 검었던 뱀이 하룻밤 새 색깔이 달라져서는 몸을 축 늘어뜨린 채 흐느적거리고 있었다.

"이 뱀 새끼가 내 백주를 거의 다 처먹었네. 이걸 확! 근데 맛있게 생겼네. 아침 삼아 구워 먹을까? 아니지. 백사랑 색이 비슷한 걸 보니 이놈도 비싸려나?"

어제 자신이 먹은 술의 양은 생각 안 하고 모든 걸 뱀에게 뒤집어씌우는 삼룡이었다.

삼룡이 분노와 식욕, 그리고 돈과 관련된 계산이 점철된 눈빛으로 노려봤지만 술 취한 뱀의 눈빛은 흐리멍덩했다. 마치 배 쨀 능력이 있으면 째라는 듯이 말이다.

"근데 이것들이 내 술동이에서 뭐 한 거야? 그건 그렇고, 큰일이네. 따로 담아갈 마땅한 것도 없고. 에이, 몰라. 둘 중에 살은 놈만 팔지, 뭐."

고민을 오래하는 것도 적성에 맞지 않는지 삼룡은 우선 술에 취해 해롱거리는 뱀을 술동이에 집어넣고 금선혈와를 마저 집어넣으려 했다. 순간 금선혈와가 술동이에 들어가지 않으려 기를 쓰고 버둥거렸다.

"어라! 이 자식, 왜 이래? 인마, 귀찮어. 들어가. 들어가서 죽이든 살든 마음대로 해. 난 이긴 놈만 팔 거다."

버둥거리는 금선혈와를 무작정 집어넣고 엉덩이로 막는 삼룡이었다. 하지만 술동이 안에서 금선혈와가 나오려고 계속 삼룡의 엉덩이를 쳤다.

"아, 자식아. 누가 내 술동이에 들어가 있으라고 했냐? 그냥 운명이려니 하고 있어."

삼룡은 봇짐에서 입고 있는 옷보다 비교적 깨끗한 옷을 꺼내 술동이 입구를 친친 동여맸다. 그리곤 바닥에 뒹구는 아미파 샌님들의 검을 쳐다보며 고개를 저었다.

"설마 검이 다리가 달렸겠어? 날 따라다니게."

순간 삼룡의 오른손으로 다시 찌릿한 느낌이 올라와서 보니, 아까 금선혈와를 잡았던 손이었다.

"아, 독개구리 새끼, 귀찮게!"

순간 삼룡이 눈을 감더니 내력을 모았다. 순간 삼룡의 얼굴이 붉게 달아오르며 머리 위로 붉은 연기가 피어올랐다.

그것도 잠시, 삼룡은 금세 자리를 털고 일어섰다. 그리곤 언제 사 뒀는지 봇짐 속에서 선랑(육포)을 꺼내 입으로 가져갔다.

*　　　*　　　*

삼룡이 술동이를 들고 떠난 지 얼마 되지 않아 온몸이 땀투성이인 소년 하나가 산 아래에서 뛰어올라 왔다.

그는 찾는 게 있었는지 거친 숨을 내쉬면서도 조금도 쉬지 않고 고목 주변을 살폈다.

"혈와야! 혈와야!"

혈와를 찾는 것으로 보아 그는, 아니, 그녀는 시산노호임이 분명했다.

그녀는 밤새 뇌음사 대뢰승들을 따돌리고는 관진현 쪽으로 되돌아갔다가 지금에서야 금선혈와를 찾으러 온 것이었다.

애타는 목소리에도 금선혈와가 보이지 않자 백서연은 재빨리 고목 틈을 살폈다.

"젠장, 또 그 자식이야?"

화난 표정으로 주위를 두리번거리던 백서연은 삼룡이 두고 간 아미파 장검 하나를 들고는 소리쳤다.

"이 걸신 들린 술주정뱅이 새끼! 내 혈와 못 찾기만 해봐! 갈가리 찢어 죽일 테다!"

한참 산을 오르던 삼룡은 갑자기 한기가 느껴지는지 몸을 부르르 떨었다.

"이 한기는 대체 뭐지?"

*　　　*　　　*

아미파의 주희설(朱喜雪)은 올해로 마흔두 살을 바라본다. 그녀는 타고난 성정이 차가워서 어릴 때부터 어떤 상황에서도 자신의 감정을 드러내지 않았다.

그 때문에 그녀에게는 한철빙면이라는 별호가 따라붙었다.

그녀의 사부 원화 신니는 제자의 차가운 성정을 파악하고, 어릴 때부터 차가운 성정을 살리는 검술과 내공을 집중해서 수련시켰다.

한번 빠지면 옆을 돌아보지 않는 그녀의 성정은 무공 성취에도 도움이 되어 남들보다 빠른 성취를 이룰 수 있었다.

그 때문에 아미파 내부에서는 그녀를 차기 장문인 중의 하나로 꼽았다. 물론 다른 쟁쟁한 고수들이 널리고 널린 아미파였으니 그 누구도 장문 직을 장담할 수 있는 사람은 없었다.

하지만 그녀가 유력한 장문인 후보라는 것 또한 누구나 인정하고 있었다.

그런 그녀에게 말 못할 고민이 하나 있었으니, 바로 자신이 수련하는 검에 대한 문제였다.

검이란 것이 원래 쇠를 불에 달구어 두드리는 것을 기본으로 하니 열기가 자연스레 스며 있었다. 그런데 한기(寒氣)를 바탕으로 하는 주희설의 내공 수위가 높아진 근래에 들면서부터 검술을 펼치면 펼칠수록 검에서 뜨거운 열기가 느껴져 도저히 검을 잡을 수 없는 지경에 이른 것이다.

　문제의 시작은 이런 고민을 터놓고 얘기할 상대가 없다는 데에서 불거졌다.

　그녀의 사부는 이미 이 세상 사람이 아니었고, 그녀의 차가운 성정 때문에 주위에 마음 놓고 대화할 상대가 없었다.

　그렇다고 아무나 붙들고 고민을 얘기하면 자신과 장문인 직을 놓고 경쟁하는 이의 귀에 들어가게 될 것이고, 자칫하면 경쟁자들에 의해 그녀가 검도 잡지 못하는 사람이라 매도당할 것이니 말 한마디가 조심스러울 수밖에 없었다.

　고민을 거듭한 그녀는 자신의 백부가 문주로 있는 주가장—아미파의 방파 중 하나다—에 연락을 취하여 냉기가 흐르는 한철이 들어간 검의 제조를 은밀히 부탁했다.

　차기 장문인이 될지도 모르는 조카 희설이 직접 부탁을 해 오자 주가장주 주자경(朱紫瓊)은 대번에 그 문제를 자신이 해결하겠노라고 장담했고, 한철 중에 으뜸이라는 만년한철을 구해 솜씨 좋은 대장장이에게 맡겨 검 한 자루를 만드는 데 성공했다.

　그동안 주희설에게 잘 보일 기회만 찾던 주자경은 검을 만든 것에 그치지 않고 뜨거운 태양 아래에서도 한기가 뿜어져 나온다는 빙백사(氷白蛇)의 가죽까지 구해 검집을 만들었다.

　문제는 그 이후에 벌어졌는데, 향후 주가장을 이끌어갈 자신의 손자들을 주희설에게 잘 보이게 하고자 하는 욕심에 이들에게 검을 들려 보낸 것이었다.

　주자경은 용의주도한 인물로 그냥 손자들에게 보검을 들

려 보낸 것은 아니었다.

그는 안전을 위해 만년한철로 만든 검과 생긴 것이 똑같은 검 두 자루를 더 만들었다. 거기에 검집에 일부러 아미라는 글자를 새겨 넣음으로써 혹시라도 모를 일에 대비했다.

그 후에 주자경은 손자 셋에게 각기 검 하나씩을 들려준 후 주가장의 고수 여럿과 함께 아미산까지 보냈다.

주자경이 만들어낸 문제는 그가 그의 손자들을 너무 믿었다는 데에 있었다.

어릴 때부터 주가장에서만 수련하던 주자경의 손자들은 한참 자신들의 실력을 뽐내고 싶어 안달이 난 상태였다.

그런 그들이 호위무사들의 보호만 받은 채 아미산까지 간다는 것은 어불성설이었다.

주자경의 손자들은 함께 출발했던 일행에게 관진현에서 만나자고 쪽지를 남기고 독단으로 행동했고, 급기야 금사강 근처의 한 야산에서 산적들을 만나 검을 뺏겼다. 그리고 지나가던 고수의 도움(?)으로 간신히 목숨만 건진 채 도망쳐 왔던 것이다.

관진현의 한 객잔에 주자경의 손자 셋과 그의 호위무사 정패가 근심 어린 표정으로 탁자에 앉아 주위를 두리번거리며 밀담을 나누고 있있다.

"일공자, 큰일입니다. 그 산에는 이미 산적들이 떠나고 아무도 없었습니다."

정패의 말에 바로 함께 앉아 있던 세 공자의 얼굴이 잿빛으로 물들었다. 침묵을 깬 것은 정패의 맞은편에 앉아 있는 주가장의 일공자 주원덕이었다.

"정패 아저씨, 이제 우리는 어쩝니까? 이 일을 조부님이 아시면……."

주원덕은 요 며칠 조부의 화나면 물불 가리지 않는 성격이 머릿속에서 떠나지 않았다.

그 때문에 산적들에게 잡혀서도 큰소리치던 그의 호방한 모습은 온데간데없었다.

"하지만 오면서 새로운 정보를 얻었습니다."

정패의 말에 급히 반색하는 주원덕이었다. 이는 다른 주자경의 손자들도 마찬가지였다.

"뭐, 뭐죠?"

"혹시나 그 한철보검이 장물로 나왔나 해서 알아보니 이곳 관진현에서 문주님이 만드신 검을 봤다는 사람이 한둘이 아니었습니다. 그래서 사제들에게 좀 더 조사해 보라고 시켰으니 기다려 보십시오. 잘하면 이번 일이 잘……."

정패가 자신이 알고 있는 것을 차근차근 설명하자 그제야 주원덕을 비롯한 이들의 얼굴빛이 제 빛깔을 찾아갔다.

한 시진 후, 정패가 검에 대해 알아보라고 지시한 주가장 제자 하나가 화급한 표정으로 뛰어왔다.

"일공자님, 알아냈습니다."

알아냈다는 소리에 주원덕이 반갑게 그를 맞이했다.

"그래, 어떻게 됐습니까?"

“어제 남루한 복장의 사내가 검 세 자루 모두를 가지고 이 곳저곳을 돌아다녔답니다. 거의 거지 복장이었다는데, 대부분 인상착의가 비슷했습니다.”

주원덕은 자신이 알고 있는 내용과 겹치자 얼른 다음 말을 재촉했다.

“그건 알고 있습니다. 그 사람이 바로 산적 두목입니다. 아무튼 제가 알고 싶은 건 그자가 어디로 갔느냐는 겁니다. 돈이라면 얼마든지 줄 수 있으니…….”

삼룡이 털보 산적을 밀어내고 산적 두목에 등극하는 순간이었다. 아무튼 주원덕의 조급함을 아는지 그는 바로 본론으로 들어갔다.

“오는 길에 용천문에 적을 둔 자를 만났습니다. 그자가 말하길, 도귀라는 자신의 친구가 어제 길가에 버려진 검 세 자루를 주웠다고 합니다. 검의 생김새에 대해서 이것저것 물어보니 분명 한철보검의 생김새와 일치했습니다.”

주가장 무사의 얘기에 갑자기 눈이 커지는 주원덕이었다.

“거, 검을 주웠다고요? 그래서, 도귀라는 분은 지금 만날 수 있는 겁니까?”

주원덕의 다그침에 그의 사제는 머리를 긁적이며 난처한 표정으로 머뭇거렸다.

“그게…….”

사제가 머뭇거리자 호위무사의 우두머리 격인 정패가 나섰다.

"뭐 하는 것이냐? 빨리 일공자님께 모두 말씀드리지 않고?"

"알겠습니다, 사형! 요 며칠 사이 태청검보를 가진 자가 나타났다는 소식을 접하고, 그자, 그러니까 산적 대장이라는 자가 태청검보를 가진 것이라 생각하고는 쫓아갔다고 합니다."

사제의 말에 일공자 주원덕의 표정이 다시 어두워지고 목소리에선 힘이 빠졌다.

"한철보검을 가지고요?"

"네, 일공자님. 대신에 그들이 어느 쪽으로 갔는지 알아냈습니다. 어제저녁에 덕창 쪽으로 출발했다고 했으니 지금 말을 타고 가면 충분히 따라잡을 수 있을 겁니다."

"수고하셨습니다. 그 정도만 해도 어느 정도 희망이 보이는 것 같습니다. 정패 아저씨, 한시라도 빨리 움직이는 게 좋겠습니다."

주원덕이 자리를 털고 일어나자 근처에 앉아 있던 주가장 무사들은 준비가 잘된 병사들처럼 일사불란하게 움직였다.

미시(未時)가 채 되지 않은 시각, 관진에서 덕창으로 가는 산 중간 고목 어귀, 주가장의 무사들이 심각한 표정으로 도귀 일행의 주검을 확인하고 있었다.

정패가 주검을 확인하던 호위무사들에게 검 두 자루를 건네받아 주원덕에게 달려왔다.

"일공자님, 검 두 자루를 찾았습니다."

　주원덕은 기쁜 표정으로 정패가 들고 있는 검을 살폈다. 하지만 검을 뽑아 이리저리 살피던 그의 표정은 이내 깊은 그늘이 드리워졌다.

　정패가 주원덕의 표정을 살피며 물었다.

　"둘 다 아닙니까?"

　"네, 아저씨. 이것은 그냥 모양만 같은 보통 검입니다."

　"그래도 이제 그자가 갖고 있는 것을 알았으니 됐습니다. 저희가 얼굴을 알고 있으니 덕창에 가면 찾을 수 있을 겁니다. 조금 쉬어야 하지만 한시가 급하니 출발하는 것이 어떻겠습니까?"

　정패의 말에 주원덕은 이전처럼 자신의 주장을 일방적으로 내세우지 않았다.

　"아저씨 결정대로 따르겠습니다."

　"자, 공자님들을 모시고 덕창 쪽으로 이동한다. 모두 출발!"

＊　　　＊　　　＊

　한편, 아침 일찍 출발한 삼룡은 한 손에 술동이를 든 채 땀을 뻘뻘 흘리며 산길을 뛰고 있었다.

　지진이 일어나도 느긋한 발걸음을 유지할 것만 같은 그의 성격으로 보아 절대 스스로 원해서 달리고 있는 것이 아님은 분명했다.

그때 삼룡의 뒤로 앙칼진 목소리가 들렸다.

"거기 서!"

"너 같으면 서겠냐?"

삼룡은 고개도 돌리지 않고 대꾸하고는 샛길로 빠졌다.

얼마 안 있어 발이 바닥에 닿지 않고 움직이는 젊은 여자가 삼룡을 쫓았다.

"거기 서란 말야! 안 서면 죽인다!"

"서도 죽인다며?"

삼룡을 쫓고 있는 것은 시산노호였다. 그녀는 어쩐 일인지 인피면구를 뒤집어쓴 모습이 아닌 원래의 맨얼굴이었다.

한데 그녀의 모습이 요상했다. 머리는 젖은 채 산발이 되어 있었고, 옷을 대충 입은 느낌이었다. 게다가 그녀의 표정은 수치로 물든 듯 홍조를 띠고 있었다.

그간 무슨 일이 있었는지 그녀는 청광이 번쩍이는 검을 빼들고 삼룡을 죽일 듯이 쫓고 있었다. 삼룡도 그녀에게 무슨 큰 잘못을 한 것처럼 창백한 얼굴이었다.

아무튼 시산노호는 잔뜩 화가 난 표정으로 쫓고 있었고, 삼룡은 그런 시산노호에게 쫓기고 있었다.

시산노호는 뇌음사의 비전 경공술인 뇌섬보를 쓰고 있었지만 삼룡을 따라잡지 못했다. 그렇다고 삼룡이 뇌섬보와 동급이나 그 이상 가는 경공을 펼치는 것도 아니었다.

다만 삼룡의 걸음이 빠를 뿐이었다. 경공이 아무리 뛰어나면 뭐 하는가? 따라잡지를 못하는데.

삼룡의 걸음을 따라잡을 수 없자 백서연이 꾀를 내어 소리 쳤다.

"야, 인마! 여자한테서 도망치는 네가 남자냐? 이 고자 자 식아!"

그대로 당할 삼룡이 아니었다.

"남자 안 할 테니 그만 쫓아와, 이년아!"

"뭐, 이년아? 이 걸신 새끼! 내가 널 안 죽이면 사람이 아니 다!"

시산노호가 경공을 끌어올리자 삼룡도 달리는 속도를 끌 어올렸다. 하지만 그것이 불만이었는지 입에서 욕설이 터져 나왔다.

"아, 그년, 되게 빠르네! 나 정말 아무것도 못 보고 아무 짓 도 안 했거든! 그러니까 그만 쫓아와!"

삼룡의 말에 분기를 느꼈는지 시산노호는 대뜸 검을 갈무 리하며 품속에 손을 넣었다. 그와 동시에 그녀의 손이 허공을 가르자 삼룡을 향해 홍화비접이 화살처럼 쏘아졌다.

순간 붉은 나비 한 쌍이 꽃잎처럼 바람을 뚫고 삼룡의 등을 향해 곧장 날아들었다. 소리조차 들리지 않는 쾌속한 솜씨였 지만 삼룡이 나무를 끼고 돌자 홍화비접은 나무에 박혀 버렸 다.

이에 암기를 날린 시산노호의 입에서는 자신도 모르게 한 숨이 새어 나왔다.

"아씨, 저 걸신 새끼는 뒤에도 눈알이 달렸나?"

삼룡은 시산노호를 뿌리치기 위해 일부러 험한 산길을 골
라서 뛰고 있었다.

사실 경공이라는 것도 길이 험하면 험할수록 내기(內氣)가
빨리 소모되는 법이었다. 거기에 삼룡은 지형지물을 이용해
서 교모하게 시산노호의 길을 방해하게 만들었다.

예를 들면, 자신이 지나면서 탄성이 좋은 나뭇가지를 일부
러 건드려서 시산노호의 얼굴에 부딪치게 한다거나 일부러
바람 부는 역방향을 골라 흙을 뿌리고 나뭇잎을 날리는 것 말
이다.

물론 미리 보고 경신법으로 피하면 그뿐이었지만, 어쩐 일
인지 삼룡이 잡히기 바로 전에 그런 수를 써서 시산노호는 피
하지 못하고 흙과 나뭇잎을 뒤집어쓰거나 당하기만 했던 것
이다.

한참을 쫓아가던 시산노호가 내기가 달리는지 쫓아가던
걸음을 멈추고 숨을 몰아쉬었다. 그러자 삼룡도 십여 장 정도
더 앞서서 멈춰 섰다. 삼룡도 얼굴에 땀투성이였지만 시산노
호처럼 지쳐 보이진 않았다.

"헉, 헉, 헉!"

시산노호가 거칠게 숨을 몰아쉬자 삼룡이 멀리서 소리쳤
다.

"그러게 왜 힘들게 쫓아오구 그래요? 나는 내 갈 길 갈 테
니까 그만 쫓아오세요, 누님!"

삼룡의 괜한 존칭에 시산노호의 아미가 좁혀들었다. 시산

노호는 거기에 그치지 않고 품에서 홍화비접 하나를 꺼내 삼룡에게 날렸다. 하지만 많이 지친 탓인지 삼룡이 있던 방향과는 영 딴판인 곳으로 날아가 버렸다.

이를 보며 삼룡이 혀를 찼다.

"쯧쯧, 보아하니 꽤나 비싸 보이는 암기인 거 같은데, 괜한 낭비하지 맙시다. 자, 나는 갑니다."

삼룡이 몸을 돌리자 시산노호가 다급하게 소리쳤다.

"혈와는 두고 가!"

시산노호는 더 이상 삼룡을 쫓아도 잡을 수 없다는 생각에 금선혈와라도 찾으려는 생각이었다.

'혈와? 혹시 붉은 독개구리를 말하는 건가?

순간 멈칫한 삼룡. 시산노호가 무슨 말을 한 것인지 생각하는 모양이었다. 그리고는 한쪽에 들고 있던 술동이를 가리키며 소리쳤다.

"이 술동이 속에 들어 있던 독개구리가 네 거냐?"

삼룡의 물음에 시산노호는 거친 호흡을 하면서도 재빨리 대답했다.

"그래! 내가 어제 네 술동이에 빠뜨렸어! 그러니까 그건 두고 가!"

순간 삼룡이 잠시 고민하는 듯 망설였다.

'에이씨, 비싼 건데. 그래도 귀찮은 것보단 낫지.'

"독개구리 돌려주면 안 쫓아올 거냐?"

삼룡의 말에 시산노호는 할 수 없다는 듯이 대답했다.

“그래, 안 쫓아가마.”

“좋아. 약속했다!”

시산노호가 고개를 끄덕이자 삼룡은 주저없이 막아놓은 술동이 입구를 열었다.

술동이 안을 살피던 삼룡이 당황하는 듯 잠시 멈칫거렸다.

“정말 돌려주기만 하면 안 쫓아오는 거지?”

그러자 시산노호가 귀찮은 듯 소리쳤다.

“알았다니까! 돌려주기만 하면 안 쫓아갈게!”

“그럼 뒤돌아 있어. 또 암기 던질지도 모르잖아?”

이에 시산노호가 돌아서자 삼룡이 재빨리 술동이에 손을 집어넣었다. 그리곤 뭔가를 뒤적거리더니 술동이에서 꺼내서는 조그만 바위 위에 올려놓고 소리쳤다.

“여기에 그 개구리 도망가지 못하게 해놨으니까 내가 떠난 후 백까지 센 후에 확인해라!”

“알았어! 빨리 놓고 내 눈앞에서 꺼지기나 하셔! 꼴도 보기 싫으니까!”

삼룡 생각만 해도 진저리가 쳐지는지 뒤돌아 있는 상태에서 손부채질을 하는 시산노호였다. 하지만 여기서 그칠 삼룡이 아니었다.

“그럼 소리 내어서 세봐! 안 그럼 확인할 길이 없잖아?”

분기에 못 이겨 몸을 부르르 떠는 시산노호였지만 시키는 대로 할 수밖에 없었다. 이를 꽉 문 채 숫자를 헤아리는 시산노호였다.

“하나, 둘, 셋……..”

“목소리가 작잖아! 그래서 멀리까지 들리겠어?”

때문에 시산노호는 억지로라도 목청을 높여야 했다.

“넷! 다섯! 여섯… 열!”

시산노호가 열을 외쳤을 때였다. 백까지 헤아리겠다고 약속했던 시산노호는 돌연 몸을 돌리려 했다. 하지만 이때 다시 삼룡의 목소리가 들렸다.

“거봐! 거봐! 내가 이럴 줄 알았어! 백까지 세야 한다니까!”

몸을 돌리려던 시산노호는 의심 많은 삼룡이 때문에 몸을 돌려 다시 수를 헤아리는 치욕을 감내해야 했다.

“열하나! 열둘… 스물일곱!”

시산노호는 적당히 수를 헤아렸다고 판단하고는 재빨리 뒤를 돌았다. 삼룡은 이미 도망쳤는지 보이지 않았고, 삼룡이 있었던 자리에 붉은 무언가가 눈에 띄었다.

이에 재빨리 쫓아가서 금선혈와를 확인한 시산노호의 눈은 당혹감으로 물들었다.

시산노호의 눈에 거품을 물고 사지를 뻗은 채 괴로운 듯 발작하고 있는 금선혈와가 들어왔다.

삼룡이 도망가지 못하게 해놓은 것이 아니라 원래부터 상태가 도망갈 상황이 아니었던 것이다.

“이 걸신 새끼! 내가 널 가만두나 보자, 이 개자식아아아!”

시산노호는 눈빛이 가물거리며 뻣뻣하게 굳어가는 금선혈와를 챙겨 들고는 뇌섬보를 극성으로 펼쳤다.

일단 혈와를 찾은 뒤에 삼룡을 쫓으려 했지만, 지금은 금선 혈와를 살리는 게 먼저였다.

시산노호가 사라진 지 얼마 되지 않아 근처 풀숲이 들썩거렸다. 잠시 후 삼룡이 고개를 두리번거리며 술동이를 낀 채 모습을 드러냈다.

"휴, 다행이다. 이제야 거머리를 떼어낸 것 같군."

삼룡은 돌연 술동이를 쳐다보며 한숨을 내쉬었다.

"아, 근데 이 뱀 새끼는 아무리 먹을 게 없어도 그렇지 독개구리를 처먹으려고 하나. 조금만 더 늦었으면 뱃속에 있는 걸 꺼낼 뻔했잖아. 아마 그랬으면 저 독한 년이 세상 끝까지 쫓아왔을 거야. 아무튼 이만하길 천만다행이야."

머리를 긁적이던 삼룡은 내려가는 산길을 아쉬운 듯이 쳐다보며 말했다.

"근데, 산은 언제 내려가지? 당분간 거머리 같은 저년이 설칠 텐데. 어쩔 수 없이 산에서 좀 쉬다가 가야겠네. 그럼 이제 어디로 가나?"

이 소리를 시산노호가 들었으면 당장이라도 가지고 있던 홍화비접을 모두 던지고도 남았을 법한 일이었지만, 어찌 됐든 이미 떠나고 없는데 어쩌겠는가.

순간 삼룡은 뭔가 잊은 게 있는 것처럼 술동이를 내려다봤다.

"아참, 이 영악한 뱀부터 처리해야겠지?"

삼룡을 술동이를 들고는 시산노호가 간 반대 방향을 향해 뛰었다. 원래 뛰는 법이 없었지만 아무래도 상황이 상황이니 만큼 삼룡도 뛰는 것이 낫다고 판단한 것이다.

잠시 후 사방이 트이지 않은 너른 곳에 도착한 삼룡은 술동이를 내려놓고 술동이 입구를 막은 옷을 빼며 소리쳤다.

"얌마, 나와!"

삼룡이 소리치자 술동이 입구에서 슬그머니 무언가가 올라왔다. 이를 보고 삼룡이 도리질하며 말했다.

"아침엔 백사랑 색이 비슷하더니, 색이 저래선 아무래도 값이 떨어지겠지?"

삼룡의 혼잣말대로 술 주둥이에서 고개를 내민 뱀의 피부는 진홍색이 아니라 어제저녁처럼 검은색이었다. 게다가 흐리멍덩했던 눈빛은 어느새 반질반질해져서는 주변 상황을 파악하고 있었다.

쉬이입!

조심스레 주변 냄새를 맡은 검은 뱀은 도망갈 곳이 없다고 판단했는지 길을 막고 있는 삼룡을 향해 몸을 세웠다.

"어쭈, 이게 어딜!"

삼룡이 빈주먹을 치켜들자 검은 뱀은 재빨리 고개를 숙이고 몸을 낮췄다. 마치 삼룡의 말을 알아듣는 것처럼 말이다.

"이리 와!"

삼룡이 쪼그려 앉아서 손을 내밀자 검은 뱀이 강아지마냥 알아서 쪼르르 기어오는 것이었다.

"그만, 뒤로!"

그러자 검은 뱀은 재깍 뒤로 기었다.

"어라? 이거 훈련시킬 것도 없네. 좌로 굴러!"

두 번까지는 어떻게 우연이라고 칠 수 있었다. 하지만 세 번째, 그러니까 '좌로 굴러' 란 말을 알아듣는다는 건 절대 우연이라고 할 수 없었다.

말이 끝나기가 무섭게 검은 뱀이 삼룡의 말대로 재빨리 좌측으로 한 바퀴 굴러 보였다.

"오호, 그렇단 말이지. 이거 돈 좀 되겠는걸."

검은 뱀을 보고 혼자만의 계산을 하는 삼룡이었다.

사실 삼룡이가 검은 뱀이 말귀를 알아듣는다는 것을 알게 된 때는 오전이었다.

바로 시산노호에게 쫓기기 전에 말이다.

시산노호와 마주치기 전인 오전, 삼룡은 느릿한 걸음으로 덕창 쪽으로 향했었다. 그러다가 우연히 주변을 울리는 폭포 소리를 듣고는 발걸음을 멈췄다.

쿠우우우!

"물소리네. 갈증 나는데 좀 쉬었다 갈까?"

말은 고민 중이었지만 삼룡의 발길은 벌써 폭포 쪽으로 향하고 있었다. 폭포에 도착한 삼룡은 목을 축이고 난 후 주위를 살폈다.

"아, 졸려. 한잠 자고 가야겠다."

얼마나 걸었다고 벌써 쉬려는 개소문 대사형 삼룡이었다.

하지만 안개에 아침 이슬이 내려앉은 바위는 온통 축축해 있
었다.

쉴 만한 적당한 장소를 찾지 못한 삼룡은 폭포 주위를 돌아
다녀야 했다. 하지만 폭포 주변 어디에도 마른 곳은 없었다.

"에이, 해가 났으니 조금만 지나면 금세 마르겠지."

이란 생각으로 삼룡은 무작정 폭포 위쪽으로 향했다.

마침 평평하고 널따란 공간이 나오자 삼룡은 주저없이 봇
짐을 베고 누웠다.

그것도 잠시, 삼룡이 한쪽에 내려놓은 술동이 안에서 소리
가 들렸다.

우륵! 우륵!

소리로 봐서는 독개구리 금선혈와가 낸 소리가 분명했다.

삼룡은 눈을 감고 있었지만 술동이에서 나는 소리가 귀에
거슬렸는지 술동이 쪽을 향해 냅다 소리쳤다.

"조용이 안 할래! 안 그럼 술동이에서 영영 못 나올 줄 알
아!"

삼룡의 협박이 통했는지 술동이 안은 금세 조용해졌다. 하
지만,

우륵! 우륵!

"내 이 독개구리 자식을 그냥!"

삼룡은 신경이 예민해졌는지 술동이 입구를 열어젖혔다.
순간 술동이 안을 쳐다보던 삼룡의 눈빛이 이채를 띠었다.

술동이 안에는 몸을 잔뜩 부풀린 금선혈와와 진홍색 뱀이

몸을 세운 채 서로를 노려보고 있었다.

술동이 안이 좁았기 때문에 체구가 작은 금선혈와가 구석에 몰려 있는 상황이었다.

"오호, 니들 싸우냐? 근데 그 안은 조금 좁은 거 같아 보인다. 잠깐만. 내가 니들 꺼내주마. 대신 도망가면 그놈 먼저 구워 먹을 거다."

지금까지도 삼룡은 개구리와 뱀이 말귀를 알아들을 거라고 생각하고 말한 건 아니었다. 다만 분위기상 한마디 했을 뿐이었다.

더욱이 싸움 구경도 놓치고 싶은 마음이 없었다. 불구경 다음으로 싸움 구경이 최고의 재미난 구경이라고 하지 않던가?

대뜸 삼룡은 백주가 아직 남아 있는 술동이를 거꾸로 쏟고는 재빨리 물러서 금선혈와와 뱀이 어떻게 하는지를 살폈다.

삼룡의 예상대로 서로에게 독기를 품은 금선혈와와 진홍색 뱀은 도망가지 않았다.

술동이를 빠져나온 금선혈와는 재빨리 지대가 조금 높은 쪽에 자리를 잡더니 앞다리를 잔뜩 세워 몸을 부풀렸다.

반면 진홍색 뱀은 아직 술이 덜 깬 상태였지만 금선혈와에게 약이 올랐는지 몸을 잔뜩 세워 자신이 화났음을 보이고 있었다.

사실 금선혈와는 뇌음사의 자랑하는 독물이자 영물이었다.

사람 말귀를 알아듣는 건 물론이고 어떤 독물과 싸워서도 진 적이 없는, 독물 중 최상위에 속한 존재였다. 하지만 어제 금선혈와도 꺼려지는 강한 상대를 만난 것이다.

바로 눈앞에 있는 술 취한 뱀 말이다. 독물은 독물을 알아본다고 했나? 아무튼 어제도 금선혈와는 자존심이 상해 있는 상태로 물러서고 싶지 않아서 술동이에 뛰어들었던 것이다.

숨을 잔뜩 들이마신 금선혈와가 뱀을 향해 핏빛 연무를 쏘아댔다. 독을 머금은 핏빛 연무는 닿기만 하면 웬만한 독물도 단숨에 녹여 버릴 수 있는 독수가 담겨 있었다.

이에 진홍색 뱀은 귀찮은 듯 몸을 낮추며 핏빛 연무를 살짝 피했다.

"이야, 잘 피하네!"

삼룡이 감탄하는 순간 진홍색 뱀의 꼬리가 금선혈와의 몸통으로 향했다.

퍽!

진홍색 뱀의 꼬리가 금선혈와의 몸통에 작렬하기 전에 금선혈와는 재빨리 공중으로 도약하며 다시 핏빛 연무를 뱀의 머리로 뿜어냈다. 마치 뱀이 그렇게 공격해 올 줄 알고 있었다는 듯이 말이다.

반대로 아직까지 술이 덜 깬 뱀은 섣부른 공격으로 인해 핏빛 연무를 꼼짝없이 뒤집어쓸 판이었다.

순간 진홍색 뱀은 몸을 말고는 옆으로 떼구루루 굴렀다. 마치 무림인들이 나려타곤 신법을 펼치는 것처럼 말이다.

나려타곤 신법은 머리를 조아리고 바닥에 뒹구는 것이 수

치스러워 무림인들은 웬만해서는 펼치지 않는 신법이었다.

이에 삼룡이 무릎을 치며 좋아했다.

"그렇지! 근데 조그만 개구리한테 창피하지 않을까?"

이어지는 삼룡의 말에 데구루루 구르던 뱀이 갑자기 몸을 바로잡더니 일으켜 세웠다.

"어라? 창피한 걸 알아?"

삼룡의 말에 뱀의 정수리 부근의 색이 검은색으로 바뀌었다. 마치 술이 깨는 듯이 말이다. 순식간에 피부가 바뀌자 삼룡의 아미가 좁혀들었다.

"뭐야, 저 자식! 원래 저 색이 아니었어? 쩝! 아까 색이 더 비싸 보였는데."

삼룡이 아쉬워하는 와중에도 뱀의 피부는 진홍색에서 검은색으로 되돌아오고 있었다. 게다가 뱀의 하체에서는 술로 생각되는 투명한 물이 쏟아졌다.

몸 안에 남아 있는 술을 몸 밖으로 강제로 배출하는 것이었다.

순간 흐리멍덩하던 뱀의 눈빛이 차츰 제 색을 찾아가더니 빠른 몸놀림을 보이며 금선혈와를 압박했다.

마치 무림인들이 보법을 밟아 상대를 압박하듯 말이다. 하지만 뇌음사 영물 금선혈와도 만만치 않았다.

작은 체구의 장점을 살려 요리조리 피하는 것이 여간내기가 아니었다.

"어라? 이놈들이 무공을 하는 거야, 지금?"

삼룡은 눈앞에서 펼쳐지는 두 영물의 움직임에 눈을 떼지 못했다. 주거니 받거니 공수를 전환하는 모습이 칼만 안 들었다 뿐이지 영락없는 무림인들의 모습이었다.

순간 금선혈와가 빈틈을 보이자 주변을 맴돌던 뱀이 직선으로 몸을 날렸다. 일도양단이라도 낼 기세로 말이다.

그러자 삼룡이 다급하게 소리쳤다.

"인마, 속임수야!"

삼룡의 말이 떨어지기가 무섭게 금선혈와는 허공에서 재주를 넘어 뱀의 공격을 피하고는 화살처럼 혀를 쏘아 보냈다. 그때였다.

무모하게 공격했다고 여긴 뱀의 상체가 뒤로 말려들 듯 되돌아갔다.

"오호! 너도 수를 썼어?"

삼룡이 뱀의 하체를 보니 꼬리를 돌 틈에 끼워 그 탄력으로 상체가 되돌아가고 있었다. 이어 다시 공수의 입장이 바뀌자 뱀은 순식간에 꼬리로 금선혈와를 공격했다.

아직 허공에 도약해 있는 상태의 금선혈와는 꼼짝없이 뱀의 꼬리에 맞고는 바닥에 떨어질 수밖에 없었다.

바닥에 떨어진 금선혈와는 급히 몸을 뒤집으려고 했지만 벌써 검은 뱀이 봄을 감싸고 있는 중이었다.

영물들 간의 싸움이 순식간에 검은 뱀의 승리로 결정이 나 버렸다.

그 순간 폭포 아래에서 심상치 않은 비명 소리가 들렸다.

“으아아아아아!”

“이건 또 뭔 소리야?”

폭포 아래쪽을 힐끗 내려다본 삼룡은 신기한 것을 발견했는지 입을 벌린 채 눈을 껌벅였다. 분명 무언가에 큰 충격을 받은 것 같았다. 잠시 그 상태를 유지하던 삼룡은 돌연 뱀에게 소리쳤다.

“얌마, 그거 독개구리니까 먹지 말고 가만있어!”

삼룡이 소리치자 정말 검은 뱀이 금선혈와를 삼키려다가 말고 얼은 듯 가만히 멈춰 서는 것이었다.

“어라, 저거 말을 알아듣네? 아참, 저게 중요한 게 아니지.”

라고 말하며 재빨리 폭포 아래를 살피는 삼룡이었다.

한편, 폭포 아래에는 인피면구를 뜯고 옷을 벗고 있는 시산노호가 있었다.

그녀는 고통스러운 비명을 지르며 한시라도 빨리 옷을 벗기 위해 애쓰고 있었다. 마치 주화입마(走火入魔)에 빠진 듯한 모습이었다.

그 때문인지 그녀는 거의 제정신이 아닌 것 같았다. 게다가 몸 상태도 정상이 아니었다.

시산노호 그녀가 옷을 한 겹 한 겹 벗을 때마다 흰 속살 대신 붉게 달아오른 피부가 드러났다. 그녀의 피부는 금선혈와의 피부처럼 온통 붉은색을 띠고 있었다.

곧 실오라기 하나 걸치지 않은 맨몸이 된 시산노호 백서연은 차가운 물이 고인 폭포 쪽으로 힘들게 걸음을 옮겼다.

이를 처음부터 지켜본 삼룡은 저도 모르게 침을 꿀꺽 삼켰다.

앳된 소녀의 벌거벗은 맨몸을 본 이유도 있었지만, 시산노호의 몸매가 범상치 않은 탓이 더 컸다.

가녀린 목 선에서 이어지는 어깨 선과 도드라진 가슴, 너무 크지 않고 매끈한 사과처럼 아담한 둔부가 삼룡의 시선을 사로잡은 것이다.

백서연 그녀는 고통스러운 지금 순간이 어서 끝나길 바랐지만 삼룡은 이 시간이 오래오래 지속됐으면 하는 바람이었다.

간신히 폭포 어귀에 도착한 백서연은 주저없이 얼음처럼 차가운 폭포로 뛰어들었다.

백서연 그녀가 폭포에 몸을 담그는 순간 불에 달궈진 쇠를 물에 집어넣은 것처럼 일순간에 수증기가 피어올랐다.

치이이이!

"아아, 왜 앞으로 들어가고 그래, 뒤로 넘어가도 좋은데……."

이 순간에도 순전히 개인적인 취향으로 백서연의 입수 자세를 아쉬워하는 삼룡이었다. 그래도 삼룡은 백서연 그녀가 물속에서 나올 것을 대비해 눈도 깜빡이지 않고 있었다.

"어라? 기절한 거야?"

삼룡의 눈이 붉게 충혈될 무렵 삼룡의 눈이 더 커졌다. 왜냐하면 물속에 뛰어든 백서연이 어느 순간 정신을 놓아버렸는지 시체처럼 몸이 둥둥 떠오른 것이었다.

　순간 삼룡의 몸이 폭포 위 바위에서 사라졌다. 마치 바람처럼 순식간에 말이다.

　삼룡은 차가운 폭포에 그대로 뛰어들어 백서연의 가녀린 허리를 잡고 물속에서 끌어냈다. 워낙 순식간에 벌어진 일이라 삼룡이 헤엄을 쳤는지 뛰었는지 분간이 되지 않았다.

　그만큼 삼룡의 행동은 재빨랐다.

　삼룡의 신속한 조치로 많은 물을 먹지는 않았는지 시산노호는 가늘게 숨을 쉬고 있었다. 게다가 붉게 달아올랐던 피부도 어느새 제 색으로 되돌아와 있었다.

　"어라! 숨을 안 쉬네?"

　라고 일부러 크게 소리치는 삼룡이었다.

　이어 삼룡의 두툼한 입술이 시산노호 백서연의 입술을 향해 돌진했다. 그때였다. 기절한 상태에서도 위기감을 느꼈는지 백서연 그녀가 눈을 번쩍 떴다.

　삼룡은 그것도 모르고 눈을 감고 입술을 포개기 위해 천천히 달려들고 있었다.

　"너, 너 지금 뭐 하는 거야?"

　'제길, 너무 분위기 잡았나?'

　하는 생각으로 천천히 얼굴을 떼는 삼룡이었다. 그리곤 점잖은 목소리로 대답했다.

　"음, 소저가 정신을 잃고 물속에 떠 있기에 잠시 숨을 돕고자 했소."

"그럼 내 가슴 위에 있는 네 손은 뭔데? 왜 쪼물딱거리는 건데?"

백서연의 목소리는 점점 독기가 쌓여가고 있었다. 왜냐하면 지금 이 순간에도 삼룡의 왼손이 부지런히 움직이고 있었으니.

"아, 이건… 이렇게 하면 떨어진 체온이 올라가기 때문에……."

삼룡의 주장에 의하면, 떨어진 체온은 가슴을 만지게 되면 올라간다는 것이었다.

아무튼 백서연이 몸을 일으키자 삼룡은 쭈뼛거리며 일어났다. 하지만 아직도 그의 시선은 백서연의 몸에서 떼지 못했다.

반면 벌거벗은 백서연은 애써 침착하게 행동했다. 일단 옷이라도 입고 삼룡을 처단해도 해야 될 테니 말이다.

'이 걸신 자식이 내 몸을……! 이 개자식! 일단 옷부터 입고 보자. 그동안 그 잘난 입으로 얼마든지 떠들어봐. 조금 후엔 죽여 달라고 애원하며 무릎 꿇게 해줄 테니!'

시산노호의 생각을 아는지 모르는지 삼룡은 대뜸 술동이와 봇짐이 있는 폭포 위쪽으로 움직였다. 그러자 옷을 챙겨 입던 시산노호가 분기를 삼키며 억지로 상냥하게 말했다.

"대협님, 어디 가시려구요?"

"저 위에 두고 온 물건이 있어서요."

라고 말하며 재빨리 올라가는 삼룡이었다. 이에 시산노호는 삼룡이 도망칠 것을 대비해 연막 화술을 펼쳤다.

"생명의 은인이신데 소저는 그냥 보낼 수 없습니다."

'꼭 죽이고 말 테다!'

말과 표정이 다른 시산노호였다.

"하하, 제가 가다니요? 걱정 마십시오. 전 멀리 안 갑니
다."

라며 부지런히 짐을 챙기는 삼룡이었다.

삼룡이 올라올 때까지 금선혈와를 잡고 있던 뱀은 그대로
있었다.

"어라? 이 자식, 아직도……. 아니지, 이럴 때가."

삼룡은 급히 봇짐을 챙겨 메고는 뱀과 개구리를 술동이 안
에 집어넣었다. 어찌 된 일인지 뱀은 삼룡을 물지 않고 그대
로 있었다.

후에 삼룡이 술동이 입구를 봉하며 아래를 힐끗 내려다보
니 시산노호는 어느새 옷을 챙겨 입고는 한쪽에 팽개쳐 놓은
검을 찾아 움직이는 중이었다. 그것도 뇌섬보를 펼쳐 가며 말
이다.

순간 삼룡이 몸을 날렸다. 그러자 이를 눈치 챈 시산노호가
소리치며 쫓아왔다.

"이 개자식아! 어딜 도망가!"

그때부터 삼룡은 술동이를 들고 시산노호에게 쫓겨 도망
쳤던 것이다.

지금 삼룡의 눈앞에 있는 검은 뱀은 삼룡의 눈치를 보며 혀

를 날름거리고 있었다.

무슨 생각에서인지 삼룡이 손을 내밀며 말했다.

"이리 와!"

삼룡의 말이 떨어지기가 무섭게 검은 뱀이 쪼르르 기어오더니 삼룡의 손앞에 멈춰 섰다.

뱀의 머리 형태가 삼각인 것을 봐서 분명 독사가 분명했지만, 삼룡은 아랑곳하지 않고 바로 뱀의 머리 앞에 빈손을 내밀고 있었다.

"오호, 나는 안 물겠다는 건가?"

삼룡이 안심하는 척하며 고개를 돌리자 돌연 검은 뱀이 흰 이빨을 드러내며 입을 벌렸다.

삼룡이 이를 알면서도 가만히 내버려 두자 검은 뱀은 삼룡의 손을 물 듯이 가까이 다가왔다. 하지만,

"하핫! 간지러워! 간지러워!"

금방이라도 손을 물 것 같던 검은 뱀은 삼룡의 손바닥을 물기는커녕 적의(敵意)가 없다는 것을 증명하려는 듯 삼룡의 손바닥을 핥고 있었다.

"아, 그만, 그만!"

삼룡의 말에 검은 뱀이 핥기를 멈췄다. 삼룡은 자신에게 복종하는 검은 뱀을 어떻게 할 것인가 잠시 고민하더니 이내 자신의 소매를 들어 보였다.

"여기 들어가서 자! 어젯밤엔 잠도 못 잤을 테니!"

말이 떨어지기가 무섭게 삼룡의 팔소매 속으로 들어가는

검은 뱀이었다. 삼룡은 빈 술동이를 보며 아쉬운 듯 말했다.

"쩝, 술도 없이 어떻게 산에서 버티지? 그냥 산을 타고 갈까? 아니야. 그러기엔 너무 피곤한데. 에이, 집 나오니 정말 고생이로군. 사룡이를 보냈어야 하는데……."

第五章

점창 능운비

허허실실

삼룡이 뇌음사 영물을 이긴 검은 뱀을 품에 거둔 그 시각, 개소문 마당에서는 이른 점심을 챙겨 먹은 사룡이 사부 송림 문주 앞에서 열심히 검술 초식을 펼치고 있었다.

"일타이득(一打二得)!"

사룡이 초식 명을 외치며 목검을 찌를 듯이 휘둘렀다.

일타이득은 말마따나 방어와 공격이 함께 되어 두 가지 득이 되는 초식이었다.

정성 들여 일타이득의 초식을 펼치던 사룡이 섬을 회수하며 초식 명을 외쳤다.

"십시일반(十匙一飯)!"

순간 삼룡이 보법을 밟으며 사방을 팔방으로 쪼개어 검을 어지럽게 휘둘렀다.

이 십시일반이란 초식은 강맹한 공격은 아니었으나 조금씩 타격이 쌓여 나중에 한꺼번에 효과를 얻을 수 있는 초식이었다.

사룡은 발이 보이지 않을 정도로 팔방을 돌아다니며 검을 휘젓더니 검을 아래에서 위로 치켜들며 또 초식 명을 외쳤다.

"팔자소관(八字所關)!"

외침과 동시에 사룡이 몸을 던지듯 하늘로 향해 솟아올랐다. 그러자 사룡의 몸이 삼 장을 가뿐히 솟아올랐다가 내려왔다.

이 팔자소관이란 초식은 일격필살의 강맹한 초식이긴 했지만 공격하는 당사자도 위험한 터라 목숨이 팔자에 따른다는 초식이었다.

사룡이 다시 다른 초식 명을 외치며 검술을 펼치려는 찰나, 그의 사부가 그를 멈춰 세웠다.

"그만!"

이에 사룡이가 이마에 흐르는 땀을 닦으며 이유를 물었다.

"사부님, 아직 펼칠 초식이 남았습니다."

열의를 가지고 열심히 수련하는 것처럼 보여 조금이나마 쉬려는 사룡이었다. 대사형 삼룡이 떠난 이후, 평소 안 하던 밥 짓기, 빨래, 청소, 수련까지 매일 해야 했으니 몸이 고달파 잔꾀를 부리는 것이었다.

하지만 사부 송림 문주의 생각은 좀 다른 것 같았다.

"사룡이, 이 녀석! 초식을 똑바로 펼치지 못하겠느냐? 그래서 일타이득 초식이 제대로 효과가 나겠으며, 십시일반 초식에서 돌아다니는 품이나 나오겠느냐 말이다!"

사부의 불호령이 떨어지자 사룡의 등으로 식은땀 한줄기가 흘렀다.

'점심 먹을 때 표정이 안 좋으시더니, 분명 반찬이 맘에 안 들었던 거야.'

이란 생각이었지만 사룡은 즉시 자신의 잘못을 인정했다.

"죄송합니다, 사부님. 저도 모르게 대사형이 걱정되어 검 끝이 흔들렸습니다."

"험험, 그래도 그렇지."

'역시 사부님은 대사형만 둘러대면 만사형통이라니까.'

삼룡이 얘기에 금세 수그러드는 사부를 보고 사룡은 의문이 생기는지 사부에게 질문했다.

"근데 사부님, 사부님은 대사형이 걱정 안 되세요? 평소 강호란 곳이 만만한 곳이 아니라고 줄기차게 말씀해 주셨잖아요."

"인마, 너는 걱정돼도 삼룡이 걱정은 안 해도 돼!"

순간 발끈한 사룡이었다. 아무리 삼룡이 사형이지만 게으르기 그지없는 삼룡과 비교해서 떨어진다는데 기분이 좋을 리 없었다.

"왜요? 대사형은 만날 수련도 안 했는데!"

사룡이 억울한 듯 쳐다보자 사부가 의자에서 몸을 날리며 사룡의 머리에 주먹을 꽂았다.

퍽!

"아야! 왜 때리세요?"

'이 노인네는 먹는 양을 줄여야 해. 힘이 너무 세단 말야.'

사룡이 머리를 문지르는 사이 송림 문주는 뒷짐을 진 채 말했다.

"괜히 그 녀석이 이 개소문의 대사형인 줄 아느냐? 그놈은 평생 휘두를 만큼의 검을 휘둘렀어."

"에이, 그런 게 어딨어요?"

퍽!

매를 버는 사룡이었다.

"이늠아, 삼룡이 그 녀석은 검의 끝을 봤단 말이야."

"……."

사부의 말에 사룡은 아무 대답도 하지 못했다. 여전히 그의 사부가 주먹을 쥐고 있었으니.

하지만 검(劍)이란 강호 무림인들이 말하길, 그 끝을 알 수 없는 우주와 같은 병기라고 하지 않던가? 수많은 강호 고수 중에 검의 끝을 봤다고 말할 수 있는 위인은 손가락에 꼽을 정도였다.

그런 그들마저도 검의 끝을 봤냐고 묻는다면 아니라고 대답하는 것이 대부분이었다. 그런데 그걸 모르지 않는 송림 문주가 삼룡이 검의 끝을 봤단다.

호기심을 참지 못한 사룡의 입이 떨어졌다.

"에이, 대사형 나이가 얼마나 됐다고 검의 끝을 봐요?"

말을 끝내고 송림 문주의 주먹만 살피는 사룡이었다. 다행히 송림 문주는 주먹을 쥔 채 움직이지는 않았다.

"이 녀석, 내 말을 믿지 못하겠다는 것이냐?"

사부의 말에 천천히 고개를 끄덕이는 사룡이었다.

"그럼 나중에 그 녀석이 돌아오거든 몸을 살펴보거라. 그 녀석의 몸이 어떤지."

아무리 사형제 간이었지만 삼룡이 도통 씻는 걸 못 본 사룡은 궁금할 수밖에 없었다.

"대사형 몸이 어떤데요, 사부님?"

사룡이 호기심이 동했지만 그렇게 만든 사부는 대답해 주기 싫은 표정이었다.

"알았어요, 알았어! 저녁에는 고기 반찬 올릴게요. 그리고 숨겨뒀던 백주 한 병. 하지만 정말 이번이 마지막이에요, 사부님. 더는 내놓고 싶어도 없단 말이에요."

사룡이 마지막이라는 말에 힘을 주는 사이, 사부 송림의 얼굴에 미소가 어려졌다. 마치 사룡이 이 말을 하기를 기다렸던 것처럼.

"흠, 삼룡이 그 녀석 몸이 바로 검체(劍體)이니라."

"에이, 말도 안 돼."

그러자 송림 문주가 발끈했다.

"녀석아, 넌 검술을 펼칠 때 요령 피웠지? 삼룡이는 이제껏 검의 끝에 다다르기 전까지는 요령을 피운 적이 없어. 그 녀

석이 게으름을 피우기 시작한 것도 검의 끝을 본 뒤였단 말이
다.”

사룡은 사부의 말을 여전히 믿지 못하겠는지 고개를 설레
설레 저으며 반박했다.

“저도 초식을 펼칠 때 최선을 다하는데요. 근데 그게 뭐가
달라요? 그리고 수많은 강호 고수들도 필사의 각오로 검을 휘
둘러도 검의 끝에 다다르지 못한단 말이에요.”

“이 녀석이! 인마, 사람은 누구나 무엇을 배우면 그다음은
자신도 모르게 요령을 피워. 그게 첫 번째와 두 번째의 차이
야. 하지만 삼룡이 그놈은 그런 요령을 피우지 않았어.”

“왜요?”

“왜긴, 그렇게 하면 나중에 게으름 피워도 뭐라 하지 않는
다고 했으니까 그렇지.”

“에이, 그런 게 어딨어요. 대사형이 얼마나 게으른데. 남들
은 평생 걸려도 못하는 걸 그 나이에…….”

“녀석, 믿기 싫으면 믿지 말거라!”

‘아, 노인네한테 또 속았어. 그럼 대사형이 검의 천재야?
지난번엔 노검(櫓劍)을 창안했다고 하더니 이번에는 대사형
의 몸이 검체라니! 말이 돼?’

사룡이의 의심스런 눈빛이 걸렸는지 송림은 안채로 들어
가다 멈춰 서며 말했다.

“그 녀석도 처음엔 검치(劍癡:검의 재능이 없는 사람)였다.
그리고 사룡아, 고기반찬 올리는 김에 생선도 한 마리 잡아서

올리거라. 요새 입맛이 통 없어놔서. 으흠!"

이로써 마음에 드는 저녁상을 준비시키고 낮잠을 자러 가는 송림 문주였다.

＊　　＊　　＊

삼룡과 헤어진 뒤 시산노호는 썩은 물이 고여 있는 웅덩이를 찾아 헤맸다. 언제 숨이 끊어질지 모르는 금선혈와를 살리기 위해서 말이다. 하지만 그녀가 원하는 웅덩이를 찾기란 쉬운 일이 아니었다.

"조금만 기다려, 혈와야. 내가 살려줄게."

시산노호는 외지고 해가 비치지 않는 음습한 숲을 뒤적이며 빠른 속도로 움직였다.

그런 그녀가 햇빛이 비치지 않는 한 계곡을 지날 때였다. 시산노호의 코끝에 비릿한 혈향이 느껴졌다.

'이 냄새는?'

냄새를 맡은 시산노호의 발걸음이 멈춰졌다. 시산노호는 혈향을 맡고서도 당황한 기색이 아니었다. 오히려 찾고 있는 것을 찾았다는 얼굴이었다.

서둘러 냄새를 추적한 그녀는 몇 걸음 옮기지 않아 혈향의 정체를 볼 수 있었다.

피란 피는 모두 쏟아져 있는 듯한 사체들. 시산노호가 보고 있는 것은 인간의 사체가 아니라 사슴과 멧돼지 같은 짐승들의 사체였다.

주검은 짐승의 것이었지만 손속은 인간의 짓이었다.

'독진이네!'

독진임을 확인한 시산노호가 반색했다. 그녀는 곧 독진이 펼쳐져 있는 동물의 사체를 향해 성큼성큼 다가갔다. 순간,

쉬이익! 쉬이익!

시산노호가 가까이 다가가자 독진에서 살아남은 독사들이 똬리를 뜬 채 몸을 일으켰다. 이뿐만 아니라, 독지네들도 핏물이 고인 웅덩이에서 꾸물거리고 있었다.

시산노호는 이를 보고도 주저없이 독진 안으로 걸음을 옮겼다.

독진도 진법이라 생문(生門)과 사문(死門)이 있어 직접 진을 설치한 사람도 확인에 확인을 거듭한 후에 생문을 찾는 게 순서였다. 하지만 시산노호의 발걸음은 그런 것에 신경 쓰는 눈치가 아니었다.

푸식!

시산노호가 독진을 건드리자마자 아니나 다를까, 동물 사체가 터지면서 혈무(血霧)가 뿜어져 나왔다.

그 안개에 강한 독이 숨겨져 있었는지 독기를 품고 똬리를 틀었던 독사들마저 혈무에 닿자마자 눈을 까뒤집고 쓰러져 버렸다.

거기서 끝이 아니었다. 죽은 뱀의 피부가 녹으며 거품이 부글부글 끓어올랐다.

하지만 이를 보고서도 시산노호의 발걸음은 멈춰지지 않았다. 그렇다고 그녀가 숨을 멈춘 것도, 소매로 입을 틀어막은 것도 아니었다.

그냥 자연스럽게 숨을 쉬고 있었다. 그럼에도 고통스러워하는 기색은 전혀 없었다.

다만 그녀의 피부색이 얼마 전 주화입마에 빠진 것처럼 점점 붉게 변하고 있을 뿐이었다.

*　　　*　　　*

시산노호가 독진에 들어가는 것을 멀리서 지켜보고 있는 흑색 무복 차림의 한 남자가 있었다. 그는 시산노호가 혈무 속에서도 쓰러지지 않자 자리를 박차고 일어났다. 그리곤 지체없이 어딘가를 향해 달렸다.

그의 경신법은 가파른 산을 평지처럼 달릴 수 있었고, 그 때문에 반 시진이 못 되어 그가 목적한 곳에 도착할 수 있었다.

그가 도착한 곳에는 두 명의 사내가 나무 그늘에 앉아 담소를 나누고 있었다. 그중 하나는 삼룡과 금사강에서 마주친 적이 있는 점창의 능운비였다.

"하하하, 정말 두천 형님은 정말 모르는 게 없으시군요."

능운비가 두천이라 부르는 사내는 칠 척의 키에 창을 쓰는 무인이었다. 호방하게 생긴 그는 수염이 길게 자라 있었는데 그 길이가 한 자가 넘어 보였다.

"과찬일세. 아미신녀 얘기는 사천 어느 객잔에서나 귀동냥으로 들을 수 있는 얘기일 뿐이라네."

"아무튼 형님 덕분에 좋은 정보를 들었습니다. 오는 내내 즐거웠습니다."

능운비는 다시 길을 떠나려는 듯 자리를 털고 일어섰다. 그러자 두천이란 사내도 따라 일어나며 말했다.

"이보게, 운비. 같이 가세. 어차피 같은 방향이지 않는가?"

두천이란 사내의 말에도 능운비는 들은 체도 하지 않고 길을 걸었다. 뒤돌아선 능운비의 표정은 차가워져 있었다.

순간 능운비가 주위를 돌아보며 외쳤다.

"숨어 있지 말고 나와라!"

능운비의 말에 반응한 것은 멀리서 지켜보고 있던 흑의 무사가 아닌 산적들이었다.

숲 속에서 몸을 일으킨 산적들은 열댓 명 정도 되어 보였다. 그들은 가죽 옷에 흉측하게 생긴 기형도(奇形刀)를 하나씩 들고 있었다.

두천이란 사내는 산적들의 무기 형태를 보더니 능운비에게 즉시 경고했다.

"이보게, 운비. 조심하게. 저들은 이 일대를 주름잡고 있는 귀도산채의 산적들이야. 저 산적들은 톱날처럼 생긴 귀도(鬼刀)를 귀신같이 빠르게 구사한다고 하더구먼."

두천의 말에 능운비는 비릿한 웃음을 지으며 대답했다.

"상관없습니다."

이에 산적 우두머리로 생각되는 자가 조소하며 말했다.

"하하하, 머리에 피도 안 마른 어린놈이 큰소리치는구나! 애들아, 두고 볼 것 없다. 저 버르장머리없는 놈의 목부터 쳐라!"

우두머리의 명령이 떨어지자 귀도(鬼刀)를 꼬나 쥔 산적들이 앞 다투어 능운비에게 달려들었다. 그러자 뒤에 있던 두천이 천으로 둘러싸여 있던 창을 뽑아 들고는 소리쳤다.

"위험하네, 운비! 어서 내 뒤로 오게!"

두천의 말에도 능운비는 물러서지 않고 조용히 웃음만 짓고 있었다.

어느새 능운비에게 접근한 산적 하나가 높은 지형의 장점을 이용해 몸을 쾌속하게 날리며 귀도를 내리찍어 왔다.

순간 두천이란 사내가 황소처럼 육중한 보법을 밟으며 허공에 솟아오른 산적의 몸통을 먼저 찔러 숨통을 끊어버렸다.

그때까지도 능운비는 검을 뽑지 않고 그대로 서 있었다.

하지만 눈앞에서 동료를 잃은 산적들은 성난 아귀(餓鬼)처럼 소리를 지르며 달려들었다.

이에 두천이란 사내는 산적을 창에 꿴 채로 회전시켰다. 이에 산적들이 감히 달려들지 못하고 머뭇서렸다.

"이미 죽은 몸이다! 그냥 쳐라!"

우두머리가 소리치자 산적들은 동료였던 사내를 향해 귀도를 휘둘렀다. 이십 근은 족히 나가 보이는 육중한 도가 휘둘러지자 창에 꿰어 있던 산적의 신체가 뭉텅뭉텅 잘려 나갔다.

그러자 두천은 창에 매달린 산적의 사체를 털어내고 창끝으로만 산적들을 견제했다.

하지만 두천이 열 명이 넘는 산적들을 동시에 상대하기에는 무리인 듯 보였다. 그 순간 능운비의 신형이 쏘아지듯 앞으로 달렸다.

이를 본 두천이 창을 회수하며 소리쳤다.

"위험하……!"

두천의 말이 채 끝나기도 전이었다. 두천은 턱을 다물지 못하고 멍청하게 서 있었다. 방금 전까지 살기등등하게 달려들던 산적들도 움직임을 멈춘 채 눈을 껌벅이고 있었다.

능운비는 이미 몇몇 산적을 지나쳐 있는 상태였다. 아직까지도 그의 검은 검집에 꽂혀 있는 상태였다. 하지만 그가 지나친 산적들은 이미 눈빛에 초점이 없었다.

"사, 사일검법(射日劍法)!"

두천이 능운비의 쾌속한 검법을 알아보는 사이, 능운비가 지나친 산적들의 목 부근에 혈선이 그어지더니 피를 쏟으며 그대로 고꾸라지는 것이었다.

순식간에 산적 서넛이 쓰러지자 뒤에 남아 있던 다른 산적들은 싸울 생각도 않고 자신의 목에 혈선이 생기지나 않았는지 조심스레 몸을 더듬거렸다.

"머리에 피도 안 마른 나의 검에 죽고 싶은 자가 또 있나?"

　능운비의 차가운 말에 산적들은 저도 모르게 두세 걸음씩 물러섰다. 심지어 그들의 우두머리조차 감히 공격하라는 말을 하지 못했다. 그러자 능운비가 눈을 감으며 외쳤다.

　"나는 점창의 능운비다! 복수를 원한다면 언제든 점창으로 찾아오너라! 하지만 오늘은 더 이상 피를 보고 싶지 않다! 가라!"

　능운비의 말이 떨어지기가 무섭게 산적들이 꽁무니가 빠지게 도망쳤다. 얼마나 겁이 났는지 들고 있던 귀도조차 팽개친 채 도망치는 산적들이 대부분이었다.

　"아니, 운비! 자네 정말 대단하군 그래."

　두천은 잠깐 동안의 싸움임에도 상당히 지친 기색이 역력했다. 아무래도 사람 하나를 매단 채 창을 휘둘렀으니 내기가 달린 탓이었다. 이에 능운비가 반색하며 말했다.

　"아닙니다, 두천 형님. 형님이 나서주셔서 이만한 것이지요."

　"그 무슨 소린가? 좀 전에는 오히려 내가 방해가 되었다는 것을 알고 있네. 그리고 자네가 점창의 고수일 줄은 정말 몰랐네. 보통 구파의 고수들은 오만하기 짝이 없는데 자네는 겸손하기까지 하네그려."

　"하하, 과찬이십니다, 두천 형님."

　"아니지. 이럴 게 아니라 내 덕창에 가서 자네에게 크게 한 턱내지. 어떤가?"

　"하하, 저야 형님이 사주신다면 언제든 좋습니다."

두천에게 이끌려 능운비가 산을 내려가자, 흑색 무복을 입은 자가 조용히 뒤따르며 능운비에게 전음을 보냈다.

"존주님, 또 덫이 훼손됐습니다."

전음이 들려오자 능운비의 아미가 찌푸려졌다. 하지만 두천이 눈치 채지 못하도록 안색을 재빨리 바꾸며 말했다.

"형님, 잠시 소피 좀 보고 오겠습니다."

"하하, 그러게. 내 저기 보이는 바위에서 기다리도록 하겠네."

능운비가 한적한 곳에서 바지를 내리며 전음을 보냈다.

"이번엔 누굽니까?"

"독공을 익힌 여자입니다. 독진을 일부러 발동시키고 그 안으로 들어갔습니다."

"독진에 맨몸으로 들어섰단 말입니까?"

"예, 존주님. 문제는 그자에게 쓸 유인책이 소용없게 된 것입니다."

"방해되는 게 너무 많군요. 일단은 그냥 두세요. 어차피 그자의 명이 조금 길어지는 것일 뿐이니."

"알겠습니다, 존주님."

전음으로 대화를 나누던 능운비는 볼일을 본 것처럼 일부러 몸을 부르르 떤 후 바지를 추스렸다.

"하하, 형님, 오래 기다리셨습니다."

"아닐세. 함께 생명을 걸고 싸워준 자네에게 내가 그 정도도 못 기다려 주겠나? 어서 가세."

능운비를 바라보는 두천의 눈빛은 명망 높은 무림 인사를
대하는 것처럼 신뢰가 쌓여 있었다.

*   *   *

산속에서 조용히 며칠 머물겠다는 삼룡은 또다시 누군가
에게 쫓기고 있었다. 삼룡은 부리나케 산길을 달리고 있었고,
그 뒤를 십여 마리의 말을 끌고 누군가가 쫓아오고 있었다.
가파른 내리막길이라 말을 타지 못한 이들이 삼룡에게 소
리쳤다.
"서라, 이 도둑놈아!"
"아씨, 내가 뭘 훔쳤다고 이러는 겁니까?"
삼룡은 시산노호를 따돌렸던 샛길로 도망치지 못한 대신
큰길로 도망치고 있었다.
"무조건 서라, 이 산적 놈아!"
"나 산적 아니거든요!"
그러자,
"어떤 산적이 스스로 산적이라 하더냐! 게 서기나 해라!"
딴엔 맞는 말이었다.
"우씨! 잘못하면 쏘 칼 맞게 생겼네."
도저히 대화가 되지 않을 것 같자 삼룡은 이를 깨물고 뛰었
다. 그러자 좁혀들었던 거리가 금세 멀어지는 것이었다. 순
간,

쉐에엑!

내기가 실린 암기 몇 개가 거친 파공성을 일으키며 삼룡을 향해 쏟아졌다.

뒤쫓아온 이들 중에서 누군가가 던진 것이었다. 하지만 소리없이 날아드는 시산노호의 암기도 피하는 삼룡이 요란한 소리를 내는 암기를 맞아줄 위인이 아니었다.

삼룡이 좌우로 움직이더니 암기를 모조리 피하며 거리를 벌렸다. 순식간에 삼룡이 시야에서 사라지자 뒤를 쫓던 이들이 말에 올라타며 뒤를 향해 소리쳤다.

"일공자님, 저희들이 먼저 쫓겠습니다!"

"이랴! 이랴!"

먼지를 일으키며 한 무리의 무사들이 사라지자 뒤쪽에서 다급한 표정으로 네 명의 사내들이 쫓아왔다.

뒤늦게 쫓아온 이들은 주가장주 주자경의 손자들과 정패였다.

주자경의 손자들은 팔과 다리에 입은 상처 때문에 뒤에 처진 것이고 정패는 이들을 보호하고자 삼룡을 쫓지 않은 것이었다.

주원덕이 정패에게 말했다.

"저희들은 괜찮습니다. 그러니 정패 아저씨는 저 산적 놈을 쫓으세요. 한시가 급합니다."

"아닙니다, 일공자님. 사제들이 말을 타고 쫓아갔으니 잡을 수 있을 겁니다. 공자님들의 몸에 또다시 상처가 생긴다면

장주님을 뵐 낮이 없습니다."

눈앞에서 삼룡을 봐서 그런지 이번에는 주원덕도 물러서지 않았다.

"아닙니다. 일단은 한철보검을 찾는 것이 먼저입니다. 그것이 주가장을 위한 길입니다, 정패 아저씨."

"아닙니다. 그럴 수는 없습니다."

정패가 단호한 모습을 보이자 주원덕도 더 이상 어쩔 수가 없었다. 어쨌거나 이 모든 일이 자신들 때문에 벌어진 일이니 호위무사 정패만을 탓할 수는 없었다.

"그나저나 일공자님, 저자가 분명 산적 두목이 맞습니까? 차림새를 보면 개방 문도처럼 보이는데……."

"본인 입으로 흑왕채 채주의 의동생이라 했습니다. 지난번 마주친 산적들을 시켜 저희들을 곤경에 빠뜨렸습니다."

주원덕은 차마 흙 뿌리는 산적들에게 일방적으로 당했다고 할 수 없어 삼룡이 산적질을 주도했다고 거짓말을 한 것이다.

"말을 타고 쫓아가야 할 정도의 상대였으니 공자님들께서 상대하기에는 무리였을 겁니다."

이에 주원덕의 사촌 동생 주원생이 한술 더 떠 말을 보탰다.

"놈의 사악한 검술만 아니었다면 저희도 쉽게 당하지는 않았을 겁니다."

"그자의 검이 그렇게 강했습니까?"

주자경의 손자들은 장원 내에서는 같은 또래에 적수가 없
는 실력이었다.

문제라면 그들의 검이 흙을 뿌리고 싸우는 산적들에게 통
하지 않는 실력이라는 점이었다.

정패는 이를 알면서도 문주 손자들의 비위를 맞춘 것이었
다. 거짓말이 거짓말을 낳는다고, 주원덕은 없는 얘기를 바로
지어냈다.

"그자 혼자서 저희 셋을 제압하고 상처를 입혔습니다."

"혼자서 공자님들을 홀로 상대했다면 저자는 사파 출신 고
수인가 보군요."

삼룡이 산적 두목에서 사파 출신 고수로 낙인찍히는 순간
이었다.

"네, 그럴 겁니다. 그자가 의(義)와 협(俠)을 아는 정파 출신
이었다면 분명 저희들을 도와 산적들을 물리쳤을 겁니다."

"당연합니다. 정파 출신이라면 아무리 삼류무사라 할지라
도 가만히 두고 보지는 않았을 겁니다. 여하튼 우리 주가장의
추격망에 걸렸으니 곧 한철보검을 찾을 수 있을 겁니다, 일공
자님."

거짓말을 늘어놓은 탓인지 대답하는 주원덕의 목소리가
조금 작아졌다.

"네, 그래야죠."

"이제 평탄한 길이니 말을 타고 쫓아도 될 것 같습니다."

정패가 말에 오르자 주자경의 손자들도 서둘러 말에 올라

타고 길을 재촉했다.

*　　　*　　　*

삼룡이 인파로 북적이는 덕창 저잣거리에 나타난 것은 이틀 뒤 해가 질 무렵이었다.

더 일찍 내려올 수도 있었지만 그동안 산속에서 몸을 숨기느라 늦은 것이었다. 물론 그동안 산에서만 있었으니 몰골이 더 꾀죄죄해진 것은 말할 것도 없었다.

"아, 배고파. 달이 만두로 보이네. 그나저나 숨어만 지냈으니 더 이상은 안 쫓아오겠지?"

삼룡이 투덜거리며 만두를 쪄서 파는 한 골목 어귀를 지날 때였다.

좀 전에 한 말이 씨가 된 것인지 말 탄 무사들이 뒤쪽에서 달려오며 소리쳤다.

"비켜라!"

"우씨! 아직도 쫓아오는 거야?"

삼룡이 지레짐작하며 재빨리 구석에 몸을 웅크렸다. 말 탄 이들의 차림새로 보아 이틀 전 낮부터 삼룡을 추격했던 주가상 부사늘이 문명했다.

하지만 이들은 인파 속에 묻힌 삼룡을 거들떠도 보지 않고 어디론가를 향해 급히 말을 달리고 있었다.

"어라? 날 쫓아온 게 아니었어?"

　지나치는 주가장 무사들의 뒤꽁무니를 쳐다본 삼룡이 아무 일 없었던 것처럼 몸을 일으켰다. 그리곤 언제 그랬냐는 듯이 노점에서 파는 만두 사서 입에 넣고 오물거렸다.

　순간 멀리서 지른 듯한 비명 소리가 삼룡의 귀에 들렸다.

　"아아아악!"

　"무슨 일이 생긴 건가?"

　삼룡이 멈칫한 사이 저잣거리에 남아 있던 인파도 모두 소리 나는 쪽으로 몰려들었다.

　그 때문에 삼룡도 인파에 휩쓸려 따라가게 되었다.

　삼룡이 인파에 휩쓸려 백 보 정도를 걸었을까. 이내 꽤 많은 인파가 몰려 있는 곳에 당도했다.

　때마침 남자의 고성이 일대를 울렸다.

　"인피면구를 벗어라, 이 요녀!"

　내공이 실린 목소리가 울려 퍼지자 수많은 인파가 모인 저잣거리가 일시에 쥐 죽은 듯이 조용해졌다.

　삼룡이 주위를 둘러보니 인파가 몰린 주변으로 주가장의 무사들이 타고 왔던 말이 주위에 흩어져 있었다.

　'여기 있어서 좋을 게 없겠다.'

　삼룡이 이를 보고 뒤돌아서 가려고 할 때 귀에 익숙한 목소리가 들렸다.

　"누구신데 다짜고짜 나를 공격하는 겁니까?"

　이번에도 남자의 목소리였다. 하지만 이 목소리는 삼룡의 귀에 낯선 목소리가 아니었다.

"누구였더라?"

웬일로 호기심이 동했는지 삼룡이 몸을 돌렸다.

삼룡이 저잣거리에서 지대가 높은 상점 계단에 올라서자 소란의 주범이 눈에 들어왔다.

그들은 한 남자를 둘러싼 주가장의 무사들과 주자경의 손자들이었다.

개중에는 이미 칼에 맞아 상처를 입고 바닥에 쓰러진 주가장 무사도 보였다.

그의 옆 땅바닥에는 쓰러진 무사의 것으로 보이는 팔이 잘려서 보기 흉하게 널브러져 있었고, 이를 보고 놀란 여인들이 입을 틀어막고 있었다.

중앙에 서 있는 자는 청광이 번쩍이는 검을 빼 들고 있었는데, 그의 얼굴과 들고 있는 검이 어딘지 모르게 삼룡의 눈에 익었다.

'어라? 지난번 객잔에서 봤던 곰보 선배잖아? 그리고 저 검은 내가 버린 건데? 비싸 보이던 검은 어떻게 하고 왜 내가 버린 저 검을 들고 다니는 거지?

삼룡이 가운데 서 있는 사내를 알아보는 사이 주가장의 호위무사 정패가 소리쳤다.

"저자를 놓쳐서는 안 된다! 죽기를 각오하고 막아라!"

주가장 무사들이 기를 쓰고 길을 막자 곰보사내는 당황한 듯 눈빛이 흔들렸다. 하지만 그는 애써 당황한 기색을 감추고 말했다.

"나를 공격하는 이유나 밝히시오."

그러자 정패가 소리쳤다.

"어제 산적 두목과 내통하고 도귀 삼협을 죽이지 않았느냐?"

정패는 주변의 도움을 받고자 도귀와 그의 동생 둘을 협객으로 추켜세웠다. 이에 곰보사내는 기가 차다는 듯 하늘을 쳐다보며 헛웃음을 지었다.

"허허, 내가 산적과 내통을 해? 게다가 도귀 삼협을 죽였다니, 그게 무슨 억측이란 말이오? 증거라도 있소?"

곰보사내의 말에 정패는 그가 들고 있는 검을 가리키며 말했다.

"네가 들고 있는 검이 바로 그 증거다! 그 검은 도귀 삼협에게 맡겨둔 우리 주가장의 검이야! 그들은 이곳으로 오는 길에 주검으로 발견되었다! 이래도 증거가 필요하다는 것이냐?"

정패의 말에 곰보사내가 자신의 검을 내려다보며 눈살을 찌푸렸다.

'이건 그 걸신 자식 검인데? 그 자식이 산적이었군. 어쩐지 꼬락서니가 산적처럼 지저분하다 했어. 사형들을 피하느라 며칠 묵은 게 화근인 건가.'

"억측일 뿐이오. 나는 이 검을 주웠을 뿐이오."

"흥, 끝까지 잡아뗄 모양이군. 하지만 오늘 네가 여기 덕창에서 사람을 죽이고 인피면구를 뒤집어쓰는 걸 직접 본 나다. 이런데도 거짓말을 할 참이냐, 요녀?!"

정패가 곰보사내를 요녀라 칭하는 순간 주변의 인파 속에서 누군가가 소리쳤다.

"저자가 바로 시산노호다!"

순간 곰보사내, 아니, 시산노호의 눈빛이 당혹감으로 물들었다.

'하오문 쥐새끼들이 또!'

그때였다. 시산노호라는 말에 무림인들이 흥분하기 시작했다.

"태청검보를 가진 시산노호가 나타났다!"

"우리가 먼저 잡아야 한다!"

여기저기서 고함 소리가 들리며 객잔에 머물렀던 무림인들까지 몰려들었다. 하지만 정체를 들킨 시산노호는 인파로 둘러싸여 도망칠 엄두도 내지 못하고 있었다.

정패가 주위에 포권을 하며 부탁하듯 요청했다.

"이는 우리 주가장의 문제입니다. 그러니 다른 문파 분들께서는 나서지 마시기 바랍니다."

정패는 시산노호가 들고 있는 한철보검을 혹시라도 뺏길까 봐 그렇게 말한 것이다. 하지만 이를 곧이곧대로 듣고 물러날 순진한 무림인은 없었다.

챙! 챙! 챙!

여기저기서 무기를 뽑는 소리가 들리더니 소동이 일었다.

"비켜라! 비키지 않으면 베겠다!"

"너나 비켜!"

"이놈이, 오늘 관을 봐야겠구나!"

비급에 눈먼 무림인들이 좁은 공간에 몰리자 여기저기서 싸움이 일어났고, 시산노호는 이 틈을 이용해 달아나려고 했다.

이를 보고 정패가 주가장 무사들에게 소리쳤다.

"도망친다! 막아라!"

수명의 주가장 무사가 시산노호에게 한꺼번에 달려들자 시산노호는 뇌섬보를 밟아가며 이들의 검을 피했다.

주가장 무사들의 검을 모두 피해낸 시산노호가 한철보검을 한 바퀴 회전시켰다. 그러자 달려들던 주가장 무사들이 서둘러 검을 세워 막으려 했다.

하지만 한철보검은 예사 검이 아니었다. 한철보검과 일반 검이 부딪치는 순간 주가장 무사들의 검이 바로 두 동강 나버렸다.

시산노호의 검술도 예사롭지 않았지만 한철보검까지 든 탓에 주가장 무사들은 제대로 공격도 못하고 속절없이 당하고만 있었다.

반면 한철보검의 위력을 본 무림인들의 눈동자들이 더욱 매서워졌다.

"보검이다, 보검!"

이 소리에 제일 당황한 사람은 어떻게든 한철보검을 되찾으려 했던 주가장의 정패였다.

무림인들이 비급과 동급으로 치는 것이 바로 절세기병이

었다. 바로 눈앞에서 철검이 종이처럼 잘려 나가는데 이를 몰라볼 무인들이 아니었다.

이 때문에 심상치 않은 눈으로 서로를 곁눈질하며 보검을 호시탐탐 노리는 이들도 생겨났다.

정패가 눈살을 찌푸릴 수밖에 없는 상황이었다.

'낭패다. 검을 되찾더라도 위험해. 저들이 언제 도적으로 변해 칼을 들이댈지 몰라.'

대부분의 무인들 눈빛이 산적이나 도적들과 다르지 않게 변한 그때였다.

호랑이 같은 우렁찬 목소리가 울려 퍼졌다.

"모두 멈춰라!"

소란스러운 상황이었지만 목청이 워낙 큰 탓에 모두의 귀에 또렷이 들렸다.

모두가 돌아보니 두천이란 사내가 자기 키보다 큰 창을 들고 기둥처럼 서 있었다.

그는 꽤 취했는지 얼굴이 한껏 붉게 달아오른 상태였다.

두천의 등장에 일대가 단번에 조용해졌다. 두천이란 사내는 이곳 덕창에서 잘 알려져 있는 무인이었다.

그가 마을 한복판에 나타난 호랑이 두 마리를 창 하나로 잡았던 일화는 그에게 제호창(制虎槍)이라는 별호를 선사하였다. 그 일 이후로 두천을 모르는 덕창 무인은 없었다.

그런 두천의 옆에 점창의 능운비가 조용히 서 있었다.

삼류 문파 출신이 대부분인 이들에게 점창의 옷을 입고 있

는 자가 두천과 함께 있다는 사실만으로도 기가 질리는 무인
이 대부분이었다.
　점창의 고수를 대동한 두천은 기세등등한 목소리로 소리
쳤다.
　"당신이 요녀가 아니라면 무기를 거두시오!"
　이에 순순히 응할 시산노호가 아니었다.
　"흥, 능력이 있으면 해봐!"
　"원한다면!"
　시산노호의 충동질에 제호창 두천은 창을 비껴들고 금세
라도 뛰쳐나가려 했다.
　하지만 능운비가 한발 앞서 그를 말렸다.
　"형님은 많이 취하셨으니 제가 상대하겠습니다."
　"음, 자네가 나서준다면 내가 물러서야지. 자, 다들 비켜
라! 여기 귀도 산채의 산적들을 단 일 검에 무릎 꿇린 점창 능
운비 대협이 나가신다!"
　두천이 능운비를 소개하며 물러나라고 하자 무림인들은
불만을 얘기하면서도 뒤로 물러났다.
　'점창 고수가 요녀를 제압하면 저자가 한철보검을 가져갈
수도 있어. 안 되겠다.'
　다급해진 정패가 능운비에게 포권하며 말했다.
　"능 대협, 저는 주가장의 일대제자 정패라고 합니다."
　"주가장이라면 아미파의 제자로군요. 저에게 부탁이라도
있습니까?"

능운비가 주가장과 아미를 연관시켜 주자 정패의 표정이
반색했다.

'아미와 연관시킨다는 것은 우리를 무시하지 않는다는 뜻
이야. 어쩌면 물러나 줄 수도 있겠어.'

"능 대협, 이 일은 저희 주가장의 일입니다. 게다가 저자가
들고 있는 검은 우리 주가장의……."

"무슨 사정인지는 모르겠으나 저자의 검은 여기 있는 사람
들이 모두 힘을 합친다 해도 쉽게 제압당할 검이 아닙니다.
그러니 일단 저에게 맡겨주십시오."

능운비가 비록 정패의 말을 끊었지만 워낙 부드러운 말투
여서 기분 나쁘게 들리지는 않았다.

'우릴 돕겠다는 뜻이다. 아니, 적어도 도적질할 사람은 아
니야.'

정패가 물러서자 나머지 주가장 무사들도 따라 물러섰다.
그러자 능운비가 기다렸다는 듯이 시산노호에게 호통을 쳤
다.

"마교 교주의 딸이 겁도 없이 사천에 들어섰구나!"

능운비가 마교를 언급하자 삼류무사들은 놀라 뒤로 물러
나는 기색이 역력했다. 반면 시산노호는 자신의 어머니를 얕
삽는 능운비의 인사에 넘이기고 말았다.

"감히 네놈이!"

간단한 격장지계(激將之計)에 시산노호가 넘어가자 능운비
는 더욱 비웃으며 말했다.

“하하! 스스로 마교 교주의 딸이라 인정했으니 내 검에 죽어도 날 원망 마라!”

“흥, 누가 할 소리!”

분기를 참지 못한 시산노호가 도망갈 생각도 버리고 뇌섬보를 극성으로 펼치며 능운비에게 달려들었다.

이에 능운비는 한없이 부드럽다는 점창의 유운신법(流雲身法)을 펼치며 시산노호의 검을 피했다.

많은 사람들이 보고 있으니 자신의 위명을 높이려는 것처럼 능운비는 아예 검을 뽑지도 않고 여유를 부렸다.

능운비가 일부러 시산노호의 검을 간신히 피하자 여기저기서 여인들의 탄성이 새어 나왔다.

“하악, 멋있다!”

“어쩜, 잘생긴 분이 검술도……”

탄성을 지르는 이들은 대부분 능운비를 마음에 두고 있던 기루의 여인이거나 거리에서 첫눈에 반한 여인들이었다.

하지만 능운비가 시산노호의 검을 피하면 피할수록 다른 무림인들도 능운비를 칭찬하기를 마다하지 않았다.

“점창의 신법이 마교의 신법보다 훨씬 뛰어나군요.”

“당연한 거 아닌가? 그래서 마교가 강호에 득세하지 못하는 것 아니겠는가?”

마교 제자의 신법을 본 일이 없는 무림인들은 뇌음사의 신법을 마교의 것이라 단정 내리고 있었다.

이에 분기가 더 끓어오른 시산노호는 내기를 있는 대로 끌

어올렸다. 순간 한철보검 끝에서 검풍이 일며 능운비를 덮쳤
다.

파파팍!

능운비가 가까스로 피한 자리 뒤로 불꽃이 튀고 바닥에 선
명하게 줄이 그어지며 땅이 파였다.

그럼에도 능운비는 더욱 시산노호를 조소했다.

"요녀의 검이 매섭긴 매섭구나!"

"시끄럽다! 이것도 받아랏!"

시산노호는 도망칠 생각은 접고 검을 휘두르는 데 몰두했
다. 하지만 그녀는 능운비의 적수가 아니었다. 아직 능운비는
검조차 뽑지 않았으니 말이다.

분위기가 고조되자 능운비는 검을 고쳐 잡고 시산노호의
빈틈을 노렸다. 마침 시산노호가 등을 보이자 능운비의 신형
이 직선으로 쏘아졌다. 하지만 그 빈틈은 시산노호가 일부러
만들어낸 것이었다.

능운비가 달려들기를 기다린 듯 시산노호의 손이 허공에
흩뿌려졌다. 하지만 능운비는 상관하지 않았다.

"홍, 암기 따위로 날 어쩔 수는 없다!"

능운비는 자신의 사혈(死血)을 향해 달려드는 홍화비접을
일일이 쳐내며 허공으로 몸을 솟구쳤다.

쾌속한 능운비의 검법과 신법이 이어지자 무림인들 사이
에서 감탄성이 새어 나왔다.

보는 눈 때문이었는지 능운비의 검이 실리를 찾지 않고 화

려함을 추구했다.

반면 빈틈을 완전히 노출한 시산노호는 자신의 목을 향해 달려드는 능운비의 검을 뻔히 보고서도 반격할 엄두를 내지 못했다.

'끝이다, 요녀!'

막 능운비의 검이 시산노호의 목을 치려는 순간 불꽃이 튀며 능운비의 검이 뒤로 밀려났다.

파팍!

심상치 않은 기운에 방해받자 능운비는 즉시 검을 회수하며 물러섰다. 바닥에는 누군가가 던진 엽전 두 개가 떨어져 있었다.

"누구냐, 내 검을 방해하는 것이?!"

심상치 않은 기운을 느낀 능운비가 주위를 두리번거렸다. 그런 그의 눈에 공교롭게도 만두를 입에 물고 싸움 구경을 하고 있는 삼룡이 들어왔다.

이때 시산노호도 삼룡을 발견하고는 입술을 지그시 깨물었다.

'저 자식은!'

주위를 둘러봐도 자신을 방해할 만한 고수를 발견할 수 없었던 능운비는 엽전을 던진 것이 삼룡이라 단정 내렸다.

"선배님이셨군요. 그런데 왜 방해하셨습니까? 이 요녀는 마교 교주의 딸이자 무림 공적입니다. 무림 공적을 도와주는 것이 무슨 뜻인지 모르시진 않겠죠?"

능운비의 말은 무림 공적을 도와준 이도 무림 공적에 해당
된다는 말이었다.

졸지에 무림 공적이 될 위기에 몰린 삼룡이 만두를 입에 문
채로 고개를 부르르 떨어 자신이 아니라는 뜻을 표했다.

엎친 데 덮쳤다고 하나, 이번엔 주자경의 손자들이 삼룡을
알아보고 소리쳤다.

"저 사람이 이 요녀와 내통한 산적 두목입니다!"

삼룡이 만두를 잔뜩 물고 있는 터라 바로 말을 못하고 다시
고개를 부르르 떨기만 했다. 하지만 이미 주위 사람들이 삼룡
을 산적 두목이라 생각하고 멀찌감치 물러선 상태였다.

계속된 오해에 삼룡이 도망칠 생각으로 고개를 두리번거
렸다. 이를 보고 능운비가 혀를 차며 말했다.

"쯧쯧, 무림 선배라 생각했는데 산적 두목이셨군요."

도망갈 곳을 못 찾은 삼룡이 입에 남아 있던 만두를 간신히
삼키며 대답했다.

"산적 두목? 난 산적질을 한 적이 없는데? 그리고 당신을
공격한 것은 내가 아니라 담장 위에 숨어 있던 자들입니다.
괜히 나한테 뒤집어씌울 생각 마세요."

'맞다. 다른 방향이었어!'

삼룡의 지적에 능운비가 서둘러 담장을 살폈지만, 이미 담
장 위에는 아무도 보이지 않았다.

그 틈을 이용해 시산노호가 삼룡의 등 뒤로 숨으며 소리쳤
다.

"사형, 보고 있지만 말고 좀 도와줘!"

'젠장, 이 목소리는……'

삼룡은 변명할 생각 대신 싱긋 웃으며 빈손을 들어 보였다. 딴엔 싸울 뜻이 없다는 표시를 한 것이다. 하지만 능운비는 그 뜻을 다르게 받아들였다.

"빈손으로 나를 상대하겠다는 건가요?"

간신히 만두를 삼킨 삼룡이 헛웃음을 지으며 대답했다.

"하하, 그럴 리가 있나요? 항복이라는 뜻입니다. 억울한 건 시간이 지나면 곧 밝혀지겠지요."

'뻔뻔한 놈, 잘도 둘러대는군.'

시산노호는 당황하지 않고 다시 삼룡에게 뒤집어씌웠다.

"사형, 사형이 나보고 도귀 삼협을 죽이고 검을 뺏으라고 했잖아. 그런데 이제 와서 이러면 어떡해? 태청검보는 잘 가지고 있는 거지?"

라고 말하며 시산노호는 따로 삼룡의 귀에 속삭였다.

"어디 잘해봐, 산적 두목."

이번 시산노호의 속삭임은 다른 사람들이 보기에 삼룡과 그녀가 한통속으로 보이기에 충분했다.

"사형, 대충 처리하고 방금 말한 거기서 만나!"

시산노호는 외치며 몸을 튕겨 담장 위로 올라섰다.

삼룡이 뭐라 하기도 전에 순식간에 시산노호가 사라졌고, 저잣거리에 몰려 있던 인파는 삼룡을 의심하는 눈으로 쳐다봤다.

"설마 저 요녀의 말을 믿는 건 아니겠죠?"

삼룡이 뒤늦게 시산노호가 사라진 곳을 손가락으로 가리키며 변명해 봤지만 이미 그의 말을 믿는 자는 아무도 없었다.

*   *   *

인적이 드문 덕창의 한 객잔.

객잔 기둥에 꽁꽁 묶인 삼룡이 앉아 있었고, 다른 한편에는 주가장 일공자 주원덕과 호위무사 정패, 그리고 점창의 능운비와 두천이 한 탁자에 마주 앉아서 상의하고 있었다.

기껏 앉아서 대화를 나누던 정패가 벌떡 일어서며 검을 뽑아 삼룡의 목을 칠 듯 다가왔다.

"네 이놈! 그 요녀와 한철보검을 어디로 빼돌렸느냐? 빨리 말하지 않으면 목을 베겠다!"

눈앞에서 날 선 검이 왔다 갔다 했지만 삼룡은 상대하기 귀찮다는 듯 눈을 감았다.

"왜 말을 하지 않는 것이냐? 내 이 산적 놈을 당장에!"

정패가 검을 치켜들자 주원덕이 황급히 다가와 그를 말렸다.

"정패 아저씨, 아저씨가 이런다고 저자가 사실을 불지는 않을 겁니다. 검을 들지도 않은 자에게 우리 주가장이 검을 휘두를 수는 없습니다."

주원덕이 말리자 정패는 콧바람을 씩씩 내뿜으며 자리로 돌아올 수밖에 없었다. 그러자 두천이 눈을 감은 삼룡을 보고 한심하다는 듯이 쏘아붙였다.

"어찌 검을 아는 무인이라는 자가 저리도 비굴한 것인지! 아마 저놈은 수치도 모르는 놈일 겁니다! 그 많은 사람들 앞에서 검 한 번 휘두르지 않고 항복하다니! 쯧쯧쯧!"

혀를 차는 두천에게 능운비가 술을 권하며 말했다.

"두천 형님, 명예보다 목숨이 귀한 삼류무사인가 보지요. 저도 삼룡이란 저자가 바로 항복할 줄은 몰랐습니다."

능운비의 말에 두천이 고개를 가로저으며 다시 혀를 찼다.

"쯧쯧, 저러고도 사내라고 기루 출입은 하겠지?"

"자자, 그러지 말고 한잔 더 하십시오, 두천 형님!"

능운비가 술을 권하자 두천이 단숨에 술잔을 비웠다.

하지만 정패는 술을 마시지 않고 있다가 능운비가 술잔을 내려놓은 다음에야 비로소 자신의 앞에 놓인 술잔을 비웠다. 그리고는 일부러 크게 한숨을 내뱉었다.

"후우우, 능 대협! 저희는 이제 어찌하면 좋겠습니까? 저자가 주가장의 한철보검을 감추고 내놓질 않으니!"

정패는 능운비의 시선이 자신에게로 향하자 답답한 듯 술잔을 쥔 손을 탁자에 내리쳤다.

쿵!

"저자의 봇짐에는 쓰레기 같은 목검 하나와 의복뿐이었습니다. 게다가 저놈 몸을 뒤져도 뭐가 나올 것 같지 않아 포기

했습니다. 안 그러면 저렇게 태평할 리가 없을 테니까요. 대체 이를 어쩌면 좋습니까?"

정패는 능운비에게 도움을 받고자 그간의 사정을 털어놓고 그의 인정에 호소하고 있었다.

사실 정패가 좀 전에 검을 치켜든 것도 삼룡을 진짜 베려고 한 것이 아니라 그들이 처한 절박한 상황을 돋보이고자 함이었다.

정패가 눈치를 주자 주원덕이 바로 머리를 조아리며 읍소했다.

"능 대협, 아니, 능운비 형님, 제발 저희들을 도와주십시오. 도와주시면 아미에 계시는 당고모께서도 가만히 계시지는 않을 겁니다. 저희 주가장은 말할 것도 없구요."

이들을 옆에서 두고 보기가 딱했는지 두천이 나섰다.

"이보게, 운비. 아미파라면 사천의 명문정파 아닌가? 게다가 주 공자의 당고모 주희설이라는 분은 차기 아미파의 장문인감이라 들었네. 이들의 사정이 딱하니 자네가 도와주는 게 어떤가? 아까 자네가 겨루는 것을 보니 자네는 그 요녀를 쉽게 제압할 수 있을 것으로 생각되네만."

능운비는 두천의 말에 바로 대답하지 않고 천천히 곱씹어 생각하는 척했다.

"사실 아미의 일이라 나서지 않으려 했는데 두천 형님이 그렇게 말씀하시니 다시 한 번 생각해 봐야겠군요."

짧은 시간이었지만 머뭇거리는 능운비 때문에 주가장의

주원덕과 정패는 속이 타 들어갔다.

능운비는 이들의 초조한 기색이 정점에 다다를 즈음을 기다려 입을 열었다.

"좋습니다. 점창과 아미가 서로 모르는 사이도 아니고, 서로 돕자 하는데 그게 무슨 문제겠습니까? 게다가 주가장 일공자께서 정식으로 부탁을 한 일이니 제가 힘 닿는 데까지 돕도록 하겠습니다."

감격한 주원덕은 바로 앉은 자리에서 일어나 포권을 하며 의형제의 연을 맺기를 청했다.

"앞으로 이 주원덕은 운비 형님과 두천 형님을 친형님처럼 모시겠습니다. 형님들의 일이라면 무조건 발 벗고 나설 것임을 하늘에 두고 맹세합니다."

이어 정패가 바로 거들었다.

"능 대협과 두 대협께서 주가장 일공자의 의형님이 되시면 이는 주가장의 크나큰 복이 아닐 수 없습니다. 크하하하!"

정패의 호탕한 웃음에 두천과 주원덕이 크게 따라 웃었다.

능운비도 그들을 따라 웃는 척하며 묶여 있는 삼룡을 힐끗 쳐다보고는 조용히 미소를 지었다.

야삼경(夜三更)이 조금 지난 시각. 삼룡은 기둥에 묶인 채 잠들어 있었고, 주가장의 주원덕과 정패, 그리고 제호창 두천은 술에 취해 탁자에 기대 잠이 들어 있었다.

능운비는 홀로 술잔을 기울이다가 자리를 털고 일어나 객잔 뒷간으로 향했다.

그의 걸음걸이는 몹시 취한 듯 비틀거렸다. 그가 객잔 뒷간에 다다랐을 때다.

"존주님, 혈영(血影)이 돌아왔습니다."

전음이 들리자 능운비의 취한 눈빛이 어느새 제 눈빛으로 돌아왔다. 주위를 슬쩍 살피던 그는 한곳에 기대 전음을 보냈다.

"어떻게 됐습니까?"

"부하들의 신법으로는 존주님을 방해한 자들을 도저히 쫓을 수 없었습니다. 그들은 무공보다 경공에 능한 자들이었습니다."

"무공보다 경공에 능한 자들? 게다가 현천혈랑대조차 눈치채지 못하는 은형술을 쓴다? 그런 자들을 부릴 수 있는 세력은 강호에 딱 하나뿐. 그들은 마교의 그림자들입니다."

"제 생각도 같습니다, 존주님."

"지금은 마교와 부딪쳐서는 안 됩니다. 그러니 앞으로 그들이 나타나도 쫓지 말라고 이르세요."

"예, 존주님."

능운비는 생각난 것이 있는지 뒷간을 들어가려다 말고 멈춰 섰다.

"잠깐, 삼룡이란 자에 대해 알아낸 것이 있습니까?"

"그자에 대해서는 알려진 것이 없었습니다. 하오문에서도 그자에 대해서 알아보았으나 딱히 알아낸 것이 없다 들었습니다. 존주님께서 걱정할 만한 인물은 아닌 것으로 생각됩니다만."

"내 심검(心劍)을 벗어난 자는 그자가 처음이었습니다. 게다가 마교의 그림자들을 눈치 챈 것도 그자뿐이니."

"우연일 것입니다, 존주님. 그자는 투기도 느끼지 못하는 삼류입니다. 그런 자이니 마교의 고수들이 방심해서 모습을 보였던 겁니다."

능운비는 혈영의 얘기를 듣고도 판단이 서지 않는지 가만히 전음을 듣고만 있었다.

"그것이 아니라면 그자가 절세고수라는 얘기인데, 그런 절세고수가 오늘의 수모를 당했을 것이라고는 생각되지 않습니다. 더구나 지척에 있는 저희들도 발견해 내지 못했습니다. 그러니 존주님께서 신경 쓸 인물이 못 된다고 판단됩니다. 그것보다 존주님, 도망친 시산노호를 어떻게 할까요?"

"그 요녀가 다시 도망쳤다고 했나요?"

"네, 존주님. 섭혼술(攝魂術)이 통한 것처럼 연기하다가 잠시 틈을 보인 사이 도망쳤습니다. 그녀가 말했던 태청검보와 극양뇌음단을 숨겨뒀다던 관제묘도 확인해 보니 거짓이었습니다."

혈영의 전음에 능운비가 그럴 줄 알았다는 듯이 고개를 끄덕였다.

"혈향시독도 통하지 않는 독공을 익힌 몸이니 섭혼술도 통

하지 않을 수 있습니다. 일단은 내버려 두세요. 어차피 그녀
를 건드리면 필시 마교와 또 부딪치게 될 테니."
 "알겠습니다, 존주님."
 능운비는 혈영의 기척이 사라지자 그제야 뒷간으로 들어
갔다.

第六章

악연을 즐기다

허허실실 虛虛實實

　이른 아침, 삼룡의 목소리가 객잔을 쩌렁쩌렁 울리고 있었다.

　"끼니때가 됐으면 밥을 줘야 할 것 아니야, 밥을! 살인을 저지른 죄인도 때 되면 밥을 주는데 왜 나한테는 밥을 안 주는 거야? 밥 줘!"

　이른 아침이라 객잔에 손님이 없는 탓에 점소이는 말없이 탁자만 치우고 있었다.

　"조용히 할 테니까 빨다 남은 만두라도 가져다줘! 배고파 죽겠단 말이야! 뱃속에서 밥 달라고 난리가 났어!"

　삼룡이 계속 보채자 점소이가 귀찮은 듯 대꾸했다.

　"안 됩니다. 나리들께서 돌아오시기 전까지 아무것도 주지 말라고 했습니다."

"에이, 어제 보고도 모르겠어? 나는 산적 두목도 아니고 그 요녀랑 아무 관계도 아니란 말이야. 안 그럼 스스로 잡혔겠어?"

"전 어제 아무것도 못 봤습니다. 그러니까 자꾸 저한테 뭐라 하지 마세요. 전 그냥 객잔에서 일하는 점소이일 뿐입니다."

"그럼 탁자에 남은 술하고 안주 좀 줘봐! 어차피 버리는 거잖아!"

"안 됩니다. 이런 건 엄연히 점소이들의 몫입니다. 그리고 이런 귀한 술을 버릴 턱이 있겠습니까?"

"쳇, 좀 나눠 먹으면 어때서!"

삼룡이 토라졌을 때였다. 별안간 묶인 그의 품속에서 검은 뱀이 머리를 내밀었다. 그러자 삼룡은 점소이가 듣지 못하도록 나직이 속삭였다.

"인마, 이 주인이 널 챙겨줄 상황이 아니다. 한잠 더 자라."

삼룡의 말에 재빨리 품속으로 들어가는 뱀이었다. 그 순간 객잔 입구가 소란스러워지며 병장기를 든 한 무리의 사람들이 몰려들었다.

"이보게, 주인장! 제호창 두천이 아직 여기 있는가?"

개중 제일 험상궂게 생긴 사내가 객잔 주인에게 말을 붙이자 객잔 주인이 바로 허리를 구부리며 대답했다.

"아침 일찍 알아볼 것이 있다고 해서 일행 분과 함께 출타

하셨습니다.”

“그럼 어제 소란을 일으킨 삼룡이란 자도 데려간 건가?”

“아닙니다. 그는 저쪽 기둥에 묶여 있습죠. 그런데 무슨 일이신지……?”

“아, 저기 있군. 자네는 알 것 없네.”

객잔 주인의 물음을 가볍게 처리한 사내는 다시 객잔 밖으로 나가더니 청의 도포에 자양건을 쓴 사내 셋을 데리고 들어왔다.

“이쪽입니다, 왕 도장.”

사내가 데리고 들어온 사람은 청성의 왕진한과 옥소기, 그리고 지평이었다.

“수고하였네. 지평아, 이분들께 사례를 하거라.”

왕진한이 지평에게 눈짓하자 지평이 재빨리 품에서 은자를 꺼내 사내에게 건네려 했다.

“아닙니다. 일전에 용천문 문주께 큰 은혜를 입은 몸입니다. 사례는 필요없으니 마음 놓고 볼일 보십시오.”

사내가 극구 거절하자 왕진한이 지평에게 눈짓으로 말리고는 대신 말로 사례를 표했다.

“그럼 당옥에게 감사의 인사를 대신 전하겠소.”

“그 정도면 충분합니다, 왕 도장 어르신.”

사내들이 물러나자 왕진한 일행이 기둥에 묶여 있는 삼룡에게 곧장 다가왔다. 지평이 그의 사부와 사숙보다 앞서 졸고 있는 척하는 삼룡을 깨웠다.

"잠시 일어나 보시죠. 이보세요!"

지평의 말에 삼룡이 못 들은 척 자고 있자 보다 못한 점소이가 끼어들었다.

"그 사람, 좀 전까지 밥 달라고 난리였는데?"

점소이의 참견에 삼룡은 오히려 들으라는 듯이 코를 골았다.

"커어어푸우우! 커어어푸우우!"

지평이 대놓고 코를 고는 삼룡을 어쩌지 못하자 급한 성격의 옥소기가 나섰다.

"이봐, 젊은이! 좀 일어나 보란 말이야! 이봐!"

옥소기의 솥뚜껑만 한 손이 삼룡의 양어깨를 잡고 좌우로 흔들었지만 잠든 척 연기하는 삼룡이 눈을 뜰 일은 없었다. 이를 눈치 챈 왕진한이 나서서 사제를 말렸다.

"이사제, 그 젊은이는 이미 깨어 있네. 그렇게 흔든다고 깨어날 리 있겠는가?"

"그럼 이놈이 자는 척을!"

옥소기가 손바닥으로 삼룡의 얼굴을 치려 하자 왕진한이 황급히 달려와 그의 소매를 붙들며 말렸다.

"이 젊은이는 말을 하기 싫은 것일 게야."

그제야 삼룡이 코 고는 것을 멈추고는 입을 열었다.

"말하기 싫은 게 아니라 말을 해도 소용없기 때문입니다."

삼룡의 입을 열자 왕진한이 옥소기를 뒤로 물리며 될수록 부드럽게 물었다.

“나는 청성에 속해 있는 왕진한일세. 내 자네에게 시산노호에 대해 물어볼 것이 있어서 왔다네.”

“왕 도장 어르신, 무슨 말을 해도 저는 대답할 게 없습니다. 날 잡아 묶은 사람들처럼 누명을 씌워 죽이든 살리든 마음대로 하세요. 단 누명을 씌워 죽는다면 원귀가 되어 죽을 때까지 쫓아다닐 겁니다.”

묶여 있는 주제에 협박까지 하는 삼룡이었다. 그런 삼룡을 보며 왕진한이 인자한 미소를 지으며 말했다.

“묻는 말에 솔직하게 대답해 주면 자네가 누명을 벗는 데 도움을 주겠네. 내가 나서면 적어도 억울하게 당하는 일은 없을 것이네.”

왕진한의 말에 삼룡이 조용히 눈을 뜨고 그의 얼굴을 쳐다보았다.

왕진한은 큰 귀에 덕이 넘쳐 보이고 절제하는 기품이 어려 있는 도사(道士)의 인상이었다. 하지만 삼룡은 그가 못미더운지 금세 눈을 감고 고개를 돌렸다.

“왜, 나를 믿지 못하겠는가? 내가 이래 봬도 청성에서 좀 높은 위치에 있는데.”

“말로는 다들 잘하죠. 하지만 행동은 안 하던데요.”

삼룡의 퉁명스런 말에 왕신한이 시펑에게 심룡을 묶고 있는 줄을 가리키며 말했다.

“풀어드려라!”

지펑이 묶인 줄을 모두 풀자 삼룡이 기다렸다는 듯이 기지

개를 펴며 늘어지게 하품을 해 보였다. 그리곤,

"으아함, 잘 잤다. 한잠 푹 잤더니 배가 고프네."

삼룡이 말꼬리를 흐리면서 왕진한을 쳐다보자 왕진한이 점소이를 불러 음식을 주문하려 했다.

그러자 삼룡이 대뜸 끼어들었다.

"제가 먹을 건데 먹고 싶은 거 시켜도 되죠, 왕 도장 어르신?"

삼룡의 요구에 왕진한이 흔쾌히 허락했다.

"그러시게."

"아침이니까 밥보다는 죽이 좋겠고, 반주로 백주 한 병하고 삶은 소고기 한 근, 그리고 어제 보니까 안주로 먹던 양고기 꼬치 냄새가 그럴싸하던데, 그것 좀 많이 가져와. 스무 개 밑으로는 절대 안 돼. 알았지?"

"가지고 오게."

지평이 직접 은자를 건네자 점소이는 허리를 숙이며 물러났다. 그러자 왕진한이 직접 탁자를 가리키며 삼룡에게 말했다.

"그런 곳에 앉아서 식사할 수는 없으니 탁자로 오는 게 어떻겠나?"

"아닙니다. 전 여기서 먹을 겁니다. 이 자리를 벗어나게 되면 도망치려 했다고 오해받기 십상이거든요. 저랑 얘기하시려면 여기서 하세요."

이에 왕진한의 사제 옥소기가 발끈해서 목소리를 높였다.

"이놈이 감히 누구 앞에서! 대체 이분이 누구인 줄 알고 네 맘대로 오라 하는 것이냐?"

"옥 사제, 흥분해서 될 일이 아니네."

왕진한이 말렸지만 이전부터 참고 있던 옥소기의 감정은 이미 폭발 직전이었다.

"아닙니다, 사형! 이런 놈은 손맛을 봐야 정신을 차릴 놈입니다."

화가 난 옥소기는 삼룡에게 내력을 실어 장법이라도 날릴 기세였다. 그러자 왕진한의 노한 목소리가 객잔을 크게 울렸다.

"옥 사제, 벌써 지난번의 과오를 잊은 겐가? 다시는 일을 만들지 않겠다고 오사제와 굳게 약조를 하지 않았는가?"

왕진한이 혈향시독에 중독된 곡원의 애기를 꺼내자 옥소기는 금세 분기를 억누르는 모습이었다.

"죄송합니다, 사형."

"아닐세. 자네의 심정은 내 십분 이해하네. 그러니 조금만 참게. 오사제를 위해서라도 말이야."

"알겠습니다. 저는 밖에서 기다리도록 하겠습니다."

한풀 꺾인 옥소기가 아예 객잔 밖으로 나가자 왕진한이 아예 삼룡의 앞으로 다가와 바닥에 앉았다. 이에 그의 제지 지평이 눈을 동그랗게 뜨고 사부를 호명했다.

"사부님!"

"너도 방해하려거든 사숙을 따라 나가 있거라."

왕진한의 단호한 말에 지평은 입을 꾹 다물어야 했다. 그러자 삼룡이 얄밉게도 지평을 놀렸다.

"제자 하나는 잘 키우셨네요. 집에서 기르는 황구처럼 말을 잘 듣는군요."

이에 지평의 눈이 험악하게 변했지만 왕진한이 미리 눈치를 준 탓에 경거망동하지는 않았다.

"젊은이가 말을 재밌게 하는군. 하하하!"

삼룡이 왕진한의 심기까지 건드렸는지 왕진한이 웃음에 내기를 살짝 실어 삼룡의 귀청을 흔들었다.

그러자 삼룡의 안색이 금세 새파래지더니 눈을 질끈 감았다.

'이 정도에도 흔들리다니, 내력이 미약한 자로군. 삼류인 게야.'

삼룡의 실력을 잠시 시험해 본 왕진한이 급히 사과했다.

"아, 미안하네. 나도 모르게 그만 목소리가 커졌네그려."

왕진한이 웃음을 멈추자 삼룡의 안색이 원래대로 돌아왔다. 하지만 아직도 어지러운 것처럼 머리를 쥐고 흔들었다.

때마침 점소이가 삼룡이 주문한 음식이 담긴 접시를 가지고 나오자, 왕진한이 양보하는 척하며 자리를 비켰다.

그 순간 객잔 앞이 또다시 소란스러워졌다. 들려오는 소리로는 서로 칼을 빼 들고 험악한 상황이 벌어지는 것 같았다.

*　　　*　　　*

같은 시각, 전서구 한 마리가 귀주에 자리 잡고 있는 마교 총단의 한 전각에 내려앉았다.

잠시 후 전서구가 내려앉은 전각에서 마영대(魔影隊)의 수장 천리마군 독고천이 바삐 나와 천마전으로 향했다.

매일같이 교주와 유일하게 독대를 할 수 있는 그였지만 오늘 따라 유난히 그의 발걸음이 무겁고 초조해 보였다. 그의 얼굴은 어딘지 모르게 창백해져 있어 무슨 큰일이라도 난 듯 보였다.

"교주님을 뵈러 왔다."

아무도 없는 천마전의 출입문이었지만, 굳이 허공에 대고 말을 하는 천리마군 독고천이었다.

잠시 후 그의 귀에 전음이 들렸다.

"허락합니다., 천리마군님."

독고천은 전음이 들리자 비로소 발을 떼며 천마전으로 향했다.

천마전은 삼층 규모의 전각(殿閣)이었는데, 그 크기와 화려함이 황실의 궁궐 못지않았다.

이 얘기는 곧 천리마군 독고천이 교주가 있는 곳을 가기 위해서는 거쳐야 할 곳이 많다는 것을 의미했다.

다시 허공에 대고 몇 번의 확인을 더 거치고서야 독고천은 비로소 마교 교주 혁영화가 묵고 있는 처소에 도착할 수 있었다.

그는 처소 입구를 지키고 있는 시녀들에게 부탁하여 기별을 넣지 않고 바로 목소리를 높여 말했다. 이는 교 내외의 모든 기밀 업무를 담당하는 마영대의 수장이기에 가능한 일이었다.

"독고천입니다, 교주님."

"급한 일이 있는 게로군. 안으로 들여라."

교주의 목소리가 들리고 문이 열리자 독고천은 종종걸음을 치며 처소로 들어갔다.

침소 위의 교주가 보이자마자 독고천은 바닥에 몸을 던지듯 꿇으며 보고했다.

"여손께서 실종되셨습니다."

독고천의 심각한 얼굴과는 달리 시녀 넷의 도움으로 옷을 챙겨 입던 인마대제의 얼굴은 조금도 변함없었다.

"그리 큰일은 아니로군."

"그것이……."

독고천이 말을 제대로 잇지 못하는 것은 교주의 반응 때문이 아니었다. 바로 다음에 자신이 말해야 하는 내용 때문이었으니.

"무엇 때문에 머뭇거리는 건가?"

"여손의 실종에 혈교가……."

혈교라는 말에 교주의 안색이 빙벽처럼 굳어졌다. 때마침 옷고름을 고르던 시녀가 실수까지 하자 교주의 손이 그녀에게 휘둘러졌다.

어젯밤 내내 시중을 든 시녀였지만 교주의 손길에는 망설임이 없었다. 교주에게 뺨을 맞은 시녀는 수 장을 날아가 선혈을 내뿜고 쓰러지더니 다시는 일어나지 못했다.

"천리마군, 자네의 입으로 이십 년 전에 혈교가 이 세상에서 사라졌다고 보고하지 않았더냐?"

교주의 음성이 독고천의 귀에 파고들자 독고천은 독에 중독된 것처럼 사지가 뻣뻣하게 굳어졌다. 이는 중독된 것이 아니라 그만큼 긴장하고 있어서였다.

천리마군은 교주가 다시 입을 열 때까지 아무 말도 하지 못했다.

"이십 년도 안 되어서 멸문된 혈교가 모습을 드러냈다는 것은 그 당시 타격을 거의 입지 않았다는 얘기인데……."

교주의 말에 독고천이 간신히 입을 떼었다.

"분명 그때 시체 하나하나를 확인했고, 확인한 시체의 수는 어린아이까지 합쳐 이만 육천팔백이십칠 구였습니다. 이는 혈교 내에서 획득한 명부에서 확인한 총원과 같습니다, 교주님. 한데……."

"한데?"

"혈교가 멸문되기 석 달 전, 천강혈마(千强血魔)가 현천혈영대 등의 친위 세력과 함께 사라신 일이 있있습니다."

천리마군의 추측이 이어지자 교주의 표정도 어느 정도 누그러지고 있었다.

"그들은 사라진 게 아니고 혈교의 내분으로 숙청된 자들이었다. 그 때문에 혈교를 쉽게 멸문시킬 수 있었던 것이고."

"하지만 혈교가 내분이 없었더라도 희생이 조금 있을지언정 멸문을 피할 수는 없었습니다."

"지금 독고천 자네 얘기는 다른 무언가가 있다는 뜻인가?"

"죄송합니다만 본 교 안에서 눈속임이 있었던 것 같습니다."

"불가(不可)하다."

천리마군의 말에 교주는 단호하게 고개를 저었다. 이에 독고천이 다시 바닥에 오체투지하며 말했다.

"내통이 없이는 그런 수를 쓸 수 없습니다. 그것이 아니었다면 지금 이 자리에서 죽어 책임을 지겠습니다, 교주님."

"하나둘이 죽어서 끝날 일이 아니다, 천리마군."

상황은 교묘하게도 독고천이 강하게 밀어붙이고 오히려 교주가 망설이는 분위기였다.

독고천은 이를 위해 처음부터 전전긍긍한 모습을 보였을지도 모르는 일이었다.

"이들은 언제고 등에 칼을 꽂을 세력입니다."

간절한 독고천의 말에 교주는 눈을 질끈 감으며 말했다.

"조용히 처리하라."

교주의 말이 떨어지자 오체투지하고 있던 천리마군이 비로소 몸을 추슬렀다. 하지만 밖으로 나가지 않고 다시 무릎을 꿇었다.

"더 할 말이 있는가, 천리마군?"

“태청검보에 눈독 들인 구대문파뿐만 아니라 사황성을 비롯한 사파들도 속속 사천으로 몰려들고 있다는 전갈입니다. 이번 실종에 여손께서 위험할 수 있습니다.”

천리마군의 말에 교주는 더 들어볼 것도 없다는 듯이 손을 휘저었다.

“알아서 처리하겠습니다, 교주님. 그리고 이 얘기를 보고 드려야 할지 말아야 할지 모르겠습니다만……..”

“말해보게.”

“아, 아닙니다. 내력을 알 수 없는 자가 공교롭게도 여손과 계속 부딪치고 있어서.”

“문제가 되면 죽이면 될 일!”

“그것이… 그자가 여손을 방해하는 것 같으면서도 도와주고 있습니다.”

손녀에 관한 일에는 무관심했던 교주가 이번에는 민감하게 반응했다.

“도와줘? 그자가 의도적으로 접근하는 것은 아니고?”

“그건 아닙니다, 교주님. 차림새는 개방의 방도 같은데 도무지 정체를 알 수가 없어서. 혹시나 교주님께서 보내신 호위무사가 아닌가 싶어서 여쭤보는 겁니다.”

“그런 일 없으니 바로 죽여도 무방하나.”

“알겠습니다, 교주님. 그 문제는 알아서 처리하겠습니다.”

천리마군이 물러가자 인마대제 혁영화는 바닥에 쓰러져 있는 시녀를 보면서 무슨 생각이 들었는지 전음으로 누군가를 찾았다.

“적마(赤魔)를 불러오너라.”

잠시 후 교주에게 전음이 들리며 교주 앞에 붉은 무복을 입은 자가 나타났다.

“부르셨습니까, 교주님?”

그의 등에는 천마를 상징하는 마룡(魔龍)이 황금 수실로 휘황찬란하게 자수되어 있었다. 이는 그가 교주의 명령만을 따르는 인물임을 뜻했다. 그는 교주의 앞에서도 복면을 한 채 얼굴을 드러내지 않고 있었다.

“서연이 주화입마에 빠진 이유가 극양뇌음단 때문이더냐?”

“예, 교주님.”

“얼마나 먹었기에 그 아이가 주화입마에 빠진 것이냐?”

“수중에 가지고 있는 절반을 섭취한 것으로 알고 있습니다.”

적마의 보고에 교주는 전음을 끊고 잠시 생각에 잠겼다.

‘절반이나? 그 아이는 정말 소림과 화산을 요절낼 생각이었던 게야. 하지만 그 정도로는 금선혈와로 통제가 가능할 터인데?’

“아무래도 그 아이가 가지고 있는 금선혈와에 문제가 있었던 게로군.”

“그렇습니다, 교수님. 하지만 다시 금선혈와를 찾았다 들었습니다. 그리고 천리마군의 보고처럼 걱정하실 문제는 아직 없습니다. 은밀히 환영비마대(幻影秘魔隊) 고수를 붙여뒀으니 큰일은 없을 것입니다, 교주님.”

“알았다.”

적마의 신형이 사라지자 인마대제 혁영화 교주는 다시 생각에 잠겼다.

‘멸문된 혈교의 출현에 공교롭게도 그 아이가 엮이는군. 이십 년 전 그때의 상황과 어찌 이리도 비슷한지……’

* * *

“뉘신지 모르겠으나 비켜주십시오. 이건 주가장의 일입니다.”

“홍! 주가장 따위가 감히!”

“문답무용(問答無用)이다. 칼을 뽑아라!”

“내가 원하던 바다.”

“잠시 멈추시오. 나는 청성의 옥소기라 하오.”

금방이라도 칼을 뽑을 것 같던 소란은 소위 명문정파라 일컫는 청성의 옥소기의 중재로 일시에 사그라졌다.

잠시 후, 옥소기가 점창 능운비와 두천, 주원덕과 정패를 데리고 안으로 들어왔다.

“사형, 여기 젊은 무사들이 어제 삼룡이란 사내들 직접 잡았답니다.”

옥소기가 말을 마치자 두천과 능운비가 왕진한에게 포권지례를 하며 서로를 소개했다.

모두의 소개가 끝나자 능운비가 말했다.

"왕 도장님의 고명은 연청 사부님께 익히 들었습니다. 도장께서 청성오검수의 으뜸이라고 말입니다."

"능 소협은 삼원검(三元劍) 연청 선배의 제자였군. 하지만 내가 오검수의 으뜸이라니 당치도 않네. 내 나이가 많아 일검 자리를 차지하고 있을 뿐이네. 껄껄!"

능운비의 웃는 얼굴과는 대조적으로 두천의 표정은 심기가 불편하다는 것이 겉으로 드러날 정도였다.

"왕 도장님, 저자는 도귀 삼협을 죽이고 주가장의 한철보검을 숨긴 산적 두목입니다. 그런데 저자를 잡은 저희들의 허락도 없이 이렇게 풀어주시면……."

위명(威名)이 낮은 두천은 명문정파인 청성, 그것도 청성오검수 중 으뜸인 왕진한에게 노골적으로 따질 수 없어 뒷말을 흐렸다. 하지만 그가 한 말의 의미는 충분히 전달되고도 남았다.

"내가 듣기론 저자는 어제 싸우지 않고 스스로 잡혔다고 했네. 게다가 오늘 내가 풀어주었는데도 저자는 오히려 도망쳤다고 오해받을까 봐 탁자에 앉지도 않던데, 이는 어찌 생각하는가?"

"그, 그거야……."

두천이 대답을 머뭇거리자 뒤에서 지켜보던 정패가 끼어들었다.

"왕 도장님, 저는 주가장의 일대제자 정패라고 합니다. 어제 저 삼룡이란 자와 시산노호가 내통하는 것을 본 사람이 한 둘이 아닙니다. 이는 시산노호와 저자가 한패라는……."

아미파의 방파에 불가한 주가장의 제자가 따지고 들자 옆에 있던 지평이 정패를 노려보며 소리쳤다.

"감히 주가장 일대제자 따위가!"

아무리 다른 문파라 할지라도 방파에 속한 제자는 지평 같은 정파의 적전제자에게 말을 함부로 하지 못하는 차이가 있었다. 실제 용천문 문주가 지평을 사형으로 대할 정도였으니까.

지평에게 대놓고 무시를 당하자 주가장 정패의 안색이 차갑게 굳어졌다. 하지만 이내 고개를 숙일 수밖에 없었다.

"지평아, 무례하구나. 벼는 익을수록 고개를 숙이는 법이다."

왕진한이 비록 지평을 나무라긴 했으나 형식적인 투에 그쳤다. 그러자 보고만 있던 능운비가 슬쩍 나섰다.

"옳고 그름을 억지로 결정하는 것은 문제가 있습니다. 이미 많은 사람들이 본 것을 되돌릴 수 없는 노릇인데……."

능운비의 말에 다시 지평의 안색이 차갑게 굳어졌다. 하지만 능운비가 점창의 제자라 무시하지 못했다.

주가장의 정패와 주원덕의 표징이 한층 밝아졌음은 말할 것도 없었다.

이를 보고 지평의 사부 왕진한은 그냥 웃으며 넘어가는 반면 옥소기는 참을 수 없는 모양이었다.

"삼원검 연청 선배의 검이 무뎌졌다고 하더니 그 소문이 사실이었나 보군. 제대로 가르치지도 않은 제자를 밖으로 내보내다니!"

듣기에 따라서는 아무리 정파 간이라고 해도 바로 검을 뽑아 생사결(生死決)을 신청할 법한 옥소기의 언행이었다.

이에 능운비가 고개를 숙이며 사과했다. 하지만 내용은 물러서는 게 아니었다.

"제가 선배님의 귀에 거슬리는 말을 했나 보군요. 죄송합니다, 선배님. 저는 사실을 있는 그대로 말하는 편이라서……."

건드리는데 가만있을 옥소기의 성정이 아니었다.

"지금 네 말은 나와 검이라도 섞어보겠다는 뜻인 것이냐?"

반면 능운비는 숙이는 척 대꾸했다.

"연청 사부님께 검의 높고 낮음은 나이로 구분하지 않는 것이라 배웠습니다만."

명문정파 간의 생사결까지 갈 것처럼 일이 커지자 주가장의 정패와 주원덕은 적잖이 당황한 표정이었다. 아무래도 두 명문정파가 주가장의 문제로 싸우게 되는 것은 반길 일이 아니었으니까 말이다.

옥소기가 등에 메고 있던 검에 손을 뻗으려는 순간, 지평이 먼저 검을 뽑고 나섰다.

"사숙님을 모욕하는 것은 나를 모욕하는 것과 같다! 능운비, 검을 뽑아라!"

이에 능운비가 손짓으로 주위에 있던 사람들을 뒤로 물리며 말했다.

"청성의 검이 성급하다더니, 과연 소문대로군요."

능운비마저 검을 뽑으면 금방이라도 서로를 향해 검을 휘두를 것 같은 긴장된 순간이었다. 하지만 어이없는 곳에서 긴장된 분위기가 깨지고 말았다.

"아, 진짜, 싸우려면 나가서들 싸워요. 왜 먼지 나는 이 좁은 데서 싸우겠다고 난리에요?"

분위기를 깨는 목소리의 주인은 삼룡이었다.

그는 왕진한의 내력이 실린 웃음소리에 머리를 쥐고 흔들던 이전의 모습은 온데간데없었다. 그뿐만이 아니라 벌써 죽 한 그릇과 소고기 한 근을 뚝딱 해치우고, 한 손에는 양고기 꼬치를, 또 다른 손에는 술잔을 들고 있었다.

모두의 어이없는 시선이 삼룡에게로 향하자 삼룡이 꼬치든 손으로 삿대질을 하며 말했다.

"먹는 거 처음 봐요? 먹고 싶으면 여기 있는 꼬치 하나씩 먹든가."

입에 잔뜩 내용물을 넣은 상태로 말을 마친 삼룡이 목이 마른지 술잔을 기울였다.

"스읍, 하! 이 집 백수는 맛이 끝내주는군. 이 맛있는 백주를 어젯밤 내내 지들끼리만 먹다니!"

삼룡이 말에 찔려 발끈하는 것은 어제 술자리를 제안했던 주가장의 호위무사 정패였다.

"악행을 일삼고 목숨 따위를 구걸한 무인과 나눌 술은 없다!"

정패의 호통에 삼룡이 주가장 일공자 주원덕을 슬쩍 쳐다보며 말했다.

"자신이 산적에게 당하고서 무고한 사람에게 뒤집어씌운 것보다는 그냥 항복하는 게 낫지 않나? 남한테 피해를 준 것도 아닌데."

삼룡이 주가장 일공자를 비꼬자 정패가 말까지 더듬으며 발끈했다.

"우, 우리 일공자님께서 거짓말이라도 했다는 것이냐, 지금?"

"당신이 그렇게 당당한 걸 보니 그 일공자님이라는 분은 평생 거짓말을 하지 않고 살았나 보군요?"

"그, 그……."

정곡을 찌르는 삼룡의 말에 정패가 머뭇거리자 삼룡을 제일 못마땅하게 여기고 있는 제호창 두천이 나섰다.

"정말 간사한 도적이로군. 어제는 내시처럼 벌벌 떨더니 오늘은 마치 장군처럼 떠드는구나."

우렁찬 두천의 목소리가 퍼지자 객잔 안 사람들의 시선이 자연스레 그에게 향했다.

"오늘은 네 편을 들어주는 사람이 있어서 큰소리치는 것이겠지? 하지만 네놈이 산적질하는 것을 직접 봤다는 증인이 있다. 지금 우리가 그 사람을 데리러 갔다 오는 길이지. 그 사람을 보고도 네놈이 큰소리칠 수 있는지 한번 보자꾸나!"

"데려오세요! 난 떳떳하니까!"

삼룡의 큰소리치자 두천이 초로(40세)의 꼽추사내를 데리고 들어와 삼룡과 대면시켰다.

삼룡은 처음 보는 꼽추의 얼굴을 보고 심각하게 생각하지 않은 반면, 꼽추는 삼룡을 보자마자 충격을 받은 듯 허탈한 표정을 지었었다.

"저자가 누군지 알아보시겠소?"

두천의 말에 순간 눈을 붉히며 고개를 끄덕이는 꼽추사내였다.

"두 대협, 어찌 제가 저자의 얼굴을 잊겠습니까? 전 저자의 얼굴을 단 한시도 잊은 적이 없습니다. 저자는 목리(木理) 부근 미양산의 산적 두목 삼룡이라는 놈입니다. 일 년 전 처자와 함께 상행을 가다 물건과 처자를 모두 뺏긴 산적들의 두목이 바로 저자입니다. 크흐흑!"

꼽추는 말을 하다 말고 감정에 복받쳐 연신 눈물을 글썽이며 삼룡을 원망하듯 쳐다봤다. 물론 삼룡은 황당하다는 표정이었지만.

"야, 이 산적 놈아! 물건만 뺏었으면 됐지 나이 어린 내 처자는 왜 뺏은 것이냐?"

"내가 언제?"

"그때 내가 꼽추 병신이라 처자가 불쌍하다면서 뺏어갔지 않았느냐? 네가 여기 있는 걸 보니 분명 내 처자를 기루에 팔아먹은 게로구나! 불쌍한 내 처자는 이제 어디 가서 찾으란 말이냐? 흑흑흑!"

꼽추의 등장으로 분위기가 삼룡에게 몹시 불리하게 돌아가고 있었다. 청성 도장들이 삼룡을 보는 눈빛도 크게 다르지 않았다.

삼룡은 황당한 표정으로 꼽추의 표정을 살피며 되물었다.

"이보쇼, 그때 내가 무슨 옷을 입고 무슨 무기를 들었으며, 산적 몇 명을 데리고 있었단 말이오?"

그러자 꼽추는 기다렸다는 듯이 답했다.

"이놈아, 네놈들이 자리를 떠날 때까지 고개도 들지 못하게 한 것을 잊었더냐?"

이에 삼룡이 배시시 웃으며 다시 물었다.

"그럼 내 얼굴은 어찌 기억하시오?"

"그, 그것은……."

꼽추사내가 대답을 제대로 못하고 당황하자 재빨리 능운비가 그의 말을 이어받았다.

"그전에 봤을 수도 있겠죠."

능운비의 말에 꼽추가 재빨리 무릎을 치며 동조했다.

"맞습니다, 능 대협! 산에서 처음에 나타날 때 본 얼굴을 기억한 겁니다. 산적 두목을 직접 마주하니 말도 제대로 나오지 않는군요."

꼽추사내가 눈물을 섞어가며 말하자 그를 의심하는 사람은 거의 없었다. 이에 삼룡은 천장을 쳐다보며 말했다.

"내가 하지도 않은 산적질을 했다는 사람이 있으니 내 몸이 두세 개쯤 되나 보군."

그러자 정패가 삼룡을 손가락질하며 소리쳤다.

"어제는 수많은 사람 앞에서 요녀와 내통하고서도 잡아떼더니 오늘은 네게 산적질을 당한 사람이 있는데도 잡아떼는구나! 내 당장 너의 목을 쳐서 도귀 삼협의 원혼을 달래주겠다!"

정패는 일부러 크게 동작을 취하며 검을 뽑았다. 이는 옆에 있는 주원덕보고 말리라는 뜻이었다.

아니나 다를까, 주원덕이 서둘러 정패의 팔을 잡고 말렸다.

"정패 아저씨, 참으세요. 일이 이렇게 된 이상 저자라도 잡아서 아미로 데려가야 합니다."

주원덕이 잡아주기를 기다린 정패는 아쉽다는 표정으로 검을 검집에 되넣었고, 처음부터 지켜본 청성의 왕진한은 삼룡의 편을 들 수도 없어 가만히 지켜볼 뿐이었다.

그때였다. 별안간 꼽추가 품에서 숨겨둔 단도를 꺼내 들고 삼룡의 가슴을 향해 달려들었다.

"내 처자의 원수! 네 너를 죽이고 나도 죽겠다!"

갑작스런 공격이었지만 지평의 검이 먼저였다. 지평의 검이 꼽추의 단검을 쳐내자 꼽추는 그 자리에 주저앉아 가슴을 치며 울부짖었다.

"도사님들, 왜 복수도 못하게 하는 겁니까? 산적 놈을 죽이고 저도 죽겠습니다! 그러니 제발 저놈을 내 손으로 죽이게 그냥 두십시오!"

꼽추의 울부짖는 모습만 보면 삼룡이 그에게 산적질을 했을 거라는 생각이 강하게 들었다.

이를 안쓰럽게 생각한 옥소기가 안타까운 표정으로 위로했다.

"자네의 딱한 사정은 알겠네만, 우리도 사정이 있다네."

옥소기의 말에 꼽추는 울먹이는 걸 멈추고 고개를 들었다.

"지금 그 말씀은 나중에라도 기회를 주시겠다는 말씀이십니까?"

"자네뿐이겠는가? 주가장에게도 기회를 줄 것일세. 단, 우리가 원하는 것을 알아낼 때까지만 참아주게."

옥소기가 그의 사형을 쳐다보자 왕진한도 할 수 없이 고개를 끄덕였다.

만두를 먹고 싸움을 구경한 죄로 온갖 죄를 뒤집어쓴 삼룡. 그는 묶인 채로 마차에 실려 아미산으로 끌려가는 신세였다.

청성의 왕진한과 옥소기, 그리고 지평은 감시와 보호란 명목으로 삼룡의 옆에 앉아 있었고, 삼룡에게 원한을 진 꼽추가 마차를 몰고 있었다.

마차 앞뒤로는 주가장의 무사들과 점창 능운비, 그리고 제호창 두천이 말을 타고 따라오고 있었다.

"이보게, 삼룡이. 태청검보가 어디 있는지 알려주게."

간절한 왕진한의 말에도 삼룡의 굳게 다문 입은 열리지 않았다. 하지만 왕진한은 포기하지 않고 다시 물었다.

"그럼 혈향시독에 들어간 재료라도 알려주시게. 성도로 향한 내 사제의 상태가 점점 나빠지고 있다는 전갈이네. 오사제는 우리 청성의 기둥이야. 그러니 내가 이렇게 부탁하겠네."

"저기… 왕 도장 어르신."

드디어 삼룡이 힘겹게 입을 떼자 왕진한이 반색했다.

"그, 그래, 무슨 말이든 해보게."

"그렇게 오랫동안 말씀을 하셨으니 말인데요."

삼룡의 심경에 변화가 있을 것 같은 모습에 옆에 있던 옥소기와 지평도 귀를 기울였다.

"뭐 좀 먹고 가죠?"

이에 옥소기가 그럴 줄 알았다는 반응이었다.

"그럼 그렇지. 저 걸신 자식, 또 먹는 타령이야. 대체 저렇게 처먹기만 하는 놈은 난생처음이네. 사형도 이제 포기하세요. 열흘 동안 저놈한테 쏟아 부은 은자만 다섯 냥입니다, 다섯 냥!"

옥소기의 언성이 올라갔지만 왕진한은 마부석의 꼽추를 불렀다.

"천보라고 했나?"

왕진한의 부드러운 목소리에 꼽추가 힐끗 돌아보며 대답했다.

"네, 왕 도장 어르신."

"미안하네만 객잔이 나오거든 들렀다 가세."

"저 산적 놈이 또 배가 또 꺼졌군요. 알겠습니다."

길가에 인접한 객잔이 보이자 천보는 바로 객잔으로 달려가 마차를 세웠다.

마차가 객잔에 멈춰 서자 주가장 사람들과 능운비, 두천은 객잔에 들어가지 않고 말에서 내린 다음 자연스럽게 나무 그늘로 향했다.

주가장의 호위무사 정패가 주원덕에게 눈짓을 하자 주원덕은 머리를 긁적이며 두천에게 미안한 표정으로 다가와 말을 붙였다.

"두천 형님, 객잔에 들어가서서 차라도 한잔 드시죠?"

주원덕의 말에 두천이 대번 손사래를 쳤다.

"됐네. 이제 객잔만 들어서도 지긋지긋하네. 벌써 말을 타고 닷새쨌데도 고작 삼백 리를 왔어!"

"그러게요, 형님. 도대체 이게 몇 번째 객잔인지 모르겠습니다. 아무래도 보이는 객잔마다 전부 들를 참인 거 같습니다."

"그래도 어쩌겠나? 청성 도장들이 저렇게 산적 놈 손에 쥐락펴락 안절부절못하니. 쯧쯧쯧!"

두천이 열심히 삼룡의 뒷바라지를 하고 있는 청성 사람들을 보고 혀를 차자 모두들 그를 따라 혀를 챘다.

그도 그럴 것이, 삼룡은 묶여 있다뿐이지 거의 황제나 다름없었다.

삼룡이 지금 묶여 있는 줄도 왕진한이 풀어주겠다고 했는데도 불구하고 삼룡 스스로 거절한 것이다. 아무튼 그 때문에 고생하는 것은 왕진한의 제자 지평이었다.

지평은 황궁의 시녀처럼 음식이 나오는 족족 젓가락을 이용해 고스란히 삼룡의 입에다 넣어줘야 했다.

반면 삼룡은 입만 움직이면 되었다.

"목마르니 차를 주세요!"

삼룡이 차를 달라고 하자 지평이 재빨리 뜨거운 찻잔을 입으로 불어 식힌 다음 삼룡의 입으로 가져갔다.

"앗, 뜨거!"

'그럴 리가 없는데? 분명 미지근했는데?

왕진한이 지평에게 눈길을 주자 지평이 재빨리 사과했다.

"죄송합니다, 삼룡 대협. 다시 식혀 드리겠습니다."

며칠 새 지평이 삼룡을 부르는 호칭은 대협으로 바뀌어져 있었다.

"아니, 그건 되었구요, 소홍주나 한잔 주세요."

삼룡이 원하는 대로 소홍주를 따라 입에 넣어주자 바로 삼룡의 다음 요구가 시작됐다.

"이번엔 고기. 아니, 그렇게 고기만 집어주면 퍽퍽하잖아요. 소채하고 같이 집어줘요."

그렇게 한참의 식사가 끝나고서야 삼룡이 나시 마차에 올랐다.

이를 지켜보던 두천이 머리를 짚으며 따라 일어섰다.

"자, 일어들 섭시다. 그래도 이번엔 일찍 식사가 끝나서 다행입니다. 이제 얼마 남지 않았으니 다들 기운 냅시다."

두천의 독촉에 말에 오르는 주가장의 무사들이었다.

*   *   *

아미산 입구에 있는 청음객잔. 십여 일 전부터 정파와 사파를 가리지 않고 온갖 무림인들이 몰려들어 자리를 잡더니 이제는 그 수가 이백이 넘어섰다.

청음객잔의 최대 수용 인원이 백여 명 정도인 탓에 여기저기서 자리다툼이 일어나는 것은 당연지사였다.

그 싸움 대부분이 정파와 사파 간의 다툼이었는데, 이는 정파와 사파가 객잔을 반으로 나누어서 쓰기로 함으로써 일단락되었다. 하지만 하루가 가고 이틀이 지나가자 여기저기서 다른 불평이 또 생겨났고, 그 때문에 다툼이 시작되었다.

하지만 그것도 시간이 지남에 따라 서로가 다투기도 피곤한지 애써 피하는 모습들이었다.

이른 아침부터 반으로 나뉜 객잔 자리를 차지한 무림인들의 얼굴은 하나같이 따분하고 지루한 표정이었다. 이는 객잔 입구에 자리 잡은 공동파의 삼음 진인(三陰眞人) 이중완도 마찬가지였다.

쿵!

답답함에 못 이겨 이중완이 탁자를 내려쳤지만 이를 특별하게 쳐다보는 이는 아무도 없었다.

단지 반대편 탁자에 앉은 사황성의 금도왕(金刀王) 양위가 이를 보고 못마땅한 듯 대놓고 인상을 찌푸리다가 자신도 탁자를 내려쳤다. 하지만 상황은 여기서 끝이었다. 더 싸우거나 험악해지지 않았다.

이때 객잔 입구에 기대어 하늘이 꺼지도록 한숨을 쉬는 인물이 있었다.

"하아아아!"

그는 거지 차림이었다.

"대체 언제까지 기다려야 한단 말인가? 무작정 기다린 지 열흘하고도 닷새가 지났건만. 분명 그자가 여기를 지날 거라고 했는데 왜 안 오는 거냔 말이야?"

그는 고추(高皺)라는 이름의 젊은 거지였다. 허리춤에 달린 매듭—달랑 세 개였다—으로 보아 그가 개방 출신이라는 것을 알 수 있었다. 그의 옆에는 매듭 두 개인 거지 서너 명이 함께 자리를 잡고 있었다.

보통 개방의 거지들은 햇볕을 쬐며 낮잠을 즐기고 여유롭게 보내는 것을 제일 좋아하는데, 이 젊은 거지는 한가롭게 시간을 보내면서도 오히려 한숨을 푹푹 내쉬고 있었다.

"젠장, 일찍 아미로 들어가기 전에 길목을 막으라더니!"

하늘을 처다본 고추는 하늘까지 원망했다.

"아, 하늘은 왜 또 꾸물꾸물한 거야? 잠잘 곳도 마땅치 않은데. 에이, 안 되겠다. 천막이라도 쳐놓으라고 해야지. 니들은 잘 보고 있어. 그놈 나타나면 재깍 달려오고."

옆의 거지들에게 지시하고 일어선 고추는 뒷짐을 지고 객
잔 뒤로 걸음을 옮겼다.

그가 객잔 건물을 돌아가니 상거지 차림의 거지 수십 명이
퍼질러 앉아 졸고 있었다.

순간 이들이 괘씸해지는 고추였다.

"새끼들이 분타주인 나는 눈이 벌겋게 충혈되도록 일하고
있는데 이것들은 아주 팔자 좋게 늘어져 있네. 일어나! 어쭈,
안 일어나? 이것들이 요즘 풀어줬더니 아주 살 만한가 보지?"

고추의 목소리에 자고 있던 거지들이 하나둘 깨어나자 고추
는 기다렸다는 듯이 발로 거지들의 옆구리를 갈기기 시작했다.

고추에게 옆구리를 맞고 고꾸라지는 거지들은 모두 개방
의 일결제자들이었다.

일결제자 중에는 고추보다 나이가 많아 보이는 거지도 있었
지만, 두들겨 맞으면서도 반항할 생각은 조금도 하지 않았다.

왜냐하면 매듭이 하나인 그들에게 매듭 세 개인 감락(甘洛)
분타주 고추는 하늘과도 같은 존재였으니 불평을 할 수가 없
었던 것이다.

한 식경 정도의 구타가 이어지고서야 감락 분타주 고추의
발길질이 멈춰졌다.

"비 오기 전에 천막 쳐놔! 못 쳐놓으면 니들 잠은 다 잔 줄
알어. 아, 오랜만에 몸 좀 풀었더니 이제 좀 개운하네."

듣기로는 일부러 트집을 잡아 구타를 한 것처럼 들리는 고
추의 언행이었다.

이에 심통이 난 일결제자 하나가 뒤에서 수근거렸다.

"당주님이 분타주님보고 직접 지키라고 해서 그런 거지, 우리들을 생각해서 그런 건가, 뭐."

작게 속삭이는 정도의 목소리였지만 이를 못 들을 그가 아니었다.

"어떤 새끼가 내 욕했어? 나와! 안 나와? 이 새끼들, 오늘 날 잡자, 잡어!"

고추가 굵직한 몽둥이를 집어 들자 상황이 다시 험악해지고, 일결제자들은 사색이 되어갔다.

하늘이 도왔는지 이결제자 하나가 때마침 뛰어오며 소리쳤다.

"헉헉, 고 분타주님, 옵니다! 와요!"

이결제자의 말에 고추는 황급히 되물었다.

"정말이냐, 태청검보를 가진 자가 이쪽으로 오는 것이?"

"네, 분타주님! 확실합니다. 주가장 무사들과 청성 사람들이 그자를 마차에 태우고 오고 있습니다."

"알았다. 가자!"

고추가 이결제자들과 사라지자 사색이 되어 있던 일결제자들은 모두 안도의 한숨을 내쉬었다. 하지만 오늘 밤이 두려운 그들이라 바로 한숨이 내쉬어졌나.

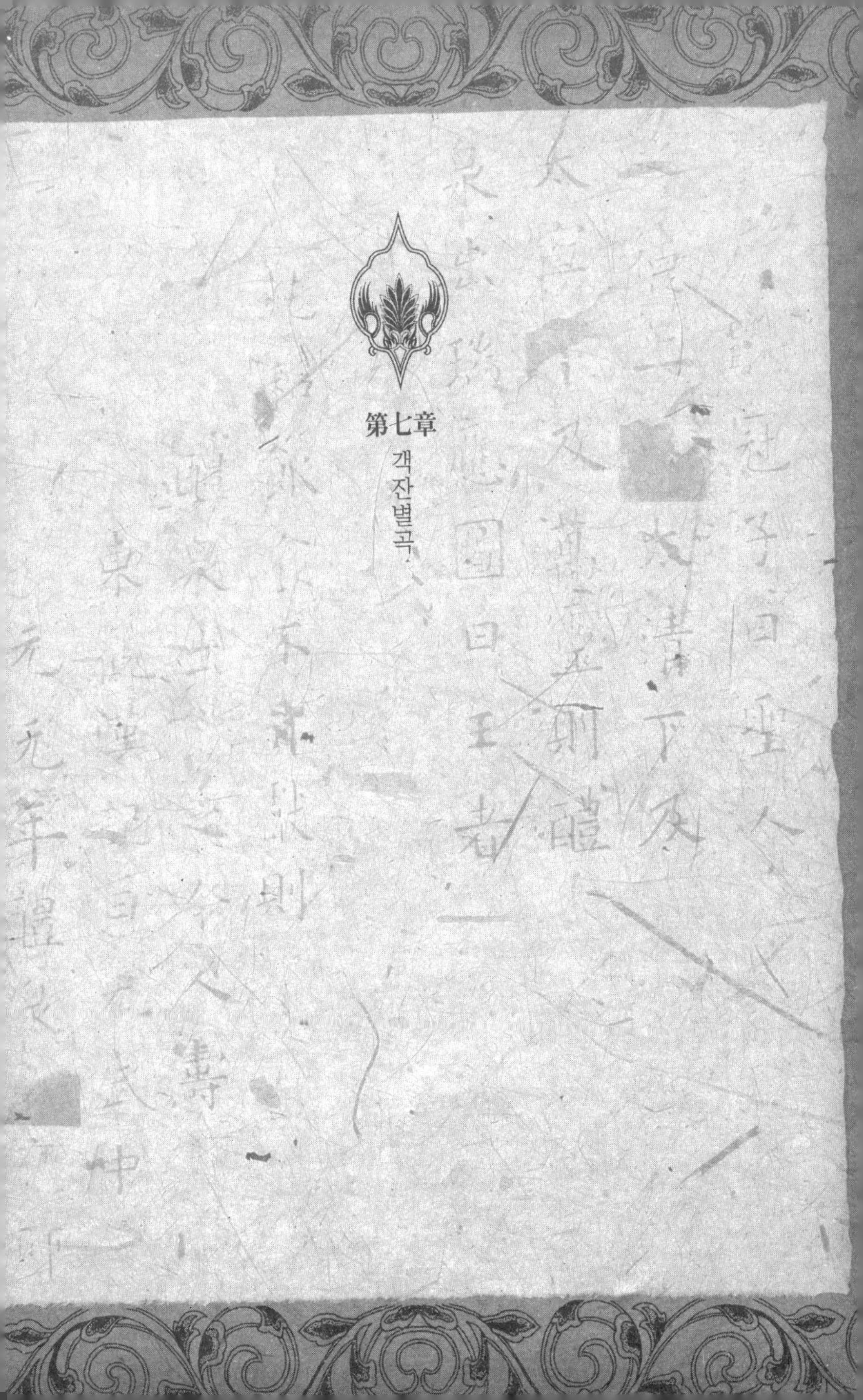

第七章

객잔별곡

허허실실 虛虛實實

달그락! 달그락!

삼룡을 태운 마차가 청음객잔을 목전에 두고 멈춰 섰다. 이는 마차를 이끄는 주가장 호위무사 정패의 지시에 의해서였다.

청음객잔을 바라보는 정패의 시선은 꽤나 당황한 듯 보였다. 그도 그럴 것이, 수많은 무인들이 양쪽으로 패를 나눠 자신들을 마중 나와 있는 것처럼 쳐다보고 있었으니 당황할 만도 했다.

"저, 저 많은 사람들은 대체……?"

강호를 남들만큼은 안다는 정패였지만 눈앞에 펼쳐진 상황은 난생처음이었다. 그의 눈앞에는 정파와 사파를 아우르는 별의별 독종 무인들이 진을 치고 기다리고 있었다.

"저자는 환영문 홍랑(紅狼), 또 저자는 오독문 독각화선(毒角花仙), 그 옆은 백운산장 삼안통(三眼通), 그리고 저기 키가 팔 척이 넘는 자들 사이에 있는 여자들은 도화궁 화삼랑(花三娘)……."

정패가 놀라고 있는 것은 자신이 알고 있는 독종 무인들이 대부분 다른 무림인들에게 기가 눌려 있다는 것에 이유가 있었다. 이를 두천과 능운비가 바로 확인시켜 줬으니.

먼저 두천이 사파의 인물들을 보고 입을 열었다.

"십 년 전에 은거한 사왕문(蛇王問) 칠노(七老)가 강호에? 설마 칠노를 거느리고 있는 이는 봉황성 음양쌍랑(陰陽雙娘)? 그 옆은 사황성 금도왕(金刀王), 천응교 적미염(赤眉炎)! 만나면 서로 죽일 듯이 싸운다던 이들이 한자리에 모여 있어!"

능운비가 이에 질세라 정파의 인물들을 줄줄이 열거하자 정패의 머릿속은 점점 하얗게 변해갔다.

그때였다. 뒤에 있던 마차에서 꼽추 천보의 목소리가 들렸다.

"청성 도장님께서 객잔이 나왔는데 안 가고 뭐 하냐고 여쭤보라 하시는데요."

천보의 얘기에 정패는 설마하는 생각으로 뒤를 돌아보았다. 아니나 다를까, 지평이 객잔으로 향하라는 손짓을 하고 있었다.

'설마 저 독종들을 보고서도 객잔엘 들르겠다고?

정패가 손가락으로 객잔을 가리키자 청성의 지평이 재빨리 고개를 끄덕였다. 게다가 삼룡이까지.

"아, 배고파! 왜 객잔을 앞에 두고 가지를 않는 거야?"

'저 걸신 자식은 처먹은 지 얼마나 됐다고. 만두랑 육포도 잔뜩 사둔 것을 이 두 눈으로 똑똑히 봤는데.'

오도 가도 못하고 당황하는 정패를 보고 능운비가 독려했다.

"걱정하실 것 없습니다. 어차피 아미파까지 산적을 보호하는 건 저기 청성 도장들의 몫일 테니까요. 그리고 우리는 이전처럼 객잔 밖에 있으면 됩니다."

능운비의 적절한 지적에 제 안색을 찾아가는 정패였다.

"그렇군요. 알겠습니다, 능 대협. 자, 출발!"

*　　　*　　　*

청음객잔 앞에서 마차 쪽을 지켜보는 무림인들도 저마다 왜 마차가 출발하지 않는지에 대해 불평을 하고 있었다.

"대체 왜 멈춘 거야?"

"아무리 청성오검수라도 이 많은 무림인들을 보고 겁먹지 않는 게 이상한 게지."

"근데 주가장 애송이들 사이에 있는 저 점창 도사는 뭐야? 설마 점창과 청성, 아미가 서로 힘을 합친 건가?"

"아무래도 그럴 가능성이 크지. 코앞에 있는 아미가 지금

까지 모습을 드러내지 않고 있는 것도 어쩌면 그 때문일지도
모르고 말이야."

"어, 어, 온다."

잠시 후 마차가 출발하자 수많은 무림인들은 저마다의 계
산으로 침묵하며 객잔 안으로 향했다.

물론 객잔에 자리가 없는 무림인들은 개방 거지들처럼 객
잔 밖에서 죽치고 있어야 했지만.

감락(甘洛) 분타주 고추 또한 비장한 표정으로 부분타주와
분타 호법들을 대동하고 객잔 입구로 향했다.

잠시 후 삼룡을 태운 마차가 객잔 가까이로 다가오는 소리
가 들리자 객잔 안의 무인들은 말없이 귀만 기울이고 있었다.

푸르륵! 푸르륵!

말 투레질 소리와 함께 마차가 도착하고 얼마 안 있어 삼룡
의 목소리가 객잔 안까지 들렸다.

"아, 배고파요, 배고파!"

"잠시만 참으세요, 삼룡 대협. 먼저 가서 주문할게요."

큰 소리치는 삼룡에게 청성파의 지평이 쩔쩔매자 이를 눈
앞에서 보는 개방 고추의 눈이 저절로 껌벅였다.

'대협? 청성의 수제자가 산적 두목을 대협으로 불렀어. 청
성오검수의 일검과 이검은 이를 지켜보고만 있고. 당주님이
말씀하신 것보다 더 위험한 놈인 거 아냐?

정보가 생명인 개방의 고 분타주가 본 삼룡의 첫인상은
위험해 보이는 고수였다. 물론 얼마 안 가 그 환상이 깨지겠

지만.

그러거나 말거나 삼룡보다 일찍 마차에서 내린 지평이 쏜 살처럼 객잔 안으로 뛰어들었다.

객잔 안으로 들어온 지평은 저도 모르게 눈썹이 찡그려졌다.

'이런, 자리가 없어. 저 걸신 자식은 절대 그냥 가겠다고 할 놈이 아닌데 어쩌지?'

지평이 난감해하고 있을 때 뒤따라온 청성의 왕진한과 옥소기, 그리고 마차를 몰았던 천보가 삼룡을 데리고 객잔 안으로 들어섰다.

그러자 지평이 재빨리 객잔 주인을 붙들고 늘어졌다.

"주인장, 여기서 꼭 식사를 하고 가야 하니 자리 좀 만들어 주십시오. 값은 넉넉하게 쳐드리겠습니다."

객잔 주인은 별것 아니라는 듯이 자연스럽게 뒤쪽을 가리키며 말했다.

"방금 자리가 생겼습니다, 손님."

객잔 주인의 말에 지평이 뒤돌아보니 자리를 잡고 있던 무림인들이 돌연 자리를 비우는 것이 눈에 들어왔다.

비켜나는 사람들이 사의에 의해서 비키는 것이 아닌 것쯤은 지평도 알고 있었다.

그것도 다행이라고 여긴 지평은 재빨리 주문하고는 탁자로 왕진한 일행을 안내했다.

왕진한과 옥소기는 평소에 안면이 있는 무림인들이 인사를 해오자 간단하게 포권만 하고는 자리에 앉았다.

시선을 둘 곳이 없어 잠시 다른 곳을 쳐다보던 객잔 안 무림인들은 왕진한 일행이 자리에 앉자마자 노골적으로 쳐다보기 시작했다.

절정에 근접한 정파와 사파를 아우르는 수많은 무림인들의 심상치 않은 시선이 쏠렸음에도 왕진한과 옥소기의 기도(氣度)는 보통 때처럼 태연했다. 반면 청성의 지평은 그러한 시선과 기운을 부담스러워했다.

'대체 이 숨 막히는 기운들은 뭐야? 모두 검만 안 들었다 뿐이지 꼭 생사결이라도 펼치는 것 같잖아?'

사파 고수들의 사이한 기운 사이에서 눈치를 보던 지평의 눈에 전혀 위축됨이 없는 삼룡과 천보가 들어왔다.

'천보라는 사람은 무공을 모른다고 쳐도, 저 걸신 자식은 무공을 알면서도 태평이네. 암튼 똥배짱 하나는 알아줘야 하는 놈이라니까.'

객잔 실내에 흐르는 팽팽한 긴장감은 점소이가 요리를 가져옴으로써 바뀌는 듯했다.

지평은 늘 그랬던 것처럼 삼룡의 음식 시중을 들고 있었고, 마차를 모는 천보는 그 옆에서 간단히 식사를 했다.

여기까지는 지금까지 지나쳐 온 객잔에서 그래왔던 것과 별다른 차이가 없었다. 문제는 주문한 음식이 늦어 점소이를 대신해 천보가 주방으로 사라진 다음이었다.

돌연 삼룡이 음식을 먹다 말고 얼굴색이 시커멓게 변하기 시작한 것이다.

"크헉! 흐헙!"

시커멓게 변하는 삼룡의 얼굴을 제일 먼저 발견한 것은 그의 음식 수발을 드는 지평이었다.

'이 자식, 또 연극을! 아, 치사한 놈! 이번엔 또 뭘 가지고 트집을……'

그사이 삼룡의 얼굴이 눈에 띄게 검게 변해갔음에도 지평은 놀라는 기색이 없었다.

'이 자식, 정도껏 해라. 가뜩이나 분위기도 안 좋은데. 할 수 없지. 장단에 맞춰주는 수밖에.'

"삼룡 대협, 사레라도 걸리셨어요?"

지평의 목소리에 놀란 왕진한이 쳐다보니 삼룡의 얼굴이 시커멓게 죽어가고 있는 것이었다.

"어찌 된 것이냐?"

그러자 지평은 삼룡이 방금 먹은 요리가 담긴 접시를 가리키며 대답했다.

"이 음식을 먹고 이리됐습니다, 사부님."

왕진한은 전에도 이런 일이 있었던 것처럼 익숙하게 삼룡의 혈도를 짚고 그의 몸을 살폈다. 하지만 삼룡을 모르는 다른 무림인들은 이 상황을 대단히 심각하게 받아들였다.

아니나 다를까, 객잔 안이 소란스러워졌다.

"대체 어느 놈이 정보를 캐내기도 전에 독을 쓴 거야?"

"정보를 미리 빼돌린 놈의 짓이 분명해."

"독이라면 오독문 짓이겠지?"

독을 즐겨 쓴다는 이유로 졸지에 의심을 받은 오독문 독각 화선이 가만있을 리 없었다.

"언제부터 독은 오독문만 썼다는 거야? 아무 증거 없이 날 의심하는 놈은 가만 안 두겠어!"

"그럼 대체 어떤 놈이야?"

"주방이다. 주방에서 누군가가 손을 쓴 것이 분명해!"

모두의 시선이 주방으로 향한 그 순간, 꼽추 천보가 주방에서 접시를 가지고 나왔다. 모든 객잔 무인들의 시선이 자기에게로 향하자 천보는 당황했다.

"접시를 내놔라!"

순간 오독문의 독각화선이 신법을 써서 천보의 접시를 빼앗으려 했다. 하지만 그에 앞서 공동파 삼음 진인의 손길이 먼저였다.

"삼음 진인, 독은 내가 좀 아니 한번 확인해 보겠소."

"독 쓰는 놈의 말을 어떻게 믿어?"

"하지만……!"

자신의 눈 밖에 나면 꼭 죽이고 만다는 오독문의 독각화선이었지만 위명이 자자한 공동파의 삼음 진인 앞에서는 그의 표독스런 성격도 소용없었다.

이번엔 뒤쪽에 있던 홍염문의 혈두타가 천보의 접시를 빼앗으려 하자 종남 태을 진인이 그를 막았다. 그러자 잠잠했던

정파와 사파의 다툼이 눈에 띄게 늘어나는 것은 물론이고 정
파 간이나 사파 간의 다툼도 벌어지려 했다.
　쥐 죽은 듯 조용했던 객잔이 순식간에 서로 칼을 휘두르기
일보 직전의 상황으로 변해가는 그때였다.
　“이보게, 삼룡이. 이제 괜찮은가?”
　왕진한의 목소리에 모두 다툼을 멈추고 삼룡이 있는 쪽을
쳐다봤다. 그곳에는 사색이 되어 있던 삼룡이 그새 원래의 얼
굴색으로 되돌아와 있었다.
　“네, 괜찮습니다. 목에 음식이 걸리는 바람에…….”
　순간 삼룡을 보는 지평과 옥소기가 그럴 줄 알았다는 듯 고
개를 끄덕였다.
　삼룡이 멀쩡하게 자리에 앉자 접시를 빼앗으려 했던 무림
인들은 제자리로 돌아갈 수밖에 없었다.
　지평이 멍청히 서 있는 천보를 불렀다.
　“별일 아니니 이리 가져오세요.”
　지평의 부름에 천보가 접시를 가져오자 지평은 천보가 가
져온 요리 접시에서 일부러 제일 작은 고기 한 점을 골라 삼
룡에게 먹이려 했다.
　‘요 정도 크기는 목에 걸렸다고 못하겠지.’
　지평의 음식을 십은 젓가락이 삼룡의 입에 막 들어가려는
참이었다. 순간 때가 꼬질꼬질 묻은 손이 지평의 손길을 막았
다.
　“지 도장, 잠시만!”

지평을 막은 이는 개방 감락 분타주 고추였다.

"이 음식에 진짜 독을 썼을지도 모르니 내가 가진 은침으로 확인하는 것이 좋겠소."

자신의 손을 막은 이가 감락 분타주인 것을 확인한 지평이 기분 나쁘다는 듯이 응수했다.

"고 분타주가 이 자리에 있는 이유는 대충 짐작이 가지만 지금 행동은 도저히 납득되지 않습니다."

청성의 수제자인 지평은 개방으로 치자면 오결이나 사결 제자쯤 되는 배분이었다. 따라서 고추가 다른 곳에서 지평과 마주쳤다면 의당 지평을 선배 이상의 대접을 해야 하는 것이다.

게다가 왕진한과 옥소기까지 심상치 않은 눈빛으로 쳐다보자 당황스러운 것은 감락 분타주 고추였다.

"하, 하하!"

부분타주들이 보고 있는 상황에서 뒤로 물러설 수도 없는 고추는 겸연쩍은 웃음으로 넘기려 했다. 그 순간 삼룡이 기다렸다는 듯이 고추의 편을 들었으니,

"혹시 모르니 확인하게 두세요. 여기 험상궂게 생긴 분들도 많고, 그사이에 혹시 무슨 일이 벌어졌는지 모르죠. 아니면 나한테 원한이 맺힌 저 천보라는 사람이 독을 넣었을 수도 있잖아요."

삼룡의 말에 꼽추 천보가 멈칫거리는 사이 감락 분타주 고추가 은침을 꺼내 들고 재빨리 음식에 찔러 넣었다.

순간 모든 무림인들의 눈이 고추가 들고 있는 은침으로 향했다. 뒤이어 은침의 색을 제일 먼저 발견한 자가 소리쳤다.

"검은색!"

"도, 독이다!"

놀랍게도 고추가 빼 든 은침은 검은색을 띠고 있었다. 그러자 가만히 지켜보고 있던 공동파의 삼음 진인이 소리쳤다.

"흥, 청성이 저자를 독살시키려는 것이로군."

"뭣이!"

이를 듣고 있던 청성의 옥소기가 발끈했다.

"지금 한 그 말을 공동파가 책임질 것이오?"

"그, 그야……."

옥소기의 추궁에 공동의 삼음 진인은 머뭇거릴 수밖에 없었다. 삼룡이 독살당한다면 가장 먼저 의심받는 것이 청성이었으니, 그런 위험을 무릅쓰고 독살하리라고는 그도 생각지 않았던 것이다.

이때 천응교의 적미염이 특유의 붉은 눈썹을 꿈틀거리며 말했다.

"저 꼽추가 독이 담긴 접시를 가지고 왔으니 우선 저자부터 족치면 될 것이오."

평소 천보를 불쌍히 여긴 청성의 옥소기가 발끈했다.

"억측이오. 천보가 비록 저 산적에게 원한을 가지고 있지만 죽이려고 마음먹었으면 벌써 시도했을 것이오. 게다가 우리 청성에서 복수할 기회를 준다고 약조했는데 굳이 지금 독을 썼겠소이까?"

"맞습니다. 소인 천보는 억울합니다. 전 그냥 접시만 받아서 가져왔을 뿐입니다."

이번엔 불진을 펼치며 종남파의 태을 진인이 나섰다.

"나는 저 삼룡이란 자에게 원한을 가진 자의 말을 믿을 수 없소이다. 여기 있는 분들도 대부분 믿지 않을 것이오."

청성의 옥소기가 천보를 두둔하려 했지만 이미 대부분의 무림인들은 천보를 의심하고 있었다. 오직 지평만이 천보의 옆에서 묵묵히 지켜줄 뿐이었다.

하지만 지평의 그런 노력과는 상관없이 자칫하면 천보에게 모진 고초가 가해질 수도 있는 상황이었다.

이때 개방의 고추가 목청을 높였다.

"강호 동도 여러분, 잠시만!"

모두의 눈이 그에게 쏠리자 고추는 은침을 들어 보이며 사과했다.

"하하, 이거 죄송해서! 은침을 닦지 않아서 때가 묻어 있었습니다! 본업이 거지인지라! 하하하!"

고추는 사람들이 보는 앞에서 은침에 묻은 때를 닦더니 다시 접시에 담긴 요리에 꽂았다. 하지만 이전처럼 은침의 색은 변하지 않았다.

"흥, 죄없는 천보를 족치자고 한 사람이 누구였더라?!"

옥소기의 외침에 대부분의 무림인들은 시선을 슬금슬금 피하며 자리에 앉았다. 하지만 이번엔 지금까지 자리에 앉아 지켜보기만 하던 사왕문의 일곱 노인, 칠노(七老)가 나섰다.

칠노는 하나같이 긴 백발을 귀신처럼 늘어뜨린 모습이어서 얼굴을 제대로 볼 수가 없었다. 이들 모두 절정에 든 인물이었으니, 청성의 왕진한과 옥소기도 긴장하지 않을 수 없었다.

칠노가 움직이자 왕진한은 언제든 뽑을 수 있게 탁자 위에 검을 올려놨다.

"청성의 애송이들이 이 힘없는 늙은이들에게 검을 빼 들 참이로군."

"끌끌끌, 그러게. 모두 죽여 버릴까?"

"애들을 죽여서 뭣 하게. 청성의 노인네들이 알면 귀찮아져."

칠노의 얕잡아보는 말에도 왕진한과 옥소기는 일체 대꾸하지 않았다. 이는 칠노보다도 그들을 수족처럼 부리는 봉황성의 두 요부(妖婦) 음양쌍랑(陰陽雙娘)을 주시했기 때문이다.

음양쌍랑 중에 하나는 흰 옷을, 다른 하나는 검은 옷을 입고 있었는데, 모두 소복 차림이라 멀리서도 그녀들의 음산한 기운을 느낄 수 있었다.

그들은 겉으로 보기에는 중년으로 보였으나 모두 백 세에 가까운 노괴(老怪)들이었다. 또한 여자이긴 했지만 왕진한이 직접 대면해서 승패를 장담할 수 없는 고수이기도 했다.

잠시 침묵하던 왕진한이 음양쌍랑 쪽을 보며 말했다.

"지금 청성에 선전포고를 하는 겁니까?"

부드러운 왕진한의 음성이 객잔에 퍼지자 한쪽에 앉아 있던 음양쌍랑의 눈썹이 꿈틀거렸다. 왜냐하면 왕진한이 일전에 삼룡에게 그랬던 것처럼 목소리에 내기를 실었기 때문이다.

음양쌍랑은 각각 부를 땐 백랑과 흑랑으로 나뉘어 불렸는데, 그중 흰 소복을 입은 백랑(白娘)이 왕진한의 물음에 응했다.

"호호, 못 본 사이에 내력이 늘었군, 애송이."

백랑의 목소리는 처녀처럼 곱고 부드러웠다. 이에 왕진한이 포권을 하며 다시 응수했다.

"아직 보잘것없는 애송이지만 사파에게 힘으로 굴복할 만큼 약하지는 않습니다."

콰!

왕진한의 말이 채 끝나기도 전에 백랑의 맞은편에 앉아 있던 흑랑(黑娘)이 탁자를 내려치며 신법을 펼쳤다.

하지만 왕진한은 응수하지 않고 일부러 느긋하게 찻잔으로 손을 뻗었다.

흑랑은 마치 귀신과도 같은 신법을 펼쳐서 눈 깜박할 사이에 왕진한의 왼편으로 이동해 있었다.

옆에서 지켜보는 이들도 흑랑의 움직임에 놀라고 있는 반면 왕진한은 여유롭게 찻잔을 입으로 가져갔다.

"클클, 역시 청성오검수로군. 겁 많은 놈들과는 달라."

혹랑의 목소리는 듣기만 해도 소름 끼치는 쇠 긁는 소리였다. 조법에 능한 그녀는 검은 소매 사이로 손톱을 부딪쳐 왕진한의 귀를 거슬리게 만들었다. 하지만 왕진한은 찻잔에서 손을 떼지 않았다.

이어 왕진한의 오른편에서 백랑의 고운 목소리가 들렸다.

"저놈을 우리에게 넘겨."

수많은 무림인들이 있었지만 백랑이 언제 움직였는지조차 모르는 이들이 대부분이었다.

"싫소이다."

"이 자리에 청성오검수가 모두 있다고 해도 우리에게는 상대가 안 될 텐데?"

"나와 사제가 안 된다면 그다음은 내 제자가 나설 것이고, 내 제자가 죽으면 그다음은 청성 전체가 나설 것이오."

절정을 넘어선 왕진한과 음양쌍랑 간의 한 치도 물러섬이 없는 기 싸움이 계속되자 수준이 안 되는 다른 무림인들은 감히 끼어들 엄두조차 내지 못하고 숨을 죽여 지켜보기만 했다.

그들은 이미 눈을 부릅뜨고 두리번거리는 사왕문(蛇王門)의 일곱 노인, 칠노만으로도 기가 질려 있는 상태였다.

"청성의 왕진한이 목숨을 거는 것을 보니 저놈 수중에 태청검보가 있는 것이 사실이로고."

백랑의 말에 왕진한이 아무 대답도 않자 주위 무림인들의 눈이 다시금 욕망으로 번쩍였다. 순간,

"참내, 정작 본인도 모르는 태청검보가 있다고들 하다니,

다들 눈은 뒀다 뭐에 쓰는지……."

"갈(喝)!"

삼룡의 목소리임을 확인한 음양쌍랑이 동시에 소리치며 날 선 손톱을 뻗었다. 그러자 왕진한과 옥소기가 동시에 검을 빼 들고 몸을 날렸다.

챙! 챙!

불꽃이 튀며 왕진한과 옥소기의 검이 삼룡의 목에 다다르는 음양쌍랑의 손톱을 쳐냈다.

하지만 음양쌍랑의 손톱은 검과 부딪치고도 멀쩡했다.

왕진한과 옥소기의 쾌검을 확인한 음양쌍랑도 다음 수를 쓰지 않고 그냥 뒤로 물러선 상태였다.

두 도장의 쾌검이 마음에 걸리는지 흑랑이 눈썹을 찡그렸다.

"클, 죽이지는 않는다. 걷지 못하게 할 뿐!"

이에 왕진한이 고개를 저었다.

"저 젊은이에게 손을 대면 청성뿐만 아니라 아미와 점창에서도 가만있지 않을 것이오."

왕진한이 강하게 나오자 가만히 있을 삼룡이 아니었다.

"이 노인네들 보게. 왜 죄없는 사람을 병신 만들어요? 아직 장가도 못 갔구먼."

음양쌍랑은 겉으로 보기에는 중년 이상으로 보이지 않았다. 그런 그들에게 노인네라 지칭하는 것은 곧 죽여 달라는 소리와 같았다.

흑랑이 가소롭다는 듯이 웃으며 말했다.

"클클클, 언니, 이 녀석 말하는 거 들었지?"

"호호호, 들었어. 생긴 게 남자답게 생겨서 목숨만 살려주려고 했더니 안 되겠다."

"언니, 이 아인 내 몫이야. 이놈의 부은 간을 먹으면 어쩌면 내 목소리도 언니처럼 고와질지도 몰라."

농담이 아니었는지 삼룡을 두고 입맛을 다시는 흑랑이었다. 그렇다고 가만있으면 삼룡이 또 아니었다.

"누가 사파 아니랄까 봐. 사람 간을 빼먹는 게 자랑입니까?"

"클클! 왜, 무섭냐?"

"무섭죠. 근데 태청검보는 저한테 없구요, 다른 데 있습니다. 알려 드릴까요?"

삼룡의 말에 음양쌍랑의 네 귀가 세워졌다. 반면, 그동안 삼룡을 겪은 왕진한과 옥소기는 고개를 조금씩 흔들고 있었다.

백랑이 고운 목소리로 삼룡을 어린아이 어르듯 말했다.

"어디 있는지 말해주면 흑랑이보고 널 잡아먹지 말라고 해주마. 흑랑이는 내 말이라면 잘 듣거든."

"말해줘도 안 믿을 텐데?"

"믿어줄 테니 걱정 말고 말하렴."

그러자 삼룡이 바로 히죽 웃으며 대답했다.

"히이, 대신 조건이 있습니다."

삼룡의 말에 왕진한과 옥소기, 그리고 지평까지 그럴 줄 알았다는 듯이 고개를 가로저었다. 반면 음양쌍랑은 삼룡의 말을 무엇이든 들어줄 태세였다.

흑랑이 대답했다.

"클클, 어서 말하렴. 덤으로 네 간은 빼먹지 않으마."

"좋아요. 그리고 조건도 간단합니다. 저한테 누명을 씌운 주가장 자식들하고 기생오라비처럼 생긴 점창 놈을 혼내주기만 하면 됩니다. 여기 청성 도장 어르신들은 차마 못하겠다고 하셔서."

백랑이 삼룡의 말을 받았다.

"혹시 널 잡아서 여기까지 데리고 온 점창 애송이와 아미 방파 녀석들 말이냐?"

"잘 아시네요. 그 녀석들이에요. 이것들이 지들 무공이 세다고 목에 칼을 들이대잖아요. 난 분명이 항복했는데."

삼룡의 말에 백랑의 눈동자가 커졌다.

"항복? 싸운 게 아니고?"

"에이, 싸우긴요. 오해가 있으면 말로 하면 되지 왜 검을 들고 싸워요? 그리고 그때는 배고파서 싸울 힘도 없었어요."

이번엔 백랑처럼 눈동자가 커진 흑랑이 물었다.

"배고파서 안 싸워? 그리고 말로 하면 돼? 너 이 자식, 칼 쓰는 무인 아니었냐?"

"뭐, 목검도 칼이라면 칼이죠. 또 그거라도 들고 다니니 무인이라면 무인이죠. 하지만 억울한 일을 조금 당했다고 해서 굳이 그걸 휘두르며 살고 싶진 않습니다."

"억울함을 당했는데도 무인이 검을 안 빼 든다고?"

"에이, 목검이라니까요, 목검! 목검으로 어떻게 철검을 상대해요. 게다가 한두 명도 아니고 수십이었어요, 수십!"

삼룡의 말에 백랑은 목이 메이는 모양이었다.

"협, 흑랑아, 저 자식이 딴엔 고수라고 듣지 않았냐?"

"그랬지!"

"나는 목검 쓰는 산적이 있다는 얘기는 금시초문이다. 분명 이 언니의 직감으로는 뭔가 잘못된 느낌이야. 게다가 이 녀석한테는 아무 내력도 느껴지지 않아."

"내가 한번 확인해 볼까?"

백랑이 고개를 끄덕이자 흑랑이 삼룡의 어깨에 손을 뻗었다.

왕진한과 옥소기는 흑랑이 초식을 쓰지 않고 그냥 손만 가져가자 굳이 검으로 막지 않았다.

삼룡 또한 흑랑의 손길을 거부하지 않았다.

삼룡의 어깨를 짚은 흑랑은 내기를 조금 흘려보내 몸 상태를 확인하려 했다.

"이건 뭐야? 단전이 비어 있잖아! 너, 설마 그 흔한 내공심법도 모르는 놈이냐!"

이에 백랑이 믿기지 않은 듯 되물었다.

"내력이 없다고?"

"없어, 언니. 이 자식한테는 내력이 조금도 느껴지지가 않아.”

쇠 긁는 특유의 흑랑의 목소리를 들은 객잔의 무림인들은 하나같이 미심쩍어 하는 눈치였다.

백랑이 의심쩍어 하는 눈빛으로 물었다.

“너, 어느 문파 출신이냐?”

“개소문요.”

당연한 삼룡의 말에 음양쌍랑의 양미간이 동시에 찌푸려졌다. 그리곤 동시에 소리쳤다.

“이 새끼! 어른 가지고 장난을 쳐!”

“당장 죽여 버리자, 언니!”

당장이라도 손톱을 날릴 기세의 음양쌍랑의 앞을 왕진한이 막아섰다. 그러자 백랑이 눈을 흘기며 말했다.

“니들도 죽고 싶은 게냐? 이 자식이 우릴 가지고 노는 거 안 보여?”

“저 젊은이의 말은 사실이오. 개소문이란 문파도 있소.”

왕진한의 설명에도 음양쌍랑의 분기는 쉬이 사그라지지 않았다. 그 순간 한쪽에 있던 감락 분타주 고추가 나서서 소리쳤다.

“맞습니다! 이곳 사천에 개소문이라는 문파가 있다고 들었습니다!”

정보력 빼면 시체라는 개방 분타주 고추의 말에 흑랑이 눈을 흘기며 물었다. 그의 말이라면 어느 정도 신빙성이 있으니 말이다.

"진짜냐?"

'아니면 죽이겠다는 눈빛이네.'

살기 띤 흑랑의 눈빛에 고추는 진저리 치듯 몸을 부르르 떨며 대답했다.

"네, 분명 있습니다. 워낙 작은 문파라 알려지지 않았지만 사천에 그런 특이한 이름의 문파가 하나 있긴 합니다."

'내가 왜 사파 요녀들한테 자꾸 존댓말을 쓰는 거야. 암튼 저 노인네들 눈빛은 쳐다보기만 해도 오금이 저린단 말이야.'

고추의 설명이 있은 다음에야 음양쌍랑의 눈빛이 수그러들었다.

백랑이 삼룡에게 다시 물었다.

"정말 너, 개, 개소문이란 문파 출신이냐?"

"네!"

천연덕스러운 삼룡의 말에 백랑과 흑랑은 다시 눈을 흘기며 개방의 고추를 쳐다보았다. 다시 두 요녀의 눈총을 받은 고추는 고개를 끄덕여 확답을 줄 수밖에 없었다.

'젠장, 나서는 게 아니었는데.'

고추가 그런 생각을 하는 사이 백랑이 삼룡에게 또 물었다.

"너, 대체 목검은 왜 들고 나니는 거냐?"

백랑의 물음에 삼룡은 당연한 듯이 대답했다.

"왜긴요. 철검 살 형편이 안 되니까 그렇죠."

삼룡의 대답이 계속될수록 음양쌍랑을 비롯한 객잔 무림

인들의 고개를 가로젓는 횟수가 점점 늘고 있었다.

그것도 잠시, 백랑의 화난 목소리가 객잔을 울렸다.

"저런 자식이 산적 두목이라고? 이런 놈이 태청검보를 가지고 있고, 시산노호가 사형이라 불렀다고?"

"클, 철검 하나 없는 놈이 산적질을 할 리가 없잖아, 언니! 저놈이 태청검보가 어디 있는지 알았으면 산속에 틀어박혀 수련이나 했겠지?"

"괜한 헛걸음한 거 같아."

"언니, 우릴 헛걸음하게 만든 하오문 쥐새끼들이라도 잡자!"

음양쌍랑은 삼룡의 수중에 태청검보와 한철보검이 없다고 결론을 내리고는 발길을 돌리려 했다.

이는 객잔의 다른 무림인들의 심정도 별반 다르지 않았다.

순간 상황 정리가 끝난 백랑이 칠노를 가리키며 말했다.

"칠노, 우리에게 장난친 하오문 쥐새끼들 잡으러 간다. 앞장 서!"

백랑의 말에 칠노는 주저없이 객잔을 나섰다. 음양쌍랑과 칠노가 객잔을 빠져나가자 그들을 따라 여기저기 자리를 뜨는 무림인들이 생겨났다.

"쳇, 저런 삼류가 무슨 태청검보를. 어쩐지 삼룡이란 이름도 허접하다 했어."

"음양쌍랑에게 노인네라고 말하고도 살아남은 놈은 처음 보는군."

"수준도 안 되는 저런 놈을 죽이자니 지금까지 쌓아온 악명(惡名)이 손상될까 봐서 그랬겠지."

"근데 자네, 개소문이라는 문파 이름 들어봤나?"

"글쎄? 그런 문파가 있다는 건 나도 처음 듣네만."

자리를 뜨는 무림인들은 삼룡을 보고 하나같이 혀를 차며 객잔을 나섰다. 그들 모두 삼룡을 벌레 보듯 한심하다는 표정이었다.

삼룡이 지평을 보며 의아하다는 듯이 물었다.

"지 도장, 내가 무슨 실수라도 했습니까?"

지평은 차마 대답하지 못하고 객잔 천장을 쳐다보며 머리를 긁적였다.

'이 자식, 사부님만 아니었으면 내 손에 반쯤 죽여놔도 벌써 죽여놨을 텐데. 대체 사부님은 이놈이 태청검보의 행방을 알고 있다고 믿는 이유가 뭐냔 말야?

지평이 머리만 긁적이자 삼룡이 왕진한에게 물었다.

"저기, 왕 도장 어르신, 목검 들고 철검 든 놈들하고 싸울 순 없잖아요? 제가 무공이 높은 것도 아니고."

"으흠, 그렇긴 하지."

"참내, 사람 목숨이 수십 개도 아니고, 말로 오해를 풀자는데 그게 잘못된 겁니까?"

지평이 차마 말은 못하고 삼룡을 쳐다보며 눈에 힘만 줬다.

'위명(威名)도 모르는 바보 녀석! 적어도 무인이라면 죽으면 죽었지 주둥이로만 나불거렸겠냐, 이 바보보다 더 한심한

자식아?'

"어째 저를 보는 지 도장의 눈에 살기가 띤 것 같은데?"

삼룡의 추궁에 왕진한이 눈을 부릅뜨자 찔끔한 지평이 젓 가락을 든 채 손을 흔들었다.

"하하, 제 눈에 무슨 힘이 들어갔다고 그러세요, 삼룡 대 협."

지평이 식은땀을 흘리며 둘러대자 왕진한이 못 본 척하며 말했다.

"이보게, 삼룡이. 나와 둘이 약조한 것 말일세. 이제 거의 다 성사된 거 같은데 알려줄 수 없겠나? 자네도 봤겠지만 오늘 이후로 더 이상 자네를 노리는 무인은 없을 걸세."

왕진한의 말을 들은 지평과 옥소기는 처음 듣는 얘기인 것 처럼 반응했다. 반면 삼룡은 정색했다.

"아미까지 신변 보호해 주신다는 말은 거짓이었습니까, 왕 도장 어르신?"

"그게, 당문에 간 오사제 소식도 뜸하고……."

"사정을 봐달라는 말씀이시네요."

"그렇지. 대신 지평이는 붙여주겠네. 그렇게 하면 나와 사 제가 있는 것과 진배없네."

'사부님은 왜 저놈 말을 신뢰하는 거야?'

잠시 생각한 삼룡은 지평을 슬쩍 쳐다보더니 고개를 끄덕 였다.

"남아일언!"

그러자 왕진한이 재빨리 대답했다.

"중천금일세!"

삼룡은 왕진한의 대답을 듣자마자 호탕하게 웃으며 대답했다.

"하하, 좋습니다. 대신 지난번처럼 따로 말씀드리겠습니다."

"여기가 좋지 않겠나? 여긴 내 사제와 지평이, 그리고 천보밖에 없지 않은가? 밖은 주가장 무사들도 있는데."

왕진한의 물음에 삼룡이 씩 웃으며 고개를 가로저었다.

"알겠네. 밖으로 나가지."

삼룡과 왕진한이 밖으로 나가자 옥소기와 지평은 탁자를 마주하며 불평을 늘어놓기 시작했다.

"참내, 사형은 나도 믿지 못하겠다는 건가? 언제 저 자식이랑 그런 약조를 했지?"

"사숙님도 모르셨어요?"

옥소기는 대답하기가 뭐했는지 고개만 끄덕였다.

그런 후 지평은 삼룡이 밖으로 나간 쪽만 쳐다보다가 무언가 생각났다는 듯이 말했다.

"그럼 천보 아저씨는 어떡해요? 그 아저씨는 복수하셔야 하잖아요. 저 삼룡이란 놈이 천보 아서씨 아내를 기루에 팔아먹었는데 보고만 있어야 하는 건가요? 아님 저라도 복수를……."

"아마도 그 때문에 널 저 자식한테 붙여놓으려고 한 것이겠지?"

지평이 천보에게 위안을 주려는 듯 목소리를 키워 대답했
다.

"그렇겠죠? 그때가 되면 제가 가만 안 두겠습니다. 그러니
까 천보 아저씨는 걱정하지……."

지평의 말이 채 끝나기도 전에 천보가 불안한 표정으로 일
어섰다.

"천보 아저씨, 너무 걱정 마세요. 사부님은 그 녀석을 그냥
놓아줄 분이 아니세요."

"그래도 걱정이 되어서. 혹시 모르니 제가 지켜보겠습니
다."

지평이 천보를 말릴 이유는 없었다.

"그러세요, 그럼."

객잔 밖으로 나온 삼룡은 청성의 왕진한을 이끌고 천보가
끌던 마차로 향했다.

삼룡은 마차가 보이자 더 이상 다가가지 않고 머뭇거렸다.
그 모습이 영 불편해 보였던지 왕진한이 묶인 줄을 가리키며
말했다.

"불편하면 내가 풀어줄 수 있네만……."

"아닙니다. 대신 다른 부탁이 있습니다."

"말해보게."

"주가장의 정패라는 호위무사와 두천, 능운비라는 사람을

불러주십시오. 아참, 주원덕이라는 주가장의 일공자도 같이 부탁드리겠습니다."

"알겠네."

삼룡에게 부탁을 받은 왕진한은 지체없이 주가장의 정패와 주원덕, 두천과 능운비를 불렀다. 왕진한이 친히 그들을 부르자 그들은 지체없이 달려왔다.

제일 먼저 도착한 사람은 제호창 두천이었다. 그의 표정은 정패나 주원덕과는 달리 불만이 있는 것처럼 보였다.

"무슨 일이십니까, 왕 도장?"

왕진한은 두천의 퉁명스러움을 부드럽게 받아주었다.

"여기 삼룡이 자네들을 두고 할 말이 있는 것 같아서 불렀네만, 혹 내가 실수라도 한 건가?"

부드럽지만 뼈가 있는 말이었다. 그러자 능운비가 당황하는 두천을 대신해 대답했다.

"아닙니다, 선배님. 말씀하세요."

능운비의 말에 왕진한을 대신해서 삼룡이 말했다.

"왕 도장 어르신, 용건은 저에게 있으니 제가 말하겠습니다."

"으흠, 그러시게."

왕진한이 뒤로 물러서자 삼룡이 두천과 정패를 가리키며 말했다.

"묶인 거 보이시죠?"

이를 들은 두천과 정패는 삼룡의 물음에 대답할 가치도 없다는 듯이 고개를 끄덕여 보였다.

삼룡이 이번엔 왕진한 쪽을 보며 말했다.

"도장 어르신께서는 제가 객잔에서부터 쭉 묶여 있는 걸 보셨으니 아실 겁니다. 제가 한철보검을 챙길 틈이 있었습니까?"

삼룡이 한철보검 얘기를 꺼내자 정패와 주원덕의 눈이 둥 그렇게 변했다.

"없네."

"그럼 주가장의 주 공자와 정 대협께 묻죠. 혹시 이 자리에서 한철보검을 찾게 된다면 그때도 제가 훔친 게 되나요?"

삼룡의 물음에 주원덕과 정패는 잠시 고민하는 듯하더니 이내 고개를 가로저었다.

삼룡은 다시 능운비를 보며 말했다.

"전 지금 이 자리에서 무죄를 증명하고자 합니다."

따지는 삼룡의 말에도 능운비는 이전처럼 밝게 웃으며 대답했다.

"그러기에는 증인이 너무 많습니다, 산적 두목 선배님."

"다들 인정을 해도요?"

"뭐, 다들 인정한다면야… 저 혼자 의심할 수 있나요."

능운비까지 수그러들자 삼룡은 두천 쪽을 보며 말했다.

"두천 대협님, 제가 직접 움직이면 아무래도 오해를 받을 것 같으니 저 대신 마차를 골고루 살펴봐 주십시오. 저 마차 어딘가에 필시 한철보검이 숨겨져 있을 겁니다."

삼룡이 지시하자 두천이 눈을 부릅뜨며 화를 냈다.

'청성 도장을 부려먹더니 이젠 날 부려먹으려 들어?'

"지금 네가 날 능욕하려는 것이라면 왕 도장이 말려도 너와 필시 생사결을 할 것이다. 생사결이 싫다면 다리 사이를 기어도 좋다."

"좋습니다. 제가 능욕한 것이라면 두천 대협의 가랑이 사이를 기죠. 반대로 제가 능욕하지 않은 것이라면 고귀하신 두천 대협께서 제 다리 사이를 기어야 합니다."

삼룡이 생사결은 입에 올리지도 않자 두천은 그럴 줄 알았다는 듯이 눈살을 찌푸렸다.

"흥! 좋다!"

두천이 흔쾌히 허락하자 이번엔 삼룡의 얼굴이 굳어졌다.

'아니면 어떡하지? 어떡하긴 도망쳐야지, 뭐. 제발 내 추측이 맞아야 하는데.'

삼룡이 머뭇거리는 모습에 두천은 삼룡이 내기를 취소할까 봐 더 빨리 샅샅이 마차를 뒤졌다.

그가 마차 밑 부분을 살펴볼 때였다.

"어, 저건 뭐지?"

두천이 마차 밑 부분에서 헝겊에 둘러싸인 끄트머리를 발견하고는 몸을 숙였다. 그리고 그의 손에 긴쭉한 무언가가 딸려 나왔다.

심상치 않은 물건을 두천이 들고 나오자 정패와 주원덕의 눈이 휘둥그레졌다.

능운비는 이를 보고 벌써 눈치를 챘는지 미간을 찌푸렸다.

반면 삼룡은 득의양양하게 소리쳤다.

"어서 펼쳐 보세요. 그 안에 무엇이 들었나."

두천이 조심스럽게 천을 들춰내자 검집에 아미라고 쓰여 있는 검 한 자루가 있었다.

이 검을 보고 정패와 주원덕은 동시에 입이 벌어졌다.

"저, 저건 한철보검!"

"설마!"

정작 한철보검을 눈앞에서 본 정패는 믿지 못하는 모양이었다. 두천은 검을 이리저리 확인하더니 주원덕에게 내밀었다.

"원덕 아우, 이 검이 주가장에서 만들었다는 그 한철보검이 맞는가?"

두천이 검을 건네자 주원덕이 떨리는 손으로 조심스럽게 검을 뽑아 확인했다. 주원덕은 차마 대답은 못하고 고개를 끄덕였다.

순간 정패가 삼룡을 보고 소리쳤다.

"이 도둑놈, 이제야 훔친 물건을 내놓다니! 이것으로 네놈의 목숨을 흥정할 참이냐? 그렇다면 어림도 없는 일이다!"

정패의 말에 삼룡이 피식 웃으며 묶인 손을 들어 보이며 말했다.

"왕 도장 어르신, 보셨죠? 아까 자신들이 직접 이 자리에서 검을 찾으면 절 의심하지 않는다 해놓고도 또 의심하는 걸."

삼룡이 왕진한을 끌어들이자 정패의 표정이 대번에 바뀌었다. 아니나 다를까, 왕진한이 표정이 심상치 않았다.

냉랭한 목소리로 왕진한이 말했다.

"이 검은 이 젊은이가 숨긴 게 아닐세. 그전에는 무슨 일이 있었는지 모르네만, 이 마차에 삼룡이 이 사람이 검을 숨기지 않은 것은 확실하네. 오히려 천보를 데려온 두천, 자네가 설명을 해야 할 듯싶은데……."

불똥이 두천에게로 튀자 그가 당황했다.

"그날 아침 일찍 어제 소동을 일으킨 산적 두목을 아는 자가 있다는 기별이 왔습니다. 그래서 천보를 만나 데리고 온 것입니다."

"그럼 천보가 정말 산적에게 당했는지 아닌지도 확실치 않겠군."

왕진한의 추궁이 이어지자 두천은 입을 떼지 못했다. 이에 힘을 얻은 삼룡이 주원덕 쪽을 보며 말했다.

"두천 대협은 그나마 낫죠. 산적들에게서 도망치느라 검도 팽개친 주제에 저를 산적 두목이라고 뒤집어씌운 공자님도 있는데요."

그러자 왕진한이 주원덕을 보며 말했다.

"너는 전에 삼룡이 산적 두목이라 하시 않았더냐? 만약 지금도 허튼소리를 한다면 아미 문주께 정식으로 따질 수밖에 없다."

이에 주원덕은 침통한 얼굴로 대답했다.

"분명 그때 자신의 입으로 흑왕채주 의동생이라 했습니다."
"너한테 말이더냐?"
"아니요. 그 산적들한테 말하는 걸 똑똑히 들었습니다."
궁지에 몰린 주원덕이 다급한 나머지 그때 상황을 기억나는 대로 말해 버렸다.
"산적 두목이 잡힌 사람들에게 접주는 것도 아니고, 자기 수하들에게 그런 식으로 말을 했다고? 그 말을 지금 나보고 믿으라는 것이냐?"
왕진한의 언성이 높아지자 주원덕은 사실 그대로를 말해야 했다.
"저희가 먼저 잡혀 있었고, 저 사람은 그냥 지나가는 길이었습니다. 그다음 저 사람도 산적들과 맞닥뜨리게 됐는데, 저 사람은 흑왕채 채주의 의동생이라 해서 빠져나가려 했고, 저와 사촌 동생들은 그가 산적과 한패인 줄 알고 도망쳤습니다."
"그렇다면 삼룡이 산적 두목이라는 증언은 거짓이었군."
왕진한의 말에 주원덕은 고개를 푹 숙였다. 하지만 정패는 그런 주원덕을 감쌌다.
"삼룡이, 저자는 검을 팔려고 관진현을 돌아다녔습니다. 이를 본 사람이 한둘이 아닙니다."
그러자 삼룡이 바로 반박했다.
"무사가 검을 버렸고, 되돌려줄 방법이 없어 팔려고 한 게 죄인가요, 도장 어르신?"

검을 팔려 했던 것은 삼룡에게 불리한 부분이었지만, 원체 주가장에서 뒤집어씌운 것이 많아서 왕진한에게는 별문제가 없었다.

그의 관심은 오로지 시산노호의 행방과 태청검보에 쏠려 있었으니 말이다.

"이보게, 삼룡."

"네, 왕 도장 어르신."

"그럼 시산노호는 어찌 되는 건가?"

왕진한의 말에 삼룡은 피식 웃으며 묶인 손으로 마차를 가리켰다.

"마차? 아참, 그렇지!"

무언가 깨달은 왕진한은 급히 몸을 돌려 객잔으로 뛰어갔다.

삼룡은 정패에게 묶인 손을 내밀고 말했다.

"아직도 내가 묶여 있어야 하는 건가요?"

정패가 머뭇거리자 두천이 나섰다.

"내가 풀어주겠네."

묶은 줄을 풀던 두천은 침통한 표정으로 바닥에 엎드리려 했다. 그러자 능운비가 그를 재빨리 말렸다.

"두천 형님, 안 됩니다. 형님이 무릎을 꿇다니요."

"아닐세, 운비. 난 저자와 약속을 했네."

두천이 다시 무릎을 꿇으려 하자 이번엔 정패와 주원덕이 말렸다.

“두천 대협, 안 됩니다.”

“큰형님이 저런 놈의 가랑이 사이를 기다니요. 아니 됩니다.”

정패와 주원덕이 두천을 위해 말했지만, 두천이란 사내는 약속한 것을 저버릴 수가 없다는 표정이었다.

“놓으시게. 난 약속을 지켜야 하네.”

그때였다. 객잔 안에서 왕진한과 옥소기, 지평이 경신법을 펼치며 다급하게 쫓아 나왔다.

“이보게들, 천보를 보지 못했는가?”

왕진한의 다급한 물음을 다르게 받아들인 정패가 나섰다.

“천보는 저희가 돈을 주고 고용한 사람이 아닙니다. 그럴 이유도 없고요.”

아직도 천보의 정체를 알 수 없던 정패 때문에 삼룡이 고개를 돌리고 슬며시 미소를 지었다.

그런 삼룡을 보고 정패가 발끈했다.

“지금 나를 비웃는 것이냐, 이 산적, 아니, 삼류 놈아?!”

정패는 삼룡의 입을 쳐다봤지만 정작 대답은 왕진한이 했다.

“천보가 바로 시산노호였다네. 변장과 역용술에 능하다더니 모두를 감쪽같이 속였어.”

왕진한이 말에 놀라는 건 정패와 주원덕, 두천이었다. 오직 능운비만이 이전부터 알고 있는 듯한 눈치였다.

“이보게, 삼룡이. 혹시 그녀가 젊은 처자였는지 아니었는지 알고 있는가?"

왕진한의 진지한 모습에 삼룡이 웃음을 멈추고 대답했다.

"제가 본 시산노호는 젊은 처자였습니다."

"알았네. 그럼 사제와 나는 이만 가보도록 하겠네."

이어 왕진한은 지평 쪽을 보며 말했다.

"너는 삼룡 소협이 아미에서 무사히 나올 때까지 보좌하거라."

"사부님?"

사부의 말을 거역하고 싶은 지평이었다. 하지만 사부의 눈빛이 심상치 않았다.

"알겠습니다, 사부님."

지평이 할 수 없이 고개를 숙이자 왕진한과 옥소기는 경신법 펼치며 객잔을 떠났다.

이를 확인한 정패가 눈꼬리를 치켜뜨며 삼룡에게 물었다.

"네가 아미로 갈 일은 없는 거 같은데?"

그런 반응을 예상했는지 삼룡의 입꼬리가 올라갔다.

"나는 아미로 가서 따질 게 있소."

삼룡의 말에 정패와 주원덕의 안색이 창백해졌다. 자칫하면 한철보검을 전해주고서도 욕을 먹게 생겼으니 말이다. 그렇다고 사파처럼 칼로 입박음을 할 수도 없있다.

두천이 그런 삼룡을 말리듯 말했다.

"이보게, 삼룡. 굳이 그렇게까지 할 필요가 있을까?"

"아니오. 누명을 뒤집어썼는데 그렇게까지 할 필요가 당연히 있는 거 아니겠습니까. 이제 세상 사람들이 날 삼류로 여기고 있을 텐데."

삼룡이 삼류라는 불리는 것에 신경 쓰고 살 위인은 아니었다. 하지만 대부분의 무림인들은 위명을 생명보다 더 소중하게 생각했다.

주원덕과 정패의 안색이 파리하게 변했다.

'이 사람은 진짜 아미에 가서도 드러누울 사람이야.'

정패가 대번에 삼룡에게 허리를 숙이며 손을 잡으려 했다.

"이보게, 삼룡, 아니, 삼룡 대협!"

삼룡은 정패가 이리 나올 줄 알았다는 듯이 미리 몸을 비스듬히 돌려 정패의 손을 피했다.

"모두 오해에서 비롯된 것이니 이해해 주십시오, 삼룡 대협."

정패는 그동안 주자경의 손자들이 벌여놓은 일처리를 하느라 한껏 위세가 높아 있었다.

향후 주가장을 좌지우지할 손자 셋이 모두 자신의 말이라면 찍소리도 못했으니 오죽하겠는가. 하지만 자칫하면 지금까지 그가 공들여 온 탑이 무너질 수 있는 상황이었다.

그가 무사이기는 했지만 제호창 두천이란 사람처럼 호방한 성정은 아니었다. 오히려 간사함이 그와 어울렸다. 그런 그가 허리를 숙이고 대협이라 칭하는 건 어찌 보면 자연스러웠다.

순간 삼룡이 조용히 손가락 다섯 개를 펴 보였다.

'손은 왜 펴? 청성 도장만 없으면 이런 삼류 자식 입막음하는 건 일도 아닌데. 아무래도 은자로 저놈 입을 막아야겠군.'

"저, 삼룡 대협, 원하시는 것이 있으면 말씀하세요."

정패의 말에 씩 웃으며 삼룡이 말했다.

"은자 다섯 냥이면 삼류라 오해받아도 되지 않을까 싶습니다만……."

삼룡의 일부러 말꼬리를 흐렸지만 정패와 주원덕은 삼룡의 말뜻은 재빨리 알아챘다.

정패가 눈짓을 주자 주원덕의 손이 품속에 들어갔다가 나오는 것이었다. 반면 그의 심정은 죽을 맛이었다.

'은자 다섯 냥은 별거 아니나 앞으로 정패 아저씨에게 꼼짝없이 휘둘리게 될 거야.'

"여기 있습니다, 삼룡 형님."

그동안 숙이는 일이 많아서인지 주원덕의 입에 형님이라는 소리가 자연스럽게 붙었다.

삼룡은 못 이기는 척 은자 주머니를 받아 챙겼다.

이를 보고 두천은 삼룡을 더 한심하게 생각했다. 하지만 이전처럼 내색하지는 않았다. 자칫하면 자신이 삼룡의 가랑이 사이를 기게 생겼으니 말이다.

'공짜로 여기까지 왔어. 더구나 공돈까지. 흐흐, 더 많이 달라고 하면 귀찮은 일이 생길 수도 있으니 다섯 냥이면 적당하지. 암!'

"으흠, 뭐 이런 걸 다."

정패가 두천의 초조한 기색을 보고 눈치를 채고는 말을 붙였다.

“대신 두천 형님이 가랑이 사이를 기는 건 없었던 걸로…
필요하시면 은자를 더 드리겠습니다, 삼룡 대협.”

“하하, 아닙니다. 뭐, 저는 어차피 삼류인걸요. 삼류인 제
가 가랑이 사이를 기면 몰라도 두천 대협님 같은 분이 그러실
필요가 있나요?”

“제가 지금까지 오해했군요. 삼룡 대협은 진정 대인(大人)
이십니다.”

‘대인은 개뿔, 명성을 그깟 은자 다섯 냥에 팔다니, 이런 한
심한 놈이 다 있어?’

“대인이라 불러주시니 듣기는 좋습니다. 하하하!”

‘아무렴, 삼류인 네가 어디 가서 대인이란 소리를 듣겠냐.’

정패가 따라 웃는 척하며 비웃었지만 삼룡은 못 본 척했다.

“지 도장, 저희는 이제 가죠.”

삼룡의 부름에 지평이 정신을 차리며 고개를 흔들었다.

“네?”

“이제 아미로 갈 일이 없거든요. 그러니 가야죠. 어차피 성
도 쪽으로 가야 하잖아요.”

“그, 그렇죠.”

“그러니 같이 가시자구요. 어차피 이 마차를 타고 가면 앞
서가신 왕 도장 어르신을 따라잡을 수 있을 겁니다. 참, 이 마
차가 제 건 아니지만 임자가 없으니 도둑질은 아니죠?”

지평은 어떻게든 삼룡과 떨어지고 싶었으나 거부할 마땅
한 명분이 없었다.

"뭐, 도둑질은 아니죠."

"그럼 됐습니다. 타세요."

지평이 잠시 고민을 하는 사이 삼룡은 어느새 마차에 올라 타 있는 상태였다. 지평과 삼룡이 마차를 타고 사라지자 정패가 두천의 옆에 와서 말을 걸었다.

"저런 삼류 놈이 다 있습니까? 고작 은자 다섯 냥에 명예를 회복할 기회를 팔다니요."

"……."

"그나저나 다행입니다. 두 대협께서 저 삼류 놈의 가랑이 사이를 기지 않아서."

"아깐 고마웠네."

"아닙니다. 전 두 대협께서 그놈 다리 사이를 기는 것을 두고 볼 수 없었습니다. 이는 제가 모시고 있는 주 공자님을 위해서도 안 되는 일이었습니다."

정패는 의형제임을 내세워 주원덕에게 공을 돌리는 척했다. 그러자 두천은 다시 주원덕에게 감사의 뜻을 표했다.

"원덕 아우, 고마웠네."

"아닙니다, 형님. 오히려 저 때문에 고초를 당하실 뻔했습니다."

시산노호 건으로 두천과 멀어질 뻔했던 정패는 이로써 그를 다시 잡아둘 수 있었다.

능운비는 이를 보고 조용히 웃고만 있었다.

第八章

삼안통

허허실실 虛虛實實

삼룡이 모는 마차를 타고 가게 된 지평은 뒤에 앉아 삼룡을
어떻게 할지에 대해 고민 중이었다.

'사부님 때문에 내가 지금까지 이런 한심한 삼류 자식 시
중을 들었단 말이야. 게다가 이 자식 때문에 사부님도 따라가
지도 못하고……'

마치 뒤에 앉은 지평의 시선이 갈수록 날카로워지고 있었
다. 시선만 그런 것이 아니라 시간이 지날수록 안색도 붉어졌
다.

'이 자식 때문에 내가 얼마나 고생했는데. 밥이고 술이고
이 자식 입에 하나부터 열까지 다 넣어줬단 말이야! 이런 내
가 참고 있어야 해? 그렇다고 무조건 패기는 뭐한데?

자신을 팰 궁리를 하는 지평의 생각은 모른 채 삼룡은 아미파의 반대편을 향해 마차를 몰고 있었다.

삼룡이 모는 마차가 산 능선을 따라 굽이진 길을 지날 때였다. 하늘은 점점 어두워져서 금방이라도 비가 쏟아질 것 같았다.

우르릉!

먼 하늘에서 심상치 않은 소리가 들리고 얼마 지나지 않아 빗방울이 하나둘 떨어지기 시작했다. 때마침 폐사당이 멀리 보이자 지평의 눈이 번쩍였다.

'저긴 아무도 없겠다.'

"삼룡 대협, 곧 비가 올 것 같으니 저기 보이는 사당이라도 들어가서 비를 피하고 가는 게 어떻겠습니까?"

"그럴까요, 그럼? 안 그래도 피곤했는데 잠시 쉬어 가죠."

*   *   *

무명촌 개소문의 하늘에서는 장대 같은 비가 오고 있었다. 사룡은 그 비를 맞으며 젖은 빨래를 널고 있었다.

'아, 매일 빨래하는 거, 이젠 정말 지겹다. 대사형이랑 같이 있을 때가 좋았는데. 쌀 없으면 그냥 잠이나 자면 되고, 빨래할 일은 더더욱 없었고. 아, 모든 것이 귀찮아. 한 며칠 잠만 잤으면 좋겠는데.'

"하아아아아!"

사룡이 옷을 널다 말고 길게 한숨을 내쉴 때였다. 처마 안쪽에서 송림 문주의 목소리가 들렸다.

"비가 오는데 빨래를 너는 것이냐?"

'칫, 사부님은. 아무 때나 널면 어때서.'

"지나가는 소나기니까 다시 해가 날 겁니다. 어차피 젖은 거니까 상관없… 지만은 않을 겁니다. 좀 있다가 해가 나면 널겠습니다, 사부님!"

뒤통수에 꽂힌 심상치 않은 기운 느낀 사룡은 재빨리 얼버무리며 널던 옷을 도로 담아 처마 밑으로 가져왔다.

다행히 사룡의 뒤통수에는 어떤 제약이나 충격이 가해지지 않았다.

오히려 송림 문주는 처마 밑에서 보이는 비 오는 하늘을 보며 길게 한숨을 내쉬었다.

"후우우우!"

한숨을 쉬는 사부가 안쓰러웠는지 사룡이 옆에서 재잘거렸다.

"대사형이 걱정되어서 그러시는 거죠?"

"아니다."

사부의 짧은 대답 속에서 무거운 마음이 느껴진 사룡은 왠지 오늘 따라 그의 사부가 너 외롭게 느껴졌디.

"비가 오니까 분명 대사형은 어디 틀어박혀서 잠이나 잘 거예요, 사부님. 그러니 너무 심려 마세요."

"흠흠! 아니라니까."

헛기침까지 하는 사부의 눈이 촉촉한 것 같자 사룡은 더욱 사부가 안쓰럽게 느껴져서 가만있을 수가 없었다.

"사부님, 삼룡 대사형은 무림대회에 간 거잖아요. 대회가 끝나면 곧장 올 테니 너무 걱정 마세요. 그러다 몸 상하세요."

"흠흠!"

여기까지는 좋았다. 뭐, 사부를 걱정하는 마음이 송림 문주의 신경을 거스를 것은 없었으니까.

송림 문주도 그냥 헛기침을 하며 잠자코 있으려 했다.

'사부님이 아무 말씀 안 하시는 거 보니 정말 대사형 걱정을 하시는 거구나. 우리 사부님에게 이런 자상한 면이……'

비를 많이 맞아서 그런지 사룡의 입이 한껏 가벼워진 상태였다.

"사부님, 걱정 마세요. 저도 열심히 수련해서 대사형처럼 검체(劍體)인지 뭔지가 되어 보이겠습니다."

송림 문주의 시선이 하늘에서 사룡의 얼굴로 향하는 순간이었다.

'사부님이 이제야 내 마음도 알아주시는군.'

사룡을 쳐다보던 송림 문주는 사룡을 말리듯 말했다.

"사룡아, 그만 됐다. 오늘은 정말 기분이 아니로구나."

한 번도 사부의 이런 모습을 보지 못한 사룡이었다. 순간 사룡의 입이 출싹거렸으니.

"에이, 사부님도 참. 대사형은 사부님 말씀처럼 검체의 몸을 가졌으니 무림대회에서 삼위는 충분히 하고도 남을 겁니다. 황금 한 근이면 땅도 사고 소작도 붙일 수 있잖아요. 그러니 기분 푸세요."

순간 눈꼬리가 올라가는 송림 문주였다.

"그만 해라!"

"예, 사부님."

사부의 노한 눈을 보며 사룡은 바로 꼬리를 내렸다. 하지만 돌아서서 한마디 한 것이 문제가 되었으니.

"그렇게 대사형이 걱정되시면 나를 보냈으면 될 일을. 나도 삼위는 할 수 있는데."

순간 송림 문주의 귀에 사룡이 말한 삼위라는 소리가 메아리치는 듯했다.

'삼위… 삼위… 삼위!'

메아리가 거듭될수록 송림 문주의 인상이 굳어갔고, 뒤쪽 사부의 분위기가 심상치 않음을 느낀 사룡은 뒤꿈치를 들고 살금살금 도망치고 있었다.

"사, 사룡아!"

"사부님, 무송 아저씨네 돼지 잡았다던데, 거기 다녀오겠습니다."

"아니다, 사룡아. 괜찮으니 이리 오렴."

일부러 웃음을 지으며 손짓하는 송림 문주가 더 서늘하게 느껴지는 사룡이었다.

"잔치 준비를 한다고 들었거든요. 백주도 잘하면 얻을 수 있을지 모르겠습니다. 제자, 다녀오겠습니다."

'사부님 분위기가 심상치 않아. 며칠 도망가 있어야지 안 되겠다.'

사룡이 젖은 빨래를 팽개치고 도망치려는 찰나, 사룡의 발걸음이 더 이상 떨어지지 않았다. 왜냐하면 송림 문주의 손이 이미 사룡의 옷깃을 잡아챘기 때문이다.

'불쌍하게라도 보여야지.'

고개를 돌린 사룡이 촉촉한 눈으로 송림 문주를 쳐다봤지만, 송림 문주의 노기는 가라앉지 않았다.

"안 그래도 삼룡이 녀석이 삼위만 할 것 같아서 걱정인데, 네가 이 사부의 심정을 알기나 해?"

"그래도 삼위가 어딘데요, 사부님. 황금 한 근이에요, 한 근!"

사룡이 급히 둘러댔지만 이미 송림 문주의 눈은 가늘게 떨리고 있었다.

'이 증상은 사부님이 주먹을 쥐기 전에 나타나는 증상인데.'

아니나 다를까, 주먹을 쥐는 송림 문주였다. 순간 잔머리를 쓰는 사룡이었다.

"사부님, 저를 때리세요. 그렇게라도 해서 사부님 마음이 풀리신다면 이 제자, 기꺼이 맞아드리겠습니다."

사룡이 고개를 숙이며 진짜 맞을 것처럼 굴며 생각했다.

'이 정도면 용서하시겠지?

"알았다."

'흐흐, 거봐!'

사룡이 회심의 미소를 숨기고 고개를 들었다. 역시나 송림 문주는 화를 풀고 손을 내리고 있었다. 이를 확인한 사룡의 눈매에서 웃음이 자연스레 떠오르고 있었다.

"웃어?"

다시 주먹을 쥐는 송림 문주였다. 사룡이 급히 웃음의 의미에 대해 변명하려 했지만, 이번에는 송림 문주의 주먹이 더 빨랐다.

"감히 사부를 놀려! 비 오는 날 먼지 나도록 맞는 게 어떤 건지 이 사부가 가르쳐 주마. 그리고 인마, 이위는 황금이 세 근이야, 세 근! 안 그래도 그게 아까워서 죽겠는데 이 자식이 분위기 파악 못하고!"

이어 사룡의 눈앞에 번개가 치기 시작했다.

*   *   *

지평과 사룡이 비를 피해 들어간 폐사당은 비가 조금 새긴 했지만 그럭저럭 비를 피하기에는 좋은 장소였다.

비를 맞은 지평은 사낭 안에 불을 피워 옷을 말리고 있었고, 삼룡은 젖은 옷을 입은 채 모로 누워 잠들어 있었다.

"삼룡 대협, 젖은 옷은 말리고 자야죠."

'자는군. 옷도 다 말랐으니 그동안 당한 분풀이를 시작해

야겠지? 세상모르고 자는 네놈 입에서 지평 어르신이라는 소리가 나올 정도로 어디 한번 맞아보려무나.'

지평이 말린 옷을 챙겨 입으며 검집을 검처럼 들고는 일어서며 소리쳤다.

"어이, 삼룡이!"

"아이참, 졸리거든요. 그냥 좀 잡시다. 오랜만에 똑바로 누워보는구먼."

삼룡이 꿈쩍도 안 하자 지평의 입꼬리가 슬며시 치켜 올라갔다.

"이게 안 잔단 말이지? 이 삼류 자식아, 일어나!"

지평의 목소리가 사당 안을 쩌렁쩌렁 울렸지만 삼룡은 못 들은 척 누워 있었다.

"흥, 맞기 싫어 안 일어나겠다는 수작이로군. 그렇게 겁 많은 자식이 그동안 날 잘도 부려먹었겠다. 그리고 너, 지난번 객잔에서 말 잘 듣는 황구라고 했지?"

"그냥 좀 잡시다. 옛날 일 가지고 쫀쫀하게."

"지금 그 말은 네놈도 인정한단 말이렷다? 그럼 이래도 안 일어나나 보자!"

지평은 대꾸하기조차 귀찮아하는 삼룡의 엉덩이를 향해 발길질을 했다. 하지만 뭔가 느낌이 허전했다.

바닥을 보니 삼룡은 누워 있는 그 자세로 삼 보 정도 앞에 누워 있었다.

'어, 언제 저기에? 내가 너무 흥분했나? 아니지. 내가 지금

흥분 안 하게 생겼어?

"야, 이 산적 놈아! 용천문 문주도 나한테 허리를 굽실거리는데 네가 날 부려먹어? 청성의 수제자인 내가 그렇게 만만하게 보였냐? 너 같은 자식은 좀 맞아야 돼!"

그동안 쌓인 게 많은 탓인지 지평은 벌어진 거리만큼 속도를 높여 발길질을 하려 했다.

지평의 발이 삼룡의 둔부에 닿을 순간이었다. 모로 누워 자던 삼룡이 자세를 갑작스레 바꾸는 것이었다.

"어어!"

아무것도 가리지 않고 내갈긴 탓에 지평의 오른 다리가 삼룡의 엉덩이를 스쳐 하늘로 향했다.

쾅당!

너무 세게 찼던지 지평은 중심을 잃고 뒤로 넘어지는 수난을 당해야 했다.

아무리 청성의 수제자라 하더라도 초식도 없이 무작정 발길질을 했으니 중심을 잃고 넘어질 수밖에 없었다.

정작 혼쭐이 나야 할 삼룡은 다시 자세를 바꾸며 잠을 청했다.

반면 지평은 엉덩이부터 시작한 지독한 통증 때문에 바닥에서 신음 소리를 내고 있었다.

"으, 으으으!"

'이 자식이 피했어? 어디 한번 해보자는 거지. 이 걸신들린 개자식을 내가 가만두나 보자!'

허리를 매만지면서 일어선 지평은 초식을 운용하지 않은 걸 후회했다.

'하찮은 삼류에게 청성의 무공을 쓰는 게 마음에 걸려서 안 쓰려 했는데.'

다시 마음을 다잡은 지평이 검집을 매섭게 잡고는 소리쳤다.

"이 검집이 개방의 타구봉은 아니다만 오늘 흑구(검은 개) 한 마리를 잡기에는 딱 좋구나! 어디, 계속 자는 척해보거라."

지평 딴엔 지금부터 무공을 펼치겠다는 뜻이었다. 뭐, 받아들이는 삼룡은 별 관심 없었지만.

지평은 청성에서 가장 기본적인 보법인 미종보(迷踪步)를 펼치는 한편, 검법인 팔괘검법(八卦劍法)을 펼쳤다. 미종보에 팔괘검법이 더해지자 지평의 쥐고 있던 검집에서 자연스레 바람이 일었다.

아무리 기본적인 검술이었지만 청성 수제자 지평의 손에서 펼쳐지는 검술은 웬만한 무사의 수준을 넘어서고 있었다.

지평의 검집이 삼룡의 등을 때리려는 찰나, 삼룡의 등에서 검집이 멈춰 섰다. 아무래도 그의 마음속에 무언가가 걸린 듯싶었다.

"이 걸신 자식아, 일어나! 일어나란 말이야! 일어나야 때리든 말든 할 거 아니야!"

지평이 고래고래 소리를 쳤지만 삼룡은 미동조차 하지 않았다.

그의 마음 같아서는 삼룡이 일어나든 말든 신나게 두들겨
패고 싶었지만, 양심상 등을 보이고 누워 있는 상대에게는 도
저히 청성의 검법을 쓸 수가 없었다.

"검술을 펼치지 않고 때리면 사문의 흉은 아니다."

꿈쩍도 안 하는 삼룡에게 경고를 한 지평은 아무 초식 없이
검집을 삼룡의 등짝을 향해 내려치려 했다. 그 순간,

"멈춰라!"

삼룡을 내려치기 일보 직전, 사당 밖에서 난 고함 때문에
지평의 손이 멈췄다.

'설마 누가 지켜보고 있었던 건가?

얼마 지나지 않아 다시금 소리가 들렸다.

"이 요녀! 죽이기 전에 순순히 무릎을 꿇어라!"

'요녀라구? 그럼 나한테 한 소리가 아니네?'

소동이 일자 지평은 자신도 모르게 귀를 기울였다.

"흥, 능력이 있다면 어디 해봐!"

"쳐라!"

이어 싸우는 소리가 들리더니 사당의 출입문이 굉음과 함
께 부서지며 칼을 든 무사 둘이 바닥에 떨어졌다.

"크으윽!"

"크윽!"

부서진 문짝 위에 드러누운 무사들은 거친 숨을 몇 번 몰아
쉬는 동안 얼굴이 검붉게 변하더니 곧 숨을 거뒀다.

'저자들은 청음객잔에서 봤던 오독문과 백운산장의 무사

들인데?

지평이 급히 검을 고쳐 잡고 밖의 상황을 살폈다.

사당 밖 상황은 머리가 헝클어진 한 소녀를 녹의와 백의를 입은 사파 무사 수십 명이 둘러싸고 있는 형국이었다. 사파의 무사들 속에서는 오독문의 독각화선과 백운산장의 삼안통의 모습도 보였다.

오독문의 독각화선이 소녀를 가리키며 말했다.

"혈수장(血手掌)을 익힌 걸 보니 시산노호가 분명하군! 팔과 다리에 상처를 입었으니 모두들 공격해라!"

공격 명령을 내린 독각화선은 정작 앞으로 나서지 않고 뒤로 물러났다. 그가 나서지 않자 오독문의 무사들도 나서지 않았다. 그러니 백운산장의 무사들도 덤벼들지 않은 건 당연했다.

반면 독각화선은 그것이 불만인 듯 삼안통에게 소리쳤다.

"삼안통, 공격 안 하고 뭐 하는 거냐? 우리 오독문이 저년의 팔과 다리에 상처를 입혔어! 이제는 백운산장이 나서야 할 거 아니야!"

화급한 표정의 독각화선과는 달리 백운산장의 삼안통은 느긋하게 수염 꼬리를 말아 올리며 대답했다.

"상처 입은 짐승은 고양이도 무서운 법이야."

이에 독각화선이 눈살을 잔뜩 찌푸렸다.

'삼안통, 이 치사한 자식, 아깐 오독문이 먼저 공격하라더

니! 그래도 지금은 저 자식 비위를 맞춰야 돼.'

"거의 다 잡았다, 삼안통! 조금만 몰아붙이면……."

독각화선의 재촉에 삼안통은 느긋하게 말을 끊었다.

"힘이 빠지면 그때 잡으면 된다. 방금 전까지 저 요녀 손에 아작 난 문파가 셋이야. 급하게 마음먹으면 우리도 그 꼴이 날 거야."

"흥, 알았다."

삼안통과 독각화선이 대화를 나누는 사이 미소녀는 독기를 머금은 채 숨을 몰아쉬고 있었다. 그러다가 사당 입구에 서 있는 지평을 보고 소녀는 다급하게 도움을 요청했다.

"청성 도장님, 도와주십시오. 저들은 사파의 무사들입니다."

소녀보다 뒤늦게 지평을 발견한 삼안통이 눈살을 찌푸렸다.

'왕진한의 제자로군. 왕진한과 옥소기가 먼저 갔다고 하더니 혼자인가 보군.'

"청성 도장, 괜히 끼어들 생각 마라."

삼안통의 경고가 아니더라도 지평은 굳이 나서고 싶지 않은 상황이었다. 게다가 독장을 썼다는 건 이 소녀가 정파의 인물이 아니라는 뜻이었으니 지평이 나설 이유는 어디에도 없었다.

"나는 청성의 사람, 사파 간의 일에는 관여하지 않소."

지평의 말에 독각화선과 삼안통은 서로 비릿한 미소를 교환했다.

'청성 도사 놈은 저 요녀가 누군지 모르는 것 같구나.'

'잘된 일이야. 하지만 추후에라도 청성에 알려지면 안 되는 일.'

삼안통과 눈빛을 교환하던 독각화선이 지평을 향해 말했다.

"그렇다면 자리를 비켜줬으면 좋겠는데."

사파 인물인 독각화선이 명문정파인 청성의 지평에게 자리를 비켜 달라고 요구하는 것은 다소 무례한 일이었다.

지평 또한 독각화선의 요청을 들어주고 싶은 마음은 없었다. 하지만 상대는 독으로 유명한 오독문의 장로 독각화선이었고, 다른 하나는 암기로 명성을 얻은 백운산장의 장주였다.

'숫자가 많아. 게다가 하나는 독공의 고수이고 또 하나는 암기의 고수야. 내가 이들 모두를 상대한다는 건 무리야, 무리.'

지평이 아무리 청성의 수제자라 할지라도 수많은 사파의 인물들이 칼을 들고 설치는 상황에서 큰소리칠 만큼 실력이 출중한 것은 아니었다. 그렇다고 꽁무니를 빼고 도망치고 싶지도 않았다.

'내가 도망치면 삼룡이란 놈과 다를 바 없지. 하지만 사파의 요녀를 돕는 것도 문규에 어긋나는 일.'

"상관하지 않을 것이니 알아서들 하시오."

지평이 고개를 돌려 사당 안쪽으로 들어가자 소녀는 실망

한 눈빛이었다. 하지만 그렇다고 원망하는 눈빛도 아니었다. 단지 아쉬워하는 그런 눈빛이었다.

소녀 또한 도움만 바라지는 않은 모습이었다. 그녀가 입술을 굳게 깨물고는 독각화선과 삼안통을 노려보았다.

"이 지독한 년, 사람을 그렇게 죽이고도 살기를 내뿜다니!"

삼안통의 호통에 소녀가 발끈했다.

"치사하게 암습이나 하는 주제에 말이 많네. 덤벼! 네까짓 것들, 하나도 무섭지 않아!"

"이년, 궁지에 몰리고서도 큰소리치는구나!"

삼안통은 큰소리치면서도 공격하라는 명령을 내리지 않았다. 마치 무언가를 기다리는 듯한 모습이었다. 순간 삼안통과 대치하던 소녀가 어지러운지 비틀거렸다.

이를 보고 삼안통의 입꼬리가 말려 올라갔다.

'흐흐, 드디어 때가 됐군.'

비틀거리던 소녀는 정신을 차리기 위해 손으로 머리를 쓸어 올렸다. 얼굴을 드러낸 소녀는 놀랍게도 시산노호 백서연이었다.

"난 독에 중독되지 않는데… 내게 무슨 짓을 한 거야?"

잠시 드러난 시산노호의 얼굴을 쳐다보던 삼안통은 수염을 손가락으로 비틀며 묘한 웃음을 시었다.

"흐흐, 오늘은 정말 재수가 좋은 날이로군. 어린 줄은 알았지만 얼굴도 제법이야, 제법. 안 그런가, 독각화선?"

"그래, 저 정도면 어디 가서도 빠지지 않는 얼굴이지. 그런데 저 아이 얼굴이 낯설지가 않은데?"

고개를 갸웃거리는 독각화선과 달리 삼안통은 시산노호의 정체를 알고 있는 듯한 표정이었다.

"자네도 어느 정도 눈치 챘군. 내 말해주지. 저 아이가 바로 시산노호의 딸이라네."

'역시 삼안통, 이 자식은 이전부터 알고 있었어.'

"하하, 이제 보니 그렇군."

삼안통은 비틀거리는 백서연에게 음흉한 시선을 던지며 말했다.

"넌 지금 가슴이 콩닥콩닥 뛰고 숨소리가 귀에 거칠게 느껴질 거다. 왜 그런지 가르쳐 줄까?"

"뭐, 뭐지?"

거슴츠레한 삼안통의 눈빛과 마주치자 백서연의 심장은 점점 빨라지고 눈앞이 가물거렸다.

독에 능한 독각화선조차 삼안통이 백서연에게 무슨 수를 썼는지 궁금해하는 눈치였다.

"삼안통, 혹시 춘약(春藥)을 썼나?"

독각화선의 물음에 삼안통은 흐뭇한 미소를 지으며 입꼬리가 말려 올라갔다.

"처음에는 천리추종향(千里追蹤香)만 쓰려 했지. 하지만 청성 도장들과 점창 놈들 때문에 다른 수도 생각해야 했어. 아무래도 우리가 맞상대하기에는 껄끄러운 놈들이니까. 춘약은 먹어도 죽진 않지만 아무리 고수라고 해도 정신이 혼미해지는 효과가 있지."

"그렇군. 독이 아닌 것으로 독과 같은 효과를 냈어. 게다가 천리추종향이 있으니 언제든 쫓을 수 있을 테고."

"호호, 그래. 하지만 운도 좋았어. 밖에 대기시킨 수하 놈들에게 천리추종향을 풍기며 객잔을 빠져나오는 첫 상대는 무조건 쫓으라고 명령을 내려놨거든. 거기에 저년이 걸린 거야."

삼안통의 여유에 비해 백서연은 점점 비틀거리는 횟수가 늘고 있었다.

"그걸 언제 썼지? 난 춘약이라면 이십 장 밖에서도 냄새를 맡을 수 있는데."

"독에 능한 자네도 하나만 알고 둘은 모르는군. 춘약도 음식에 들어가면 냄새가 나지 않아. 특히 기름이 쓰인 탕수라는 요리에는 말일세."

"탕수? 그렇군. 탕수였어. 옷을 입히는 음식이니 전혀 냄새가 나지 않지. 게다가 탕수 안에 든 고기에도 미약 냄새보다 강한 재료를 쓰면 감쪽같이 속일 수 있겠군."

"역시 독에 능한 자네에게는 다 말해주지 않아도 되는군."

삼안통의 말을 곰곰이 되새기던 독각화선이 무언가가 생각난 듯이 되물었다.

"지금쯤이면 청성 왕진한과 옥소기, 게다가 사당에 다시 들어간 청성 도장 놈도 춘약에 잠식되어 있겠군. 그래서 삼안통 자네는 처음부터 여유를 부릴 수 있었던 거야."

"흐흐, 자네는 정말 눈치 하난 빠르군. 하나 더 말해줄까?
저기 사당 안에 틀어박힌 청성 도사 놈도 나중에 쓸모가 있다
네."

"어떻게 말인가?"

"우리가 충분히 즐긴 다음에 청성 도장 놈에게 던져 놓으
면?"

"그런 수가 있었어. 그럼 그놈이 모조리 뒤집어쓰고 우린
태청검보를 챙기고 저년은 청성 놈이 책임지는 거야."

"하하! 역시 자네와는 말이 통하는군."

"요 근래 백운산장의 명성이 높아진 이유가 바로 자네에게
있었어."

"하하, 칭찬으로 듣겠네."

삼안통과 독각화선은 대화하며 백서연이 정신을 놓기만을
기다렸다.

"개자식들! 난 절대로 쓰러지지 않아! 네놈들에게 몸을 더
럽히느니 그냥 죽고 말 테다!"

비틀거리면서도 쓰러지지 않는 백서연을 보며 삼안통이
신기한 듯 말했다.

"저 요녀, 정말 대단해. 지금쯤 정신을 놓아도 벌써 놓았을
텐데, 아직까지 버텨내다니……."

이에 발끈하는 백서연이었다.

"닥쳐! 나도 그냥은 죽지 않아! 기필코 너희들을 먼저 죽이
고 죽을 테다!"

"재주가 있다면 해봐. 하지만 네년이 내력을 쓰면 쓸수록 춘약은 더 빨리 퍼질 것이다. 그러면 우리가 기다리는 시간이 줄어들지. 하지만 너무 걱정하지 말거라. 깨어나면 아무것도 기억나지 않을 테니. 크하하하!"

삼안통의 기분 나쁜 웃음소리가 울려 퍼질 때였다. 사당 안으로 들어갔던 지평이 소리를 지르며 뛰쳐나왔다.

"으아아아!"

소리를 지르는 지평의 눈빛은 붉게 충혈되어 있었다. 그뿐만 아니라 그의 얼굴 주변 혈관도 온통 부풀려져 있었다.

지평은 나오자마자 눈앞에 보이는 백운산장의 무사들을 향해 검을 휘둘렀다.

백운산장 무사들이 슬금슬금 물러났지만 지평은 그것도 모르고 미친 듯이 검을 휘둘렀다.

'계집보다 더 강한 녀석인 줄 알았더니!'

지평을 보고 무슨 생각이 났는지 삼안통이 수하들에게 명령을 내렸다.

"그냥 물러서지 말고 저 녀석을 요녀 쪽으로 몰아!"

삼안통의 명령이 떨어지자 백운산장의 무사들이 지평을 상대하는 척하며 백서연이 있는 쪽으로 몰았다.

이를 지켜보는 백서연의 눈빛이 더욱 흔들렸다.

'안 돼, 오지 마! 지평 도장, 아니, 지평 오라버니에게는 독장을 쓸 수 없어! 제발 이쪽으로 오지 마! 부탁이야!'

백서연이 멈칫거리자 삼안통이 수하들을 더욱 닦달했다.

"저 요녀가 피한다! 놈을 무조건 요녀 쪽으로 몰아!"

삼안통의 노성에 백운산장의 무사들은 겁을 내면서도 지평과 백서연 모두에게 달려들었다. 순간,

"크아아아아!"

괴성을 지르는 지평의 눈동자가 완전히 붉게 물들었다.

지평은 검을 집어 던지며 입고 있던 청의 도포를 손톱을 세워 찢기 시작했다. 비록 그가 조법을 단련하지는 않았지만, 내력이 손톱까지 운용되자 질긴 도포가 솜처럼 뜯겨졌다.

순간 잘 참고 있던 백서연의 눈동자도 충혈되기 시작했다. 게다가 몸을 비비 꼬기까지 했다.

'안 돼. 여기서 무너지면 안 돼. 꼽추인 나에게 스스럼없이 대해준 건 오직 지평 오라버니뿐이었어. 오늘도 날 끝까지 지켜준 건 지평 오라버니야. 그런 오라버니 앞에서 이런 추한 모습으로 죽고 싶진 않아.'

그런 그녀의 눈에 폐사당이 들어왔다. 순간 그녀는 모진 결심을 했다.

'저 안이야. 저기에서 내 독공을 깨뜨리면 들어오는 모두가 죽을 거야. 아무리 오독문의 독각화선이라고 해도 내 독은 해독할 수 없어. 지평 오라버니도 밖에 있다면 살 수 있을지도 몰라. 그래, 저기서 깨끗하게 죽자.'

결심을 굳힌 백서연은 입술을 꼭 깨물고 폐사당으로 몸을 날렸다.

그동안 백서연을 막았던 백운산장과 오독문의 무사들도

막다른 곳인 폐사당으로 가는 것을 막을 이유는 없었다.

비틀거리는 백서연이 폐사당으로 들어간 것을 확인한 삼안통이 승리의 미소를 지으며 말했다.

'안 그래도 그곳으로 끌고 가려고 했는데 알아서 들어가는군.'

"더 이상 쫓지 마라. 너희들은 사당 주변을 지켜라. 사당 안은 나와 독각화선이 들어갈 것이다."

모든 것이 삼안통의 계략대로 흘러가자 독각화선이 재빨리 그를 부추겼다.

"축하하네. 자네의 계략이 이렇게 뛰어난지 몰랐네. 내 오독문에 돌아가면 백운산장과의 교류를 적극 추진함세."

"하하, 그래주면 나야 고맙지."

삼안통이 기분 좋게 대답하자 독각화선은 재빨리 본론을 꺼냈다.

"그럼 태청검보는……."

"자네가 비밀만 지켜준다면야 같이 나누지 못할 이유가 없네. 어차피 우린 함께 한 배를 탄 게 아니던가?"

"하하, 그럼, 그럼! 우린 한 배를 탔지. 아니, 곧 한 배를 탈 것일세."

"그렇군. 곧 한 배를 타는군. 히히히!"

음탕한 두 사파 고수의 웃음소리가 떠들썩하게 주변을 울리고 있었지만, 그 소리는 곧 빗소리에 묻혀 버렸다.

　　　　　*　　　　　*　　　　　*

　사당 안에는 백서연 혼자 있었다. 분명 조금 전까지 바닥에 모로 누워 잠을 자던 삼룡은 어디에도 보이지 않았다. 다만 지평이 피운 모닥불과 백서연이 독장을 날려 죽은 무사 둘만이 널브러져 있을 뿐이었다.

　그사이 백서연의 몸에는 춘약이 한층 더 빨리 퍼지고 있었다. 무리하게 내기를 써서 사당 안으로 뛰어든 탓이었다. 하지만 그녀는 초인적인 힘으로 간신히 이성의 끈을 잡고 있었다.

　'난 시산노호의 딸이야. 저런 잡놈들에게 당할 순 없어.'

　백서연은 사당 안을 살피지도 않고 품속에서 금선혈와를 가둔 합을 꺼내서 바닥에 내려놓았다.

　"혈와야, 잠시만 나를 지켜줘. 그리고 내가 죽거든 내 곁을 지키지 말고 어디로든 가버리렴."

　그녀의 말이 끝나자 금선혈와가 합 속에서 튀어나왔다. 하지만 금선혈와는 백서연을 지키지 않고 사당 한쪽을 향해 움직였다.

　금선혈와가 자신을 지켜줄 것을 의심하지 않았던 백서연은 당혹감에 휩싸여 소리쳤다.

　"혈와야, 어디 가? 나 지금 독공을 깰 거란 말이야! 그동안만 지켜주면 돼!"

　금선혈와가 향한 곳은 어두워서 잘 보이지 않는 사당의 한

구석이었다. 백서연은 금방이라도 삼안통과 독각화선이 뛰어들어 올까 봐 노심초사하면서 금선혈와를 쫓았다.

"혈와, 너 정말 마지막까지 속 썩일 거니?"

그녀가 열심히 쫓아가면서 불러봤지만 금선혈와는 멈추지 않았다. 시산노호를 외면한 혈와는 기어코 막다른 사당 한구석에 다다라서야 멈춰 섰다. 그리곤 이내 소리를 내며 울기 시작했다.

우륵! 우륵!

"혈와야, 지금은 이럴……. 으윽, 어지러워!"

백서연은 핏속에 끓는 춘약을 끝내 이기지 못하고 점점 정신을 잃어갔다. 그러면서 그녀의 시선은 점점 흐릿해져 갔다.

순간 그녀의 눈앞에 한 인물이 나타났다.

"야, 이 독개구리 자식아! 왜 자는데 방해하고 지랄이야, 지랄이! 인마, 너, 조용히 안 해!"

백서연은 흐릿해져 가는 눈으로 눈앞에 나타난 인물이 순간 청성 지평의 얼굴로 보였다.

"오라버니!"

마지막 남은 이성의 끈이 끊어지자 백서연의 눈이 붉게 물들어갔다. 그녀가 이성을 놓아버리자 그동안 억눌렀던 춘약의 기운이 뇌를 지배해 버렸다.

"어라, 독한 년, 또 만났네? 근데 나보고 오라버니라니? 언제는 꼽추로 변장해서 죽일 기회만 엿보더니. 너, 도대체 무슨 수작이야?"

그는 삼룡이었다.

삼룡은 사당 밖에서 싸움이 일어나고 지평이 사당 밖을 살피는 동안, 구석에 몸을 숨기고 세상 편하게 자고 있었다. 그런 그를 금선혈와가 찾아낸 것이다.

순간 삼룡의 품속에 잠들어 있던 뱀이 금선혈와의 냄새를 맡았는지 모습을 드러냈다.

검은 뱀은 지난번에 금선혈외와 싸운 기억이 나는지 몸을 세우고 이빨을 드러냈다.

쉬이익!

"오룡이, 이 자식은 왜 또 발끈하고 지랄이야! 인마, 너 잠자코 있으라고 했잖아. 세상일은 끼어들면 무지 피곤한 거야, 인마!"

삼룡의 구박에도 오룡이라 불린 뱀은 금선혈와와 눈싸움을 계속하고 있었다.

"이 자식들은 만날 만나기만 하면 싸우네. 니들, 싸우든지 말든지 맘대로 해!"

삼룡의 말을 허락으로 알아들었는지 오룡이 삼룡의 몸을 타고 금선혈와의 정면으로 떨어졌다.

삼룡이 눈앞에 있던 백서연에게 시선을 다시 돌리는 순간 삼룡의 눈이 동그랗게 변했다.

"앤 또 옷을 벗네! 야, 됐거든!"

삼룡의 말이 자극이 되었는지 백서연이 충혈된 눈으로 대답했다.

“헤헤, 오라버니라면 괜찮아.”

“괜찮긴 뭐가 괜찮아! 야, 너, 또 무슨 수작하는 거지? 내가 넘어가면 너 평생 칼 들고 쫓아오려는 거잖아? 맞지?”

그때였다. 사당 안에 삼안통과 독각화선의 목소리가 들렸다.

“저 삼류 놈도 숨어 있었군.”

“목숨이라도 부지하려고 숨어 있었겠지.”

서로 주고받는 삼안통과 독각화선의 말에 삼룡의 인상이 살짝 찡그려졌다.

독각화선은 삼룡의 안색을 잠시 살피더니 이내 삼안통에게 물었다.

“삼안통, 춘약은 저놈이 제일 많이 먹지 않았나?”

“그랬지. 만약을 위해 내가 가진 춘약 전부를 썼어. 한 삼십 명쯤 보낼 수 있는 분량이었는데, 그걸 저놈이 제일 많이 먹었지.”

“근데 저 녀석은 왜 멀쩡한 거야?”

“내력이 전혀 없는 놈이니 춘약이 늦게 효과가 오나 보지.”

“하긴, 그럴 수도 있겠군.”

둘이 대화를 하는 사이에도 시산노호는 입고 있는 옷을 스스로 벗고 있었다. 그것도 헤죽거리면서.

“헤헤, 오라버니라면 괜찮아. 헤헤!”

제정신이 아닌 백서연의 말이 귓가에 맴돌자 삼룡의 눈빛이 흔들렸다.

‘젠장, 끼어들면 안 되는데.’

삼룡의 마음을 눈치라도 챘는지 삼안통이 삼룡에게 말했다.

“지금 밖으로 나가면 널 죽이지 않으마. 어서 가라.”

‘물론 밖에 나가면 내 수하들이 죽여 버릴 거다. 이제부터 즐겨야 하는데 피를 볼 순 없잖아? 흐흐!’

이를 눈치 챈 독각화선도 맞장구쳤다.

“하긴, 어서 도망쳐라. 너 같은 삼류를 죽이면 당분간 강호에 얼굴을 들고 다닐 수가 없다. 안 그래, 삼안통?”

“하하, 그렇지. 오죽하면 음양쌍랑이 저놈을 살려뒀겠어?”

“맞아, 맞아! 죽일 가치도 없는 놈이야. 하하하!”

삼안통과 독각화선의 비웃음 소리에도 삼룡의 시선은 백서연에게로 향해 있었다. 순간 삼룡의 입이 떨어졌다.

“좀 조용히 해. 생각하는 거 안 보이냐?”

작은 목소리였지만 강한 어조였다. 그 목소리는 삼안통과 독각화선의 귀에 똑똑하게 틀어박혔다. 마치 왕진한이 내기를 실어 귀청을 흔드는 것처럼.

독각화선은 귓전으로 들린 삼룡의 목소리에 발끈했다.

“내력도 없는 삼류 자식이 감히 고수 흉내를 내! 이 자식이 죽으려고!”

‘그게 흉내 낸다고 가능한 건가? 에이, 그럴 일 없어!’

삼룡은 발끈하는 독각화선은 쳐다보지도 않고 바닥에 있는 자신의 봇짐을 쳐다봤다. 그의 봇짐에는 사부가 챙겨준 목검이 궁상맞게 꽂혀져 있었다.

'균검은 쓰기 귀찮은데.'

이어 그의 시선이 다시 눈앞에서 옷을 하나씩 벗고 있는 백서연에게로 향했다. 삼룡과 시선이 마주치자 백서연은 다시 헤죽 웃었다.

"오라버니, 헤헤!"

『허허실실』 제2권에 계속…

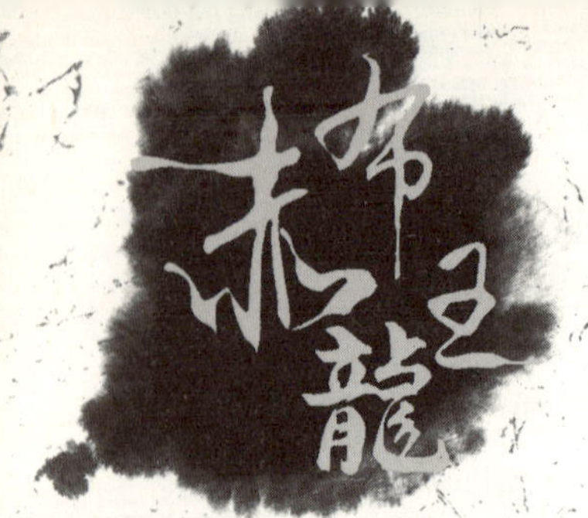

적포용왕

김운영
新무협 판타지 소설

『신마대전』『흑사자』의 작가 김운영
그가 낚아 올리는 무협의 절정
낚시 신동 백룡아! 장강에서 천존과 맞짱 뜨다

적포천존(赤布天尊

고금제일강(古今第一彊
인칭타자연재해(人稱他自然災害
40세 이후로 상대가 누구든 몇 명이든
한 번도 패하지 않고 모두 이긴 적포천존
70세 중반에 반로환동하여 무림인들을
절망에 빠뜨린 그가 말년에
제자를 만들어 말년에 호강할 계획을 세운다

천하에 두려울 것이 없는 '자연재해' 오
그의 제자들이 무림에 나타났다

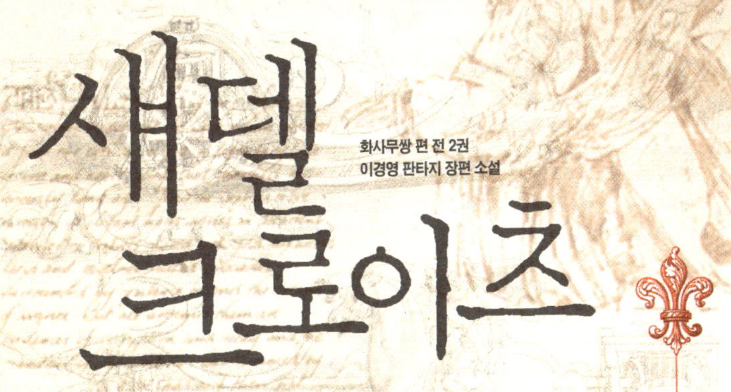

섀델 크로이츠

화사무쌍 편 전 2권
이경영 판타지 장편 소설

『가즈나이트』의 명성과 신화를 넘어설
이경영의 판타지의 새로운 상상력!

자신만의 독특한 세계관을 창조한 작가
이경영의 새로운 도전과 신선한 충격.

바란투로스의 특수부대 섀델 크로이츠의 리더 파렌 콘스탄.
야만족을 돕는 안개술사를 물리치기 위해 아시엔 대륙에서 온
불을 뿜는 요괴 소녀 카샤.
너무나 다른 두사람이 운명의 길에서 만나다.
친구란 이름으로 시작된 모험, 그 앞에 놓인 난관과 운명의 끈은
어떻게 될 것인지……

"질투가 날 만도 하지.
요괴가 산신령을 엄마로 두는 건 흔한 일이 아니거든.
괜찮다, 파렌. 본좌가 아는 요괴들 전부 본좌를 질투하고 부러워하니까."
소녀는 손에 잔뜩 받은 빗물을 홀짝 마셨다.
파렌은 그 슈수함에 웃음을 흘렸다.
그는 지금까지 자신이 봤던 그녀의 기이한 행동들을 어렴풋이나마 이해할 수 있을 것 같았다.
그렇게 친구가 된 둘은 그 길로 긴 여행을 떠나게 된다.

본문 중에-

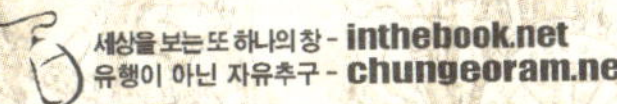

세상을 보는 또 하나의 창 - inthebook.net
유행이 아닌 자유추구 - chungeoram.net

Book Publishing CHUNGEORAM

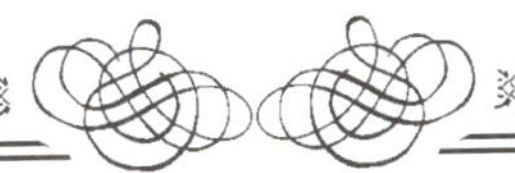

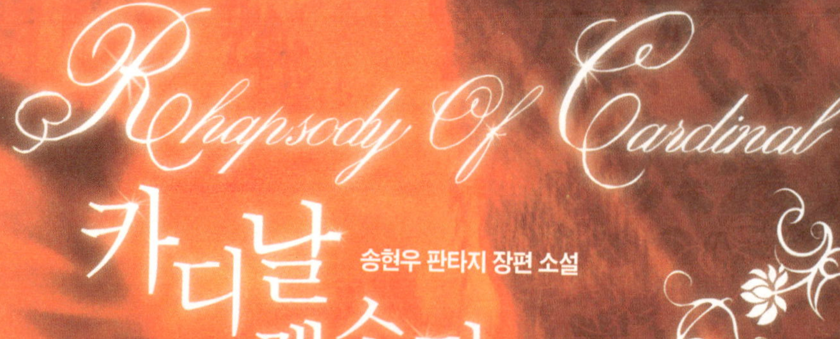

놀라운 경험(the enormous experience)!
He created a completely new world.
It is a place who have never known and where never been able to imagine.
This splendid world will introduce the enormous experience for the
person only who reads.
그 누구에게도 알려진 것이 없으며 상상조차 할 수 없었던 새로운 세계를
작가는 완벽하게 창조해내었다.
이 멋진 세계는 독자들만이 체험할 수 있는 놀라운 경험으로 인도할 것이다.

판타지는 허구다? 아니다. 판타지는 일상이다.
우리의 삶은 연속된 판타지의 연장선상에 놓여 있고,
상상은 우리의 일상을 더욱 살찌운다.
『카디날 랩소디(Rhapsody of Cardinal)』를 경험하는 독자들은
더욱 풍부한 일상 속에서 새로운 삶을 경험할 것이다.
멋진 만남! 흥미로운 경험! 이것이 『카디날 랩소디』가 가진 장점이며,
작가 송현우가 독자들에게 바라는 꿈이다.

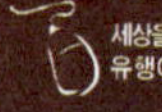
세상을 보는 또 하나의 창 - inthebook.net
유행이 아닌 자유추구 - chungeoram.net
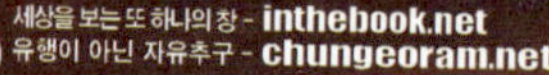
Book Publishing CHUNGEORAM